京大人文研東方学叢書 7

理論と批評

古典中国の文学思潮

永田知之 著

臨川書店

目次

第二部　言説の系譜

凡　例

一、引用などにおける（　）、［　］は筆者による補足・説明を示す。
一、中国語文献の引用については、特に断らない限り、筆者による訳文を掲げた。
一、引用における……は、特に断らない限り、筆者が省略した箇所を示す。
一、引用の傍点は、全て原文のままである。
一、本文中の、例えば「（鈴木修次一九八六）」などは、その箇所で参照した文献の略号（四桁の数字は参考文献が刊行された西暦年）を示す。巻末の「参考文献一覧」を見られたい。
一、前近代人の生誕・死没について、暦法の差異は考慮しない。例えば、北宋の景祐三年は概ね西暦の一〇三六年に相当する。ところが蘇軾は景祐三年十二月十九日に出生しており、この日は後世のグレゴリオ暦では一〇三七年一月八日に当たる。ただ本書では「蘇軾（一〇三六〜一一〇一）」と記すに止める。
一、「参考文献一覧」のうち、「関連する論著・訳注」には過去半世紀ほどの間に刊行された日本語の著作（多くは書籍）を挙げた。

はじめに

最初に、ある手書きの本の写真（**図1**）をご覧いただきたい。そこには『文心雕龍《ぶんしんちょうりゅう》』と題した文献の一部が写されている。現在の中国・甘粛省敦煌市で二十世紀初頭に見つかった敦煌写本の一種で、S五四七八という番号を付して、ロンドンの大英博物館が現に所蔵する。恐らく唐代（六一八〜九〇七）の後期に写されたであろう、ここに見られる部分の二行目に「徴聖《ちょうせい》」とあるのは『文心雕龍』五十篇の中で二番目に位置する篇の名であり、その本文は次の行から始まる。いま、そこから冒頭の部分を訳してみる。

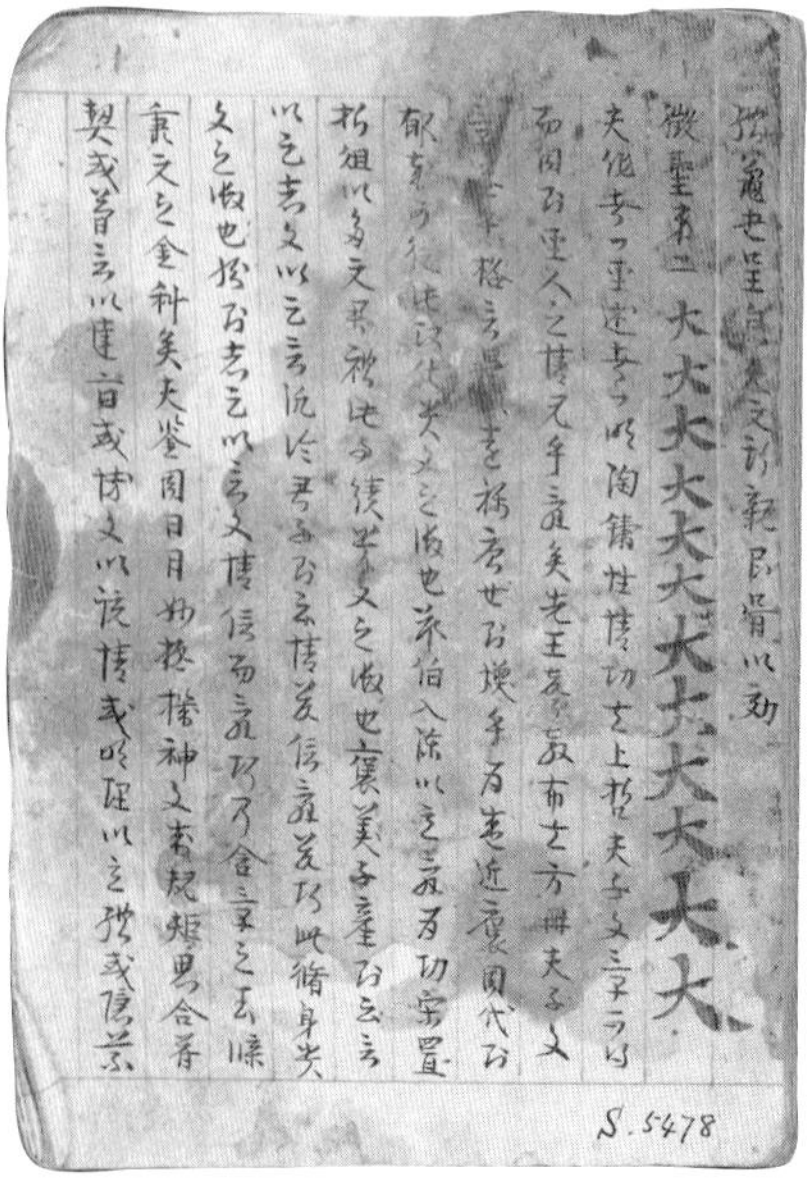

図1　敦煌文献 S. 5478

　そもそも（人のよるべき道徳を）創造する者を「聖」といい、それを祖述する者を「明」という。人の性情を好ましく導く上で、聖賢の果たす役割は大きい。（例えば）孔子の述べた事柄を、聞き知ることができるとすれば、それは聖人（孔子）の思いが、言葉に表れているからだ。古代の聖天子による教化は、文献に記述されており、孔子の人柄は、彼の意義深い言辞にみなぎっている。こうして（孔子は）古く尭《ぎょう》（伝説上の聖天子）の治世を称えて、（『論語』「泰伯《たいはく》」篇で）「あざやか」で盛んだと述べ、新しいところでは周（古代の王朝、前十一世紀中頃に殷を倒して、中国を支配する）の時代を褒めて、（『論語』「八佾《はちいつ》」篇で）「美しく、（その在り方に）つき従うべき」とした。これらは政治・教化で文飾を重んじた例証である。

ずいぶん大上段に構えた文章と思われるかもしれないが、要するに人の従うべき道徳は聖人、すなわち古代の帝王及び孔子（前五五一～四七九）が創始し、言葉・文献を通じて伝わったものであり、そこには「あざやか」で「美し」い「文飾」（原文では「文」）が具わるということである。これだけを見れば、「仁」という徳目に則る生き方を主張した、『論語』などと同類の倫理を説く議論と受け取れよう。注意すべきは、ここに引く一段を含む『文心雕龍』が儒教の聖典たる経書やそれらの注釈ではなく、文学理論や批評を主題とした著作だという事実である。五・六世紀の狭間に、著者の劉勰《りゅうきょう》（生没年未詳）は『文心雕龍』で聖人の唱えた道徳の媒体として「文飾」のある言葉や文献の重要性を強調したわけだが、この事実は同時に道徳・倫理を離れては、文学に価値はないという考え方が存在したことを暗示する。S五四七八だと末尾の一行しか残らない最初の篇が「原道」と題される点も勘案すれば、文学とは聖人の手に成る道徳に原《もと》づき、それを徴《もと》める営為の一つだという見方を、劉勰も肯定していた。前近代の中国に稀な体系性を有し、文学理論書として傑出する『文心雕龍』を含めて、中国の文学論は程度の差こ

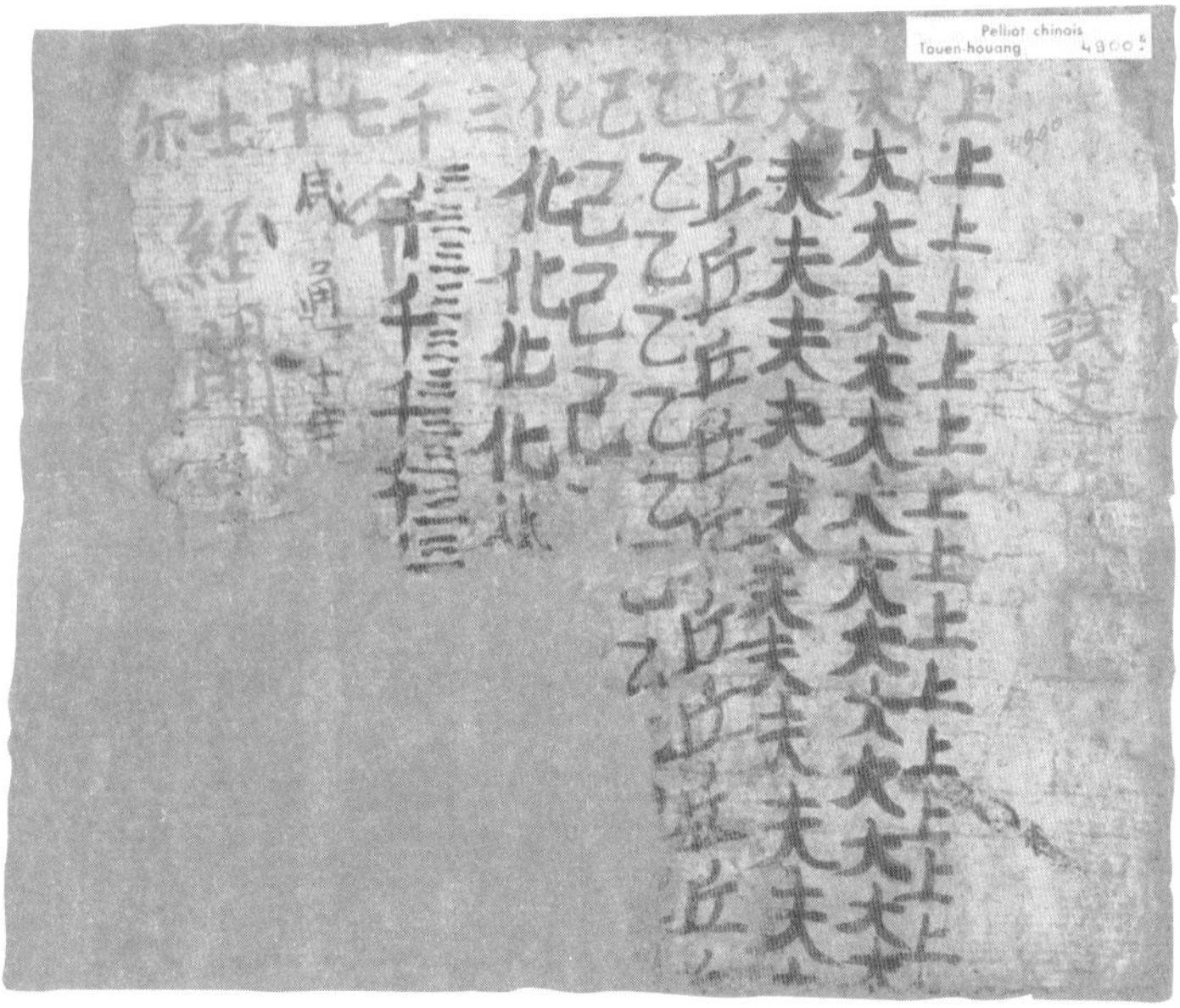

図2　敦煌文献 P. 4900 b

そあれ、こういった見解から自由ではありえなかった。

このように書くと、それでは中国の古い文学論は道徳論と異なるまい、そこに独自の価値など存在するのか、と考えられる向きもあるだろう。ただし、中国の長い歴史上のあらゆる場面で人々が、聖人の説いた道徳を常に思い浮かべて物を書き、また読んでいたなどという事態は、情理からいってありうるはずもない。これについては、S五四七八『文心雕龍』の第二行に「徴聖弟二」（「弟」は「第」に通じる）とある箇所の下に見える文字が参考になる。

図1から、連続する「大」の字が見て取れよう。これは余白に書き込まれた、『文心雕龍』とは無関係の、いわば落書

きである。もっとも落書きといっても、当時の手習い、読み書きの習得と大いに関わりがある。それというのは、**図2**のような例があるからだ。こちらも同じく敦煌で見つかった写本だが、現在はパリのフランス国立図書館に所蔵される（文書番号はP《ペリオ》四九〇〇b）。やはり、右側から「上」、「大」、「夫」と同じ文字が繰り返し書かれている。これは「上大夫」の三字で「大夫《たいふ》に上《たてまつ》る」、つまり人夫（時代ごとに異なるが、官職など一種の地位を指す）に申し上げる、と上位者に口頭か手紙で語りかける際の文言となる。もとより画数の少ない文字を反復して書く初級の識字教材であり、内容は乏しい。ただ「上大夫」など一応は文章に利用できるフレーズとなっており、作文を学ぶ際の足掛かりとはなったであろう。このP四九〇〇bには「咸通《かんつう》十年」（八六九）とも記されるので、唐代末期の写本と考えられる。「上大夫」云々という文言は「上大人」、大人――ここでは父を指す――に上るとやや異なる形で、後世も初等教育の場で広く用いられた。S五四七八で反復される「大」は、こういった学習法を実践しつつある子供、または思い返した大人が落書きしたのだろう。

さて、この「上大夫」以下の文言だが、ここに先述の聖人の創始にかかる道徳の影は希薄である。こう述べれば、何を分かりきったことを、「文学」ならばともかく、落書きや手習いなどに儒教の倫理が一々盛り込まれるわけがなかろう、という反論が起こることは予想できる。だが、「上大夫」云々という文句は、曲がりなりにも文章の手本を示す点で、最も簡素な作文指南ともいえる。本書においても何度か登場するはずだが、前近代の中国人は、失われた作品も含めてこの種の指南書（例えば「詩格」）をおびただしく生み出してきた。

「上大夫」よりはよほど複雑な内容のそれらを見ると、聖人の「道」に基づいて詩や文章を作ろうと説く姿勢は、そう強くはない。理念が唱えられる一方で、実践的な技法論が展開される、人類の社会でごく普遍的な現象が、前近代中国の文学理論でも生じていたと考えられる。その意味で偶然ながら、理念とはほど遠い手本に基づく落書きを含む高度な理論書（『文心雕龍』）の古い写本は、両者の間の距離が案外小さかったことを象徴的に示唆する。文学は「道」を伝達する、「載道《さいどう》」の手段としてこそ意味を持つという建前と実際との間の機微は、次の文章に余すところなく言い表されている（文中の「孔孟」は孔子・孟子を指す）。

道はむろん孔孟の道だから、文学は孔孟の道を載《の》せる車にすぎぬ、価値的なるものに奉仕すべき手段にすぎぬ、というわけだ。哲学的・宗教的・社会的・政治的、一切の統一原理たる孔孟の道を全否定するなどは、旧中国の士大夫のついに発想しえなかったところである。載道派的思想を正面きって批判する企図は、いかなる詩人も批評家も持たなかったろう。だが、載道派のテーゼだけでは文学プロパーの問題は何ひとつ解明できない。それでは当然満足できないので、尊ぶべきものを鄭重に神棚に祀りあげ、そうしさえすれば後はかえって自由に思考を展開できる……。儒教の大ワクのなかでも、ある程度種差をともなった文学論が生み出され続けた理由は、ざっとまあ、こういうぐあいではなかったろうか。（荒井健一九八二、「……」は原文のまま）

孔子や孟子（前四世紀～三世紀）らに代表される「儒教の大ワクのなかでも」、「尊ぶべきものを鄭重に神棚に祀りあげ」る、例えば劉勰のように文学は「道」に基づくと断っておけば、前近代の中国でも文学をめぐる多様な言説を提示することは、充分に可能であった。こうして今に伝わる「ある程度種差をともなった文学論」の中から筆者の関心に即して、若干の側面を切り出し、読者に示してみせる――それこそが本書で試みようとすることに他ならない。

本論に入る前に、書名に用いた概念を、ここで定義しておきたい。「文学」の「理論」という表現には、いささか大仰な響きが感じられるかもしれない。所謂 Literary Theory は、「文学」とは何か、という命題や、各種の文体論、創作論、読者論などといった課題から成る。ただ本書では、ごく大まかに「文学」をめぐる、個別の作品や書き手に必ずしも対象を限らない諸言説を「理論」と呼ぶこととする。もちろん、個々の文学作品を前提にしないで、「理論」だけが存在するはずもない。とりわけ先に述べたとおり、いかに詩や文章を作るかという技法論に富む中国文学において、実作を完全に離れた「理論」などは存在しえない。

そこで浮かんでくるのが、「批評」という事象である。「理論」による価値基準を用いて、ある作品・作者・流派などのどの点が、いかなる意味で優れる（または劣る）のか、それを断じることが「批評」と考えられよう。仮に「文学」の任務が儒教道徳の宣揚だという基準に則るならば、書き手には「道」の要素を（あるべき形で）作品に表出することが求められようし、読者の方も「道」に着目し、その表現に秀でたテクストを好ましいと「批評」することになるだろう。そういった「批評」の蓄積が、「理論」に影響を与え、新たな「理論」を生み出す事態も、ごくありふれている。「文学」をめぐる様々な言説が生み出される上で、「理論」と「批評」は車の両輪といえよう。「理論」と「批評」を書名に掲げた所以である。

　後世に生まれた我々は、これらの「理論」と「批評」をどのような材料から読み取ることができるのだろうか。『文心雕龍』のような文学理論・批評を総括した専門書は、最も有用な資料といえる。それほど直接にではないが、やはり人々の「文学」に対する見方を伝える形式（第四章で扱う）は古来、少なからず存在した。また今一つ、注目すべき事柄がある。次に引く文章のうち、「古代」は原文（中国語）のままで、現代中国における時代区分ではアヘン戦争の開始（一八四〇）より前の非常に長い期間を指すことを念頭に置かれたい。

> 我々が思うに、理論の側面から古代文学を研究するには、二つの道筋を用いなければならない。一つ目は「古代的《の》文学理論」であり、二つ目は「古代文学的《の》理論」である。前者は今の人々が力を入れていることで、その研究対象は主に古代の理論家による研究の成果であり、後者は古人が力を入れたことで、主に作品を研究して、作品の中から文学の法則と芸術上の手法を抽出するものだ。この二つの手法が共に必要なのである。（程千帆二〇〇〇）

「古代の文学理論」が『文心雕龍』などの理論・批評を主題とする文献・作品であるならば、「古代文学の理論」は実際の文学作品に示される文学への見方ということになるだろう。具体的な例を挙げれば、ある時代の少なからぬ詩歌を検討して、それらに共通する主題を見出せれば、当時における「古代文学の理論」では、詩で表現すべき題材はこうだったと結論づけられる。紙幅の都合もあって、本書では理論などと実作との関係にさほど説き及べないだろう。だが、文学理論・批評を扱う著作に関心が偏る中で、個別の作品における理論及び批評の反映に対する注意を促した、この「二つの道筋」の併用を説く言葉は、心に留めておく必要がある。

こういった実作との関係を含めて、理論や批評を一括する呼称はないのだろうか。早くに「文学思想」という言葉を表題に用いた通史（青木正兒一九三五・一九三六）や、同じ用語の概念を説いた文章（羅宗強一九九九）がある。本書では、思想に比べると考え方の傾向をも包み込む言葉として、これも（「文芸」と結び付いて）昭和初年に先例（山口剛一九二八、青木正兒一九二八）のある「思潮」を用いておきたい。かくして、副題を定めたわけだが、本書では「古典中国の」とさらに内容を限定する字句を、「文学思潮」の前に置いた。

ここで「古典中国」と称するのは、これまで「前近代中国」と呼んできた時代と、ほぼ等しい。ただ本書ではアヘン戦争（一八四〇～一八四二）以前（先の引用でいう「古代」）を指すか、中華民国が興る（一九一二）までを指すか揺れのある「前近代」を避けて、主に「古典」を用いることとする。古典中国語（文言《ぶんげん》、日本での「漢文」）が書き言葉の規範とされていた二十世紀前期までという大まかな意味を「古典中国」に込めたことも、その理由となる。もっとも一口に「古典中国の文学思潮」といっても、それが含む議論の範囲は、極めて幅広い。文学理論や既に用いてきた「文学論」は、これらを扱う言説の総称として機能しうる。

文学論、現代中国語では「文論」と呼ばれる、それらの言説は、より細分することが可能である。主題となるジャンルを用いた区分に限っても、「詩論」（または「詩歌論」）、「文章論」のような呼称が、すぐにでも思いつく。古典中国では早くに様々な形の文学作品が生み出されており、六世紀前半までに少なくとも四十種近い文体が存在した（第四章第二節の「選集から知る文学観」を見られたい）。形式や用途が異なる、これらのジャンルは、押韻の有無から韻文と散文に大別される。中国の場合、詩の他にも賦（辞賦《じふ》）や詞《ツー》など韻文に属する文体は少なくない（賦、詞については第一章第二節の「発憤著書」、第三章第三節の「新しい文体とその理論化」で言及する）。したがって、「韻文論」を詩論のみで概括することはできず、「賦論」（もしくは「辞賦論」）・「詞論《しろん》」のような言説にも、目を向ける必要がある。

「文章論」、「散文論」に関しても、状況は等しい。多数の文体がそこに含まれることは、韻文の事例と異なるところがない。また散文は、「駢文《べんぶん》」と「古文」に大きく区分される。詳しくは第二章第三節の「「文学自覚の時代」が行きついた場所」、第三章第一節の「古えの道」を参照されたいが、要するに前者は対句を常用するなど制約が多く、後者はそれよりは自由な文章の様式を指す。古典中国では、韻を踏まず、かつ後者を用いた文章を「散」と称した。これら詩や文章（併せて「詩文」と呼ぶ）に加え、後には文言よりも話し言葉（口語）に近い白話《はくわ》による戯曲や文言・白話のいずれもが用いられる小説が、発生・伸張していく。

そういったわけで、古典中国における文学への見方、いわば「文学観」を総体として知るためには、各時代の詩論・文章論を通して「詩歌観」、「文章観」を見るのみならず、「戯曲論」や「小説論」などにも目配りしなければならない。それにも関わらず、以下の本論で、文言を用いた詩歌・文章に関わる理論・批評を主に取り上げる原因は、何よりも筆者の専攻領域の狭さにある。しかし、白話による戯曲や白話の作品も多い小説よりずっと発生の早い詩文が、長らく主として中国での文学理論の源泉、批評の対象となってきたことも、また争えない事実である。その意味で、詩文を中心にすえて、古典中国の文学理論・批評を考える試みは、決して的外れとはいえまい。これより、最初の三章で最後の王朝である清代（一六三六〜一九一二）に至る文学思潮の流れを概観し、第四章から第六章においては思潮の媒体となる様式、理論や批評の位置づけ、文学を形作る言葉に関わる事象を各々取り上げたい。最後に、第七章では古典文学での最大の問題ともいうべき「古」と「今」の関係を考える。

第一部　継承と変容

第一章　文学論の興起

第一節　「文学」の萌芽

「文学」以前

文学作品が存在せずに、文学理論や批評が現れないことは、容易に想像できる。したがって、理論や批評を扱うには、「文学」という概念の起源を、まず見ておく必要がある。西洋文明の影響から、いま我々は書き言葉で表現を凝らした小説・戯曲・散文・詩歌などを一般に「文学」と見なしている。だが古典中国での「文学」は、本来それらと同義ではなかった。

あれほど難しい文字を使って書かれた古語の要約を、我々は以前「文」と呼んでいた。近頃の新し物好きはこれを「文学」と呼ぶが、それは「文学は子游《しゆう》・子夏《しか》」から借りたのではなく、日本から輸入したもので、彼らが英語の Literature を翻訳したものだ。（魯迅二〇〇五b）

中国近代文学の父である魯迅《ろじん》（一八八一～一九三六）から見て、『論語』「先進《せんしん》」篇で孔子が「文学に優れた弟子は、子游と子夏だ」と述べる際に用いた言葉をもっぱら Literature の訳語に充てたのは、中国人ではなく日本人であった。この種の「文学」が、清代（一六三六～一九一二）末期の中国に輸出されたわけである（鈴木修次一九八六）。孔子のいう「文学」は学問、当時のことだから古典学一般を指す語であり、書き言葉による表現も、そこに含まれる。それに傾く「文学」の使用例も古来、数多いが、Literatureとほぼ同義になるには、二十世紀を待たねばならない。

そもそも、孔子が『論語』で列挙した高弟の得意とする分野は、順に徳行・政事（政治）・言語（弁論）・文学であった。徳治主義を唱えた孔子にとって、徳行も実際の統治に役立つ要素であった。そうであれば政事はもとより、外交など対人関係を円滑にする言語、各種の知識が得られる文学（学問）も、ごく実用的な意義を持ったと考えられる。今日の「文学」に近い、言語で記された表現は、古典中国の早い時期、このように実用性の高い学問一般の、それも一部分という位置づけを与えられていたことになる。

だから、『論語』「衛霊公《えいれいこう》」篇の「辞《じ》は達する而已《のみ》矣」という孔子の言葉が「言葉は意思が伝わればよい」と解釈され、「辞」を（余計な意味が加わっては不都合な）外交交渉における言辞に限る異説（荻生《おぎゅう》徂徠《そらい》『論語徴《ろんごちょう》』など）がほとんど問題にされないのも、異とするに足りない。つまるところ、大事なのは内容であり、表現ではないという考え方が、古くは根強かったと思われるからである。確かに、「文質《ぶんしつ》彬彬《ひんぴん》として、然《しか》る後《のち》に君子」（文と質が調和を保ち、そうしてこそ立派な人物だ）とも孔子は発言している（『論語』「雍也《ようや》」篇）。この言葉は後世、表現と内容の双方を重んじる文学観の拠り所として、しばしば引用された。しかし、古典中国での「文」は先に引いた文章で魯迅が述べるとおり、今日いう「文学」をも指し示すが、元来は文《あや》（文様）や文飾から文化に至る、ずっと広い範囲を指す概念である。

当然ながら、孔子もそのように広い意味での「文」を「質」（この場合は素朴さ）に対置したと考えるべきだろう。孔子の言行録である『論語』からは離れるが、やはり経書（正確にはその注釈）の『春秋左氏伝《さしでん》』襄公《じょうこう》二十五年条には、彼の発言として「言《げん》の文無《ぶんな》きは、行われて遠からず」（言葉に文飾がなければ、遠くまでは伝わらない）とある。これは内容の伝達には文飾も必要であることを説いており、表現にも目配りした言説だということは確かだろう。だが、この「言」は話し言葉を排除しておらず、書き言葉から成る文章などには限定されない。前六・五世紀の孔子やその後継者の「儒家」を含めて、先秦時代、すなわち秦による中国統一（前二二一）以前、「諸子百家」と呼ばれる各種の思想家集団が社会や個人のあるべき姿を有力者に説いて回ったことは、周知の事実に属する。しかし、文章による表現については、各学派とも（著述を残しながら）大した議論を伝えていない。孔子のいう「文学」も徳行・政事・言語の後に置かれており、重要ではあるが、知識人の人生における究極の目標とはなりえなかった。

「詩言志」説

ただLiteratureとしての「文」や「文学」という概念が希薄だったことは、「文学」と見なせる作品が存在しなかったことを、決して意味しない。最も古い中国の文学作品といえば、『詩経』にまず指を屈することになるが、そこに収められた三〇五篇の詩歌のうち、早い詩は前九世紀、遅い詩でも前七世紀頃に作られたと思しい。詩歌という今日の感覚で量っても、「文学」と呼ぶのにはばかるところのない『詩経』のうち、二篇を次に抜粋する。

あなた、塀を越えて来るのは止めて、うちのヤナギの木を折らないで。惜しいのではないの、両親が恐いの。あなたは好きだけど、両親に叱られるのも恐いの。（「将仲子《しょうちゅうし》」）

私を好きというならば、もすそをかかげて溱《しん》（川の名）を渡ってあなたに会いに行く。好きでないというならば、他に男がいないわけではない。お馬鹿さん、それが分からないの。（「褰裳《けんしょう》」）

『詩経』のうち、「風《ふう》」（国風）と称される部分は、当時の北中国各地で作られた歌謡を収める。中でもここに一部を引く二篇は、現河南省中部に位置した鄭《てい》（前八〇六～前三七五）という国の詩「鄭風」に属する。もとが歌謡の「国風」には語句が少し異なるだけのリフレインも多く、それぞれ三節、二節から成る「将仲子」と「褰裳」の各節も先に引いた第一節と似通う内容を持つ。二篇の詩は、共に女性が男性に呼びかける形を取っていると理解される。

この『詩経』だが、孔子が彼以前に国家の儀礼・祭祀を通じて、また民間で伝わった歌謡から「礼義に施す可《べ》き」（礼の道に適う）詩を選んで成ったというのが、『史記』（前九〇年頃に成立）巻四十七「孔子世家《せいか》」以来の通説だった。これは今では証拠を欠く、仮託と考えられるが、『論語』における度々の言及から考えて、孔子が古来の歌謡を重んじたことは事実である。編者は孔子だという伝承は、『詩経』の解釈にある方向性を与えることになる。

詩というものは、志から発するものであり、心に止まっていれば志であるが、言葉に現れれば詩となる。情が（人の）内面で揺らぎ言葉として形を取り、言葉では（表現が）充分でないがためそれについて嘆きの声を上げ、嘆きの声を上げて充分でないがためにそれを長く伸ばして（詩に）歌い、長く伸ばして充分でなければ、思わず手を動かし、足を踏み鳴らして舞うことにもなるのである。情が声に現れ、声が文《あや》を形作ればそれを音という。治まった時代の音は穏やかで喜ばしく、その政治も調和が取れているが、乱れた時代の音は恨めしげで荒れていて、その政治もねじ曲がっており、国が亡ぶ際の音は悲しげで憂わしく、その民は困窮している。したがって是非を糾《ただ》し、天地を動かし、鬼神を感じ入らせる点で、詩以上のものはない。古《いにしえ》の王者はそれで夫婦の筋道を立て、孝順を実現し、人倫を篤くし、教化を輝かせ、風俗を改めた。（『詩経』「大序《たいじょ》」）

『詩経』は本来、単に『詩』と呼ばれた。前漢（前二〇六～後八）において、複数の注釈が編まれたが、前一世紀のことだろうか、注釈者の姓が毛《もう》だと伝わるので、「毛伝」と称される注が作られた。この注とは別に、『詩』には各詩篇の背景を説く前書きの「詩序」が存在する。「詩序」が書かれた時期は、「毛伝」からやや遅れるとも、より後の一世紀ともいわれ、なお定かではない。ともかく、他の古い注釈は失われて、後には「毛伝」と「詩序」を付した形で流布したため、『詩経』は『毛詩』とも呼ばれる。『詩経』の中で、冒頭の一篇「周南《しゅうなん》」（「国風」の一種）の「関雎《かんしょ》」には、例外的に長い「詩序」が冠せられる。「関雎」の背景のみならず、『詩経』全体に関わる総論のような内容が記されるこの前書きを「大序」（「毛詩大序」）、他の篇の「詩序」を「小序」とも呼ぶ。ここには、「大序」から一節を引用した。なお「志」、「心」、「情」、「声」、「音」及び「あや」と読んだ「文」は原文のままである。

「志」や「情」のような人の思いが言葉として「詩」に表現され、その「声」（音声）が「文」（文飾）を伴い、「音」（音楽）に乗せて歌われる（それで不足ならば舞踊の形を取る）——ここに引く「大序」の前半は、こう要約できる。実は同様の言説は、他の文献にも見える。

詩は志を述べるもので、その言葉を長く伸ばしたものが歌で、その歌に（高低強弱の）調子を加えれば声（音声）で、声に旋律がつけば和（調和）が現れる。（『書経』「舜典《しゅんてん》」）

上古の聖天子とされる舜の発言を、『詩経』と同じ経書の『書経』から引用した。ここでの「詩」も、『詩経』に採録されるような詩篇を指す。「詩は志を述べる」（原文「詩言志」）に類する言葉は『書経』や他の前漢以前の文献に現れるが、「詩」が生まれる契機として「情」を挙げるのは、「毛詩大序」が最も早いようだ。だから同じ「心」の動きでも、「情」（感情）よりは、一定の方向性を持つ「志」（理性）の方が、「詩」の作られる動機と重んじられていたらしい。このような考え方を、「詩言志《しげんし》」（詩以外の文体にも適用して「言志」）説と呼ぶ。

「詩」が生み出される契機に続いて、「大序」が述べるのは、それが乗せて歌われる「音」と社会との関係である。恐らくは「詩」の言辞を含む「音」の風趣と政治の良否が直結すると説かれていることが、見て取れよう。もとより理想とされるのは、治まった時代、そこで聞かれるはずの温雅な調べであった。ある国に入った孔子が「其の為人《ひととなり》也《や》、温柔敦厚《おんじゅうとんこう》は、詩の教え也《なり》」（そこの住民が、穏やかで優しく情が深ければ、それは「詩」の教化による）と述べたのも（『礼記』「経解《けいかい》」）、『詩経』の詩を穏当と総括する見方の存在を伝える。それでは、「詩序」や「毛伝」は、先に引いた「将仲子」など二篇の詩をどう解釈したのか。

すなわち「詩序」と「毛伝」は、「将仲子」を鄭の君主荘公《そうこう》（在位前七四四～七〇一）とその弟の事跡を詠う詩と解する。「あなた」と訳した呼びかけは原文では「仲子」（次男を指す）だが、それは母の寵愛を背景に荘公に逆らう弟を抑え込むよう諫める重臣の名「祭仲《さいちゅう》」の反映であり、「あなたは好きだけど、両親に叱られるのも恐いの」とは母の手前もあるから諫言には従えない、と答えたものを当時の人が詩に詠って諷刺したと考えるわけである。「褰裳」の解釈も、社会状況に結びつける点で、「詩序」と「毛伝」はこれと軌を一にする。

荘公の息子らが鄭の君主の位を争って起こった騒乱を鎮めてもらうため、人々が大国の力を借りることを考えた際の詩だというのが、「詩序」と「毛伝」による「褰裳」への見方である。つまり「もすそをかかげて」「川」「を渡って」「会いに行く」「あなた」とは大国を指しており、「好きでないというならば、他に男がいないわけではない」とは傘下に入る希望を受け入れないならば、他にも頼るべき大国はあるぞ、という意味であり、「お馬鹿さん」（原文「狂童」）はこの期に及んで権力争いに狂奔する荘公の息子を指すというのである。

古代人の真情を伝える歌謡として『詩経』を読もうという向きには、違和感を覚える解釈でもあろう。確かに『詩経』には、「国風」以外に「雅《が》」（儀礼の歌）、「頌《しょう》」（祭祀の歌）も含まれており、そこに人々の哀感、ひいては諷刺を読み取れる例も少なくない。ただ「詩序」や「毛伝」の見解には、仮にも孔子に選ばれて伝わった詩が男女の色恋を述べるだけなどという事態があろうはずもない、という前提が存在する。多くの詩をこのように何らかの寓意を持つと解する方向性が、『詩経』以外の詩歌に、また散文など他のジャンルにやがて推し及ぼされることになり、それは古典中国の文学に何がしかの窮屈さをもたらす結果となる。具体的には、「毛詩大序」にもあったように、文学を政治などの社会状況と直結させつつ、その一方で道徳・倫理に反する（と考えられる）題材を好まない傾向が顕著になっていく。

力をも入れずして天地《あめつち》を動かし、目に見えぬ鬼神《おにかみ》をもあはれと思はせ、男女《おとこおんな》の仲をもやはらげ、たけき武士《もののふ》の心をも慰むるは歌なり。（『古今和歌集』巻首「仮名序」）

十世紀初頭に紀貫之（八六六？～九四五？）が書いたという文章のこの一節が、「毛詩大序」の「天地を動かし」以下の模倣であることは容易く分かる。だが、両者の間には、差異も見られる。「大序」には「夫婦の筋道を立て」とあるのが、「仮名序」では歌は「男女の仲をもやはらげ」と（夫婦ならぬ）男女一般のことに置き換わるのは、その一例である。

『古今和歌集』二十巻のうち、恋の歌が五巻を占めるような日本文学とは異なって、個人の実体験として恋愛を描く文学は古典中国にごく乏しかった。「大序」が詩歌の道徳性を重んじ、「詩序」や「毛伝」が「将仲子」などの解釈を典型として、男女の恋愛感情から詩を読むことを拒んだ現象は、その早い例である。例外的な作品も相応にあるのだが、詩や文章を著し、読む際、政治や道徳による制約は以後、中国において長く影を落とすことになる。

第二節　解釈の可能性

「以意逆志」「知人論世」

「将仲子」などを例として、「詩言志」説が読者の解釈を規定することは、前項で既に見たとおりである。ただ詩歌のあるべき姿を示す点で、それには書き手の態度を定める理論としての意味が色濃い。これに比べて読み手の在り方を方向づける、作品の鑑賞・批評により関わる言説も、戦国時代（前四〇三～前二二一）にはもう現れていた。前四世紀から三世紀にかけて活動した儒家の大立者、孟子が弟子の問いに答えた言葉を見てみよう。古代の聖人である舜が血縁関係のない帝王の尭《ぎょう》から王位を譲られた際、詩（『詩経』小雅《しょうが》「北山《ほくざん》」）に「普天《ふてん》の下、王土に非《あら》ざる莫《な》く、率土《そつど》の浜《ひん》、王臣に非ざる莫し」（あまねく天に覆われた場所に、王の支配地でないものはなく、果てしなく続く土地に、王の臣下でない者はいない）とある以上、舜は実父を臣下として扱ったのか、という質問に孟子はこう答えた。

この詩だが、そのようなことをいうわけではない。王命による労役に従ってそれで父母を世話できないので、「これは王命による務めで（誰もが王の臣下だから皆で務めを果たすべきで）あるのに、私ひとり才能があって（親を世話できないほど）苦労する」。と述べたものだ。だから詩を解釈する場合、文字面で言葉を捉え損なってはならないし、言葉で（詩に込められた）思いを捉え損なってはならない。自分の考えで（詩の）思いを推し量れば、それ（詩）が分かったことになるのだ。もし言葉だけを取ったならば、（『詩経』大雅）「雲漢《うんかん》」の詩に（日照り続きで）「周余《しゅうよ》の黎民《れいみん》、孑遺《げつい》有る靡《な》し」（多くいた周の地の民の、生き残りは誰もいない）とあるが、この字句のとおりならば、実はこれは誇張であるのに）周には残された民がいないことになる。（『孟子』「万章《ばんしょう》」上）

『詩経』の記述を絶対的な真理のように考える弟子の問い（そう言って師に一泡吹かせたかったのかもしれない）はともかく、孟子による「北山」の解釈にも、特に根拠は伝わっていない。それだけに彼の考え方も、多分に恣意的と思しい。だが、「自分の考えで（詩の）思いを推し量れば」と訳した「以意逆志《いいげきし》（意を以《もっ》て志を逆《むか》う）」（この「逆」は「迎」に同じ）は、後世の中国で文献を読む際の態度を象徴する言辞となる。つまり作品が含む「思い」（原文では「詩言志」にも見えた「志」）は時代を隔てた読み手の「考え」（「意」）で読み取れるという観念が、ごく一般的になったのだ。同じ『孟子』には、こうある。

天下の優れた人物を友として不足であれば、さらに遡って昔の人を論じる。彼らの詩を吟じ、彼らの書物を読んでも、その人となりを知らずして、よいものであろうか。そこで彼らの時代を論じることになる。これが遡って古人を友とするということである。（『孟子』「万章」下）

一村、一国、天下の優れた人物は、それぞれ同じように村、国、天下で優れた人物を友達とする、と述べた後、孟子が続けて発した言葉を引用した。同時代で傑出した者と交わってなお不充分ならば、昔の人（原文は「古之人」）に思いを馳せるものだというのである。彼らの詩や書物を取り上げるならば、自ずと「その人となりを知」り（原文「知其人」）、彼らの時代を論じる（同「論其世」）こととなる。こういった孟子の言説が、やがて詩や書物の書き手に関わる情報を持たずして、それらの正しい解釈は不可能、逆にいうと、そういった知識があれば、古人の著述でも正確な読解は可能という考え方を導きだすことになる。一般に「知人論世《ちじんろんせい》（人を知り世を論ず）」などと呼ばれる解釈の手法は、この一節に由来する。

書き手やその時代背景に関わる情報の真実性はどう保証されるのか、長い時間をかけて複数名の手で創作・改変されてきた作品をいかに扱うか、また情報が得られなければ、あるいはそもそも作者や制作年代が不明の場合はどうするのか。「知人論世」の手法が持つ限界は、このようにすぐにでも思いつく。しかしながら、書き手の意図を捉えることこそが文献の読解だという認識はにわかに否定できないし、読むという行為は有効と期待させる点で、孟子の言葉は相当な力を及ぼした。「詩を誦《しょう》し書を読みて、古人と居《お》り、詩を読み書を誦して、古人と謀る」（『詩経』を詠じて『書経』を読むことは、昔の人と「一緒に」いることだし、『詩経』を読み『書経』を詠じることは、昔の人と話し合うことだ）。唐代の文献『意林《いりん》』巻一に見られる『尸子《しし》』から、孔子が言ったとされる一文を引いた。『尸子』（前四世紀？）は他の書物の引用だけが伝わる文献で、これも孔子の発言かどうか定かではない。

だが、文献を読むことを古人との対話と見なすこの言葉には、『孟子』と一脈通じる側面がある。後世において、読みの姿勢を示す「以意逆志」、その際に作者・作品の背景を重視する手法を言い表した「知人論世」というフレーズは大きな力を持つことになった。今いうところの伝記的批評（Biographical criticism）に近い立場が、ここに登場したといえる。

発憤著書

少しの中断を挟み前漢・後漢で通算約四〇〇年、中国を支配した漢王朝の時代、後世に絶大な影響を与えた事跡の一つに、儒学が官学とされ、社会秩序を維持する正統な思想に位置づけられたことが挙げられる。この後、時代で消長はあったが、清が滅亡する二十世紀初年に至るまで、儒教は政治や他の各方面で、社会に強大な力を及ぼす。それまでと同じく多様な価値観がある一方で、皇帝を頂点とする朝廷が多分に建前としても儒教に基づいて国家を運営する方向性は、前漢後期から後漢（二五～二二〇）にかけて定まった。その時期に君主（国家権力）から処断された人物が、次のような言説を残している。

退いてじっくりとこう考えた、「そもそも『詩経』・『書経』の意味が隠微で言葉が簡約なのは、その志すところを遂げようと望むからだ。むかし西伯《せいはく》（周の文王《ぶんおう》）は羑里《ゆうり》（現河南省安陽市、一説に牢獄を指す普通名詞）に幽閉されて『周易（易経）』を敷衍し、孔子は陳《ちん》・蔡《さい》（共に現河南省にあった国家）で危難に遭って、『春秋』を著し、屈原《くつげん》は追放されて、「離騒《りそう》」を書き、左丘明《さきゅうめい》は視力を失って、それで『国語』ができた。孫子（孫臏《そんぴん》）は下肢切断の刑を受けて、兵法を論じ（『孫子』を著し）、呂不韋《りょふい》は蜀《しょく》（現四川省）に流されて、世に『呂覧《りょらん》（呂氏春秋）』を伝え、韓非《かんぴ》は秦で捕えられて、「説難《ぜいなん》」・「孤憤《こふん》」（共に『韓非子』の篇名）があり、（『詩経』に収める）三百篇の詩は概ね聖賢が憤りを発して作りあげたものである。つまり人はみな鬱屈することがあって、それを漏らすことができないので、過去のことを述べ未来を思うのだ」。（『史記』巻一三〇「太史公《たいしこう》自序」）

前漢の司馬遷（前一四五～？）が武帝（在位前一四一～八七）の怒りを買って、罪を得た後、出獄してから、過去の大著述に思いを馳せた一節を引用した。何らかの悲運に遭った者が大作を伝えた（著作の来歴が仮託、または著作が悲運に先立つ例も含まれるが、いまそれは問わない）系譜の中に自らも位置づけ、大著『史記』を書き続けるべく、気持ちを奮い立たせたものと思しい。天なり人間の悪意なりを著作の契機と捉える、この「発憤著書」説は、古典中国の文学で普遍的な考え方となる。

ただ、ここに挙げられた著作には、注意を要する。司馬遷が挙げた『易経』・『春秋』・『詩経』は経書（儒教の経典）、『国語』は『春秋』の外伝なので経書の中に加えられ（後に史書に列せられる）、『孫子』・『呂氏春秋』・『韓非子』は諸子、今日でいう思想書である。『史記』自体も史書と目される点は、言うまでもない。つまり、これらのほとんどが、古典中国の価値観で文学と見なされる書物ではなかった。

中国では図書の分類、目録の作成が極めて早く発達し、これらを主題とする学問を「目録学」と呼ぶほどである。前漢末の劉向《りゅうきょう》（前七七〜前六）・劉歆《りゅうきん》（?〜二三）父子を初めとした学者が朝廷の蔵する書物の定本を作成し、それらを分類したリストの『七略』、解題をまとめた『別録』は目録学の最も早い成果であろう。『七略』自体は現存しないが、『漢書《かんじょ》』（一世紀末）巻三十「芸文志《げいもんし》」が同書に基づく目録と考えられる。そこでは、対象となる書物が六つの「略」に大別される。

それぞれ軍事、占術、医薬といった特殊技術を扱う書物を配する兵書略、数術略、方技略は措くとして、ここでは他の三つの略、すなわち六芸《りくげい》略、諸子略、詩賦《しふ》略に注目したい。まず六芸略には、経書と関連する文献が収められる。司馬遷が挙げた著作でいえば、『易経』・『書経』・『春秋』・『国語』が、その中に含まれる。当時は史学が独立していなかったため、『史記』も経書だが年代記の性格を持つ『春秋』に付随して、六芸略に置かれる。別に儒教以外の思想書が属する諸子略があって、『孫子』・『呂氏春秋』及び『韓非子』がこの中に分類されていることは、贅言を要さない。いま経書や諸子の書、『史記』を文学書として読むのは、そこに用いられた文章表現が優れているからである。古典中国の長い時代を通して、文章の模範として称えられてきたので、このこと自体は実に当然であろう。

だが分類から考えて、当時それらが文学書と見られていなかったことも事実である。経書や諸子の書、『史記』等は『世界古典文学全集』（筑摩書房、一九六四〜二〇〇四年）のような叢書にも収められるが、これはやはりそこに収録された旧約・新約の『聖書』、『仏典』、またヘロドトスの『歴史』（前五世紀）などが本来の主題（宗教、歴史）を離れて、文学としても受容されていることと等しい。したがって『詩経』に基づく「詩言志」説と同じく、漢代に生じた「発憤著書」説も、もとは文学独自の理論だったわけではない。そう見なせる作品を憤りの発露として読もうという点で、対象は書かれたもの全般に及ぶ。

もっとも『漢書』「芸文志」（遡れば『七略』）には、Literatureとしての「文学」という領域が独立する兆しも見出せる。六部分類の一、詩賦略の存在が、それを示す。ここに属するのは、『詩経』以外の詩歌、及び辞賦《じふ》と総称される韻文である。一〇六家一三一八篇の作品が存在したと「芸文志」が記す詩賦のうち、前者は二十八家三一四篇に止まるから、前漢において、思想や歴史を伝えることを主題としない表現は、多く辞賦の形を取ったと考えてよい。辞賦は辞（騒体《そうたい》）と賦とに細分しうるが、騒体の代表格が司馬遷も題名を挙げた「離騒」であり、その作者とされる人物が屈原である。

忽奔走以先後兮、　急ぎ駆けだして（君の）前後に添い、
及前王之踵武。　先王の遺業を追ってもらおうとした。
荃不察余之中情兮、　（だが）香り高き君は我が心中を汲み取られず、
反信讒而齌怒。　逆に讒言を信じて激しくお怒りになった。
余固知謇謇之為患兮、　私はもとより忠誠が災いとなることは分かっていたが、
忍而不能舎也。　みすみす捨てておくことができなかったのだ。
指九天以為正兮、　遥かなる天を指して誓おう、
夫唯霊脩之故也。　これもただ徳ある君のためなればこそと。（『楚辞《そじ》』「離騒」）

『詩経』は古代の北中国、黄河流域の歌謡を収める。これに対して騒体は南中国、現湖北省・湖南省を中心とした楚の一帯に起源を求められる。屈原（前四世紀～三世紀）という楚の重臣の手に成るとされる「離騒」などの諸篇に、その弟子筋、漢代の模倣者による作品が付加され、後二世紀前半に注を施された十七篇を収める作品集の『楚辞』が通行する。ここには、主君に逐われた屈原がその悲憤を詠ったとされる「離騒」の一段を引用した。

しかし屈原が実在したか否かや「離騒」などが成立する背景には、疑問も多い。今日では祭祀を司った巫《ふ》と呼ばれる人々が、六・七字を一句とする比較的長い感情的・幻想的な作風の発生に関わったとする説が有力である。ただ司馬遷が「発憤著書」説の根拠として、その追放に言及したとおり、「離騒」などの作品が屈原の生涯と分かち難く結びつけて伝えられていたことは事実である。このような伝記的批評による解釈を受けつつ、『楚辞』は『詩経』と共に中国文学の源流に位置づけられ、後世への影響も大きい。殊に、文体として『楚辞』の子孫ともいうべき賦は、漢代に大きく発展を遂げる。

訊曰、已矣、国其莫我知、独堙鬱兮其誰語。鳳漂漂其高逝兮、夫固自縮而遠去。

（賦の）終わりにいう、（あれこれ述べることは）やめよ、朝廷は私のことを分かってくれない、独り沈み込んでも誰に話そうというのだ。鳳《おおとり》は軽やかに高く飛びたって、自ら退いて遠くへ去るはずなのだ。（『史記』巻八十四「屈原賈生《かせい》列伝」）

放逐された屈原は、遂には川に身を投げて死んだといわれる。前漢の学者で賦の書き手でもあった賈誼《かぎ》（前二〇一～一六九）は、その地（現湖南省）を通った際、屈原を悼む文章を著した。ここには、それから一部を引いた。『文選』巻六十では同じ作品を「弔屈原文」（屈原を弔う文）と題するが、省略した序で「為賦」（賦を為《つく》る）と賈誼自らが述べているので、賦である点は間違いない。「独堙鬱兮其誰語」以下の七字から成る句、語勢を整える助字「兮《けい》」（これ自体に特段の意味はない）の使用が、先に引いた「離騒」などの様式を受け継ぐことを窺わせる。もっとも「賦なる者は、古詩の流れ也《なり》」（賦というものは、昔の詩の系統を引く）と後漢の班固《はんこ》（三二～九二）が「両都賦序《りょうとふじょ》」（『文選』巻一）で述べるとおり、『詩経』に収められた詩の形式（概ね四字で一句を構成）を多用する賦も少なくない。

滭弗宓汨、偪側泌瀄。横流逆折、転騰潎洌。滂濞沆漑、穹隆雲橈、宛潬膠盭。

滭弗《ひつふつ》とし宓汨《ひついつ》とし、偪側《ひょくそく》とし泌瀄《ひつしつ》とす。横に流れ逆に折れ、転がり騰《あ》がり潎洌《へつれつ》とす。滂濞《ほうひ》とし沆漑《こうがい》し、穹隆《きゅうりゅう》とし雲橈《うんどう》し、宛潬《えんせん》とし膠盭《こうれい》とす。

ざっと去りゆき、ぶつかり合う。横ざまに流れて旋回し、さっと過ぎて撃ち当たる。音を立てて緩やかに流れ、うず高く盛り上がって雲のように曲がり、ぐるぐる回って斜めになだれ落ちる。（『文選』巻八「上林賦《じょうりんふ》」）

「上林賦」を著した司馬相如《しょうじょ》（前一七九～一一八）は前漢を代表する辞賦の作り手と目される。ここに引いた一節では、上林苑（首都の長安南方にあった大庭園）の中を河川が流れる様子が描写される。その主眼は、響きに特徴があり、当時の知識人にとっても見慣れない文字から成る「滭弗」などの擬音語・擬態語を用いて、庭園の広大さを描くことにある。それを通して皇帝（上林苑の所有者）の威光を表現する意図はあるにせよ、寓意はさほど感じられない。「発憤」を契機に著されたとされる『楚辞』の末流としての辞賦に、過度なまでの彫琢が凝らされる、このような傾向は前漢の末期、相当に著しかったようだ。辞賦の作者で学者としても知られる揚雄《ようゆう》（前五三〜後一八）は、自著の中でこう述べる。

（揚雄は）言った、「『詩経』に倣う者の賦は華麗だが規範に則っており、『楚辞』に倣う者の賦は華麗で（然るべき）度を越している」。（『揚子《ようし》法言《ほうげん》』「吾子《ごし》」）

辞賦を『詩経』の精神を受け継ぐもの、『楚辞』の表現を襲うものに二分した上で、揚雄は後者を修辞に意を凝らすだけで節度がないと批判する。かつて自らの賦で名を馳せた揚雄が、後年にその創作を廃したことは、彼の認めない作品が流行していたことへの反発とも関わろう。彼は、『七略』を編んだ劉向・劉歆の同時代人でもある。揚雄の思いはさておき、美麗を競う作品が多くを占めたろう辞賦は、当時の図書分類において詩賦略という一つの枠すら形作るに至った。先に述べた「詩言志」説は、文学に道徳性を求める、倫理的批評（Moral criticism）ともいうべき文学観であった。それに照らせば高い評価を受けられそうもない美文の盛行は、次に続く時代の文学論を用意することになったと思しい。

第三節　文学独自の理論の発生

文学自覚の時代

長きにわたる漢代も末期を迎え、中国は動乱の時代に入っていく。並みいる群雄を蹴散らした曹操《そうそう》（一五五～二二〇）の息子として広大な支配領域を継承した曹丕《そうひ》（一八七～二二六）は後漢を滅ぼし、初代の皇帝として魏《ぎ》（二二〇～二六五）を建国する。蜀・呉《ご》と共に三国の形勢を生み出した政治上の重要性に加えて、父の曹操や弟の曹植《そうしょく》（一九二～二三二）と共に彼は文学の領域でも記憶されるべき人物といえる。その著作で文学を論じた一節にいう。

文章は国家を治めるための大事業であり、滅びることなき優れた営みだ。寿命はいつか尽き、栄耀は我が身限りで、この二つには必ず終わりがある。文章が不滅なのに敵わない。（『文選』巻五十二「典論論文《てんろんろんぶん》」）

原文を書き下せば、「文章は経国《けいこく》の大業、不朽の盛事《せいじ》」となる冒頭部で名高い主張である。ここを含めて二箇所見える「文章」は原文のままだが、今日いう文学と通じる意味を持つ。曹丕によるこの議論は、文学の価値を中国人が認識した早い例として名高い。『詩経』の枠を超えて、「文章」一般を重んじる立場は、確かに先に触れた数百年前の「大序」そのままではない。このような認識を曹丕は、なぜ持ちえたのか。当時の文学に起こっていた変化を見てみよう。実作者、特に詩人としては、曹丕を凌ぐ名声を有する曹植の詩を引いてみる。

公子敬愛客、終宴不知疲。清夜遊西園、飛蓋相追随。明月澄清景、列宿正参差。秋蘭被長坂、朱華冒緑池。潜魚躍清波、好鳥鳴高枝。神飈接丹轂、軽輦随風移。飄颻放志意、千秋長若斯。

若君は客人を大切にされ、宴が果てるまで疲れをお感じにならない。清らかな夜に西の庭園に遊ばれるとて、客人は車を駆って付き従う。明るい月は澄み渡る光を湛え、列なる星は折しもめいめい輝く。秋に花咲くランが遠くの坂道を覆い、赤いハスの花が緑なす池一面に咲く。水に潜む魚は清らかな波間に跳ね、可愛い鳥が高い木の枝でさえずる。奇しき疾風《はやて》が朱塗りの車に吹き付け、軽快な手車が風に任せて進み行く。思いは舞い上がる心のままとして、とわにかくありたいものだ。

（『文選』巻二十「公讌詩《こうえんし》」）

「若君」と訳した「公子」という言葉は、ここでは恐らく曹丕を指す。後漢の末年、曹操が権勢を誇る中で曹丕・曹植は貴公子として青春時代を過ごした。彼らのような公的な地位を持つ者の遊宴（「公讌」）で作られたこの詩に即して、当時の文学における特徴を、以下に考えてみる。まず、一句の字数に着目したい。比較の対象として、先に翻訳を挙げた「将仲子」から同じ箇所の原文を引いておく。

将仲子兮、無逾我里、無折我樹杞、豈敢愛之、畏我父母。仲可懐也、父母之言、亦可畏也。（第一節の「「詩言志」説」参照）

『詩経』の詩など中国の古い詩歌は、このように四字の句を基調とする。なお黒丸、白丸はそれを付した文字が互いに押韻することを示す。その一方で曹植の詩は、五字の句で首尾一貫している（偶数句の末尾で韻を踏む）。この五言詩と呼ばれる形式は、もと民間の歌謡として、『詩経』に収められる詩より軽く扱われており、漢代を通じて作者未詳という例が多かった。曹植や曹丕、彼らをめぐる知識人が名前を明示して五言詩を盛んに作るということは、前例のない事態であった。彼らが洗練への道筋をつけた五言詩は、さらに後発の七言詩（七字で一句を成す）と共に古典中国を代表する詩形に成長する。やがて詩歌は、辞賦を越えて韻文の首座を占めるに至る。五言絶句や七言律詩という呼称が（中等教育での漢文の授業を通して）現代の日本人にも知られていることの背景は、ここに根差すと考えられる。

五言詩の発展に加えて、詩や文章の作り手が置かれた地位を、次に挙げるべきだろう。曹兄弟や父の曹操は権力者にして、傑出した詩文の作者でもあった。曹操は行政や軍事の英才に加えて、文筆に優れた人物も政権に取り込んでいく。それは公用文の書き手としての役割を期待してのことだったろうが、彼らは曹丕・曹植を囲む文学集団を形成していった。「公讌詩」はその集団の宴席で著された作品であり、そこでは主人と客が詩を唱和し合った。

そういった意味で、「公子敬愛客」（若君は客人を大切にされ）の句が注目される。いったい、漢王朝の隆盛期にも権力者の周囲に文学の作り手はしばしば存在した。ただ、当時の書き手は作品を通して権力者を言ほぐことを、自らの務めとした。司馬相如が「上林賦」で皇帝（武帝）の所有する広大な庭園の威容を描いたのは（前節「発憤著書」）、その典型である。御用文士ともいうべき司馬相如たちの作品は、権力者を第一の読者に想定していた。もちろん曹丕・曹植は「公子」なので、周囲の文学者が彼らと対等の地位にあったとはいえまい。しかし建前にもせよ、「公子」は「客を敬愛し」ていたのであり、このことは一流の者に限るとはいえ、詩文を著す人々の地位を飛躍的に向上させる契機となった。

　これと関わって、第三に批評の本格的な開始が想像される。集団による創作は、批評が生じる土壌となりうる。現に、先に引いた曹丕の文章は「論文」（文を論ずる）と題される。

　全体としては散佚した『典論』という著述の中で、まとまって残るこの「論文」の中で、曹丕は同時代の文学者を批評しながら、自らの文学論の一端を示している。批評への関心は、弟の曹植にも共有されていた。側近の楊脩《ようしゅう》（一七五～二一九）、字《あざな》は徳祖《とくそ》に宛てた書簡「楊徳祖に与《あた》うる書」で、彼はこう述べる。「世の人々の著したもので、欠点がないということはありえません。私は日頃から人が私の書いたものを批判することを喜んでおり、よくない箇所があれば、ただちに改めています」（『文選』巻四十二「与楊徳祖書」）。心情を表す詩歌、特に五言詩という新たな形式、権力者の庇護下で作品が生産される場の確保に加えて、この批評を重んじる気風が後漢末から魏へと続く時代を文学の一大画期――二十世紀に日中双方の学者から三国の魏は「支那の文学上の自覚時代」（鈴木虎雄一九二五）、「文学的《の》自覚時代」（魯迅二〇〇五ａ）と呼ばれることになる――とさせたのである。

魏はやがて蜀（二二一〜二六三）を併呑するが、西晋《せいしん》（二六五〜三一六）に滅ぼされる。西晋は呉（二二二〜二八〇）を討って、中国の統一に成功した。この後、もと蜀や呉が支配していた地域の知識人も、西晋に仕えるようになる。呉の名族に生まれた陸機《りくき》（二六一〜三〇三）も、その一人である。文学の作り手として一流の能力を有した彼は、自らの創作体験に基づく文学論を「文賦《ぶんふ》」（『文選』巻十七）という辞賦に著し、そこで「詩は人の感情を本《もと》にして美しいもの」（原文「詩縁情而綺靡」）であるべきと述べる。

唐の李善《りぜん》（?〜六九〇）は『文選』のこの箇所に「詩はそれで志を言うので、だから感情を本にするという」と注を施した。「志」にせよ「情」にせよ、内心からあふれるものが詩の生まれる契機という点で、ここの「詩縁情《しえんじょう》」は第一節で触れた「詩言志」説に背かないと考えてのことだろう。その一方で、同じ唐代でも楼穎《ろうえい》（八世紀）という人物は「詩は情に縁《よ》りて綺靡《きび》」を敷衍して、「色彩が引き立て合い、もやが互いに反射して、雅やかにしてしとやかで美しいことをいったものだ」と述べる（『国秀集《こくしゅうしゅう》』巻首「国秀集序」）。詩歌の表現に重点を置き、恐らくは「情」を主知的な「志」よりも主情的な思いと捉えているようである。

いま取り上げた「文賦」の一句への解釈としては、後者の方が主流となる。「（詩）縁情」説の淵源と見なされるこの句は、『詩経』に関わって唱えられた「（詩）言志」説と方向を異にする文学観を示すと一般には考えられる。否定する者からすれば情感と表現への偏重を導く言説であったが、肯定する者にとっては文学の可能性を広げる見解と受け入れられる。

ただし注意すべきは、「縁情」説の対象は本来、詩歌に限られていたことである。そこに注意して曹丕の「文章は経国の大業、不朽の盛事」という言葉を見返せば、「経国」、つまり「国家を治めるための」文学であればこそ意義を持つのであり、これが効用論に基づく文学観である点は否定し難い。ここに照らして「感情を本にする」だけの詩が「不朽の盛事」といえるかは、甚だ心許ない。ただ従前の中国では「文学なる者は単に道徳の思想を鼓吹する手段としてのみその価値を有すとせられたる傾向」があったのに対して、「魏以後に至りて」「文学は其れ自身に価値を有するものなりとの思想」が現れた（鈴木虎雄一九二五）という学説が大方の賛同を得ていることも確かである。その背景には、魏以降の実作と理論を含む文学の在り方がこれを認めさせる様相を呈した事実がある。次の項で、それを見ていく。

文学論が多様化した背景

非漢族との抗争の中で早々に統一を維持できなくなった晋は南へ逃れ、東晋《とうしん》（三一七～四二〇）と後に呼ばれる政権を樹立する。北中国では長らく四分五裂の状勢が続いた後、北魏《ほくぎ》（三八六～五三四）が統一に成功し、東晋に取って代わっていた宋（四二〇～四七九）と天下を二分する。これ以降、宋と北魏、それぞれに続く王朝（各々漢族・非漢族を支配層の核とする）が対峙する南北朝時代（四三九～五八九）が長く続く。それは平和な時期をも含みつつ、概して争乱の絶えない時代であった。

争乱が続く一方で、南北朝時代は古典中国の文学理論・批評が大きく発展する時代と見なされる。それは、社会が不安定だったことと密接に関わる。漢王朝の統治が盤石な時代であれば、上の者が徳をもって下の者を慈しみ、下の者は敬意を抱いて上の者に従うという理想論を統治の旗印にすることが可能であった。そうであればこそ、「発憤著書」の項で述べたとおり、漢はこの理想論、つまり儒教を正統な思想に位置づけたのだった。これが一たび乱世を迎えると、十全には機能しなくなる。

そういった傾向が顕著になる後漢末の建安十五年（二一〇）春、曹操が発した命令文には「盗嫂受金《とうそうじゅきん》」（兄嫁との密通や収賄）を働きながら理解者に遇えない者が天下になくはあるまい、との言が見られる（『三国志』巻一「武帝紀」）。そのような者も有能ならば、登用するというのである。これは極端な例だが、儒教が絶対的な権威を保っていた時代ならば、言葉の綾にもせよ権力者が発する命令とも思えない。ここには儒教には囚われない、様々な価値観の生じる余地があった。

文学も例外ではなかった。「詩言志」説には文学に道徳性を求める側面が色濃いが、道徳・倫理をふりかざすだけでは秩序の維持が覚束ない時代、その説による詩歌・文章への規制が緩む事態が起こる。前項で見たように「文章は経国の大業、不朽の盛事」と曹丕が述べたのは、正にこの時期のことだった。時代背景を考えるならば、そこに前項でも引いたとおり、「道徳の思想を鼓吹する手段」ではなく「文学は其れ自身に価値を有するものなりとの思想」が含まれていたと考えることは、決して的外れとは思えないのである。

しからば、陸機が述べた「詩縁情而綺靡」という言葉も感情を重んじて、表現に工夫を凝らす詩を唱導する気味がより強いと思われる。南北朝時代、特に魏や晋から文化上の蓄積を受け継ぐ南朝で、現にそのような作品が多く著された。実作の多様化に伴って、文学をめぐる言説も多方面に展開していく。漢代以前の「詩言志」説（第一節）、「以意逆志」、「知人論世」、「発憤著書」（以上、第二節）はみな文学に限定された言説ではなかった。これに対して、文学独自の議論が南朝では盛んになる。

さて曹丕の「論文」は、より広い事柄を扱う『典論』という著述の一篇であって、専門の著作というわけではない。陸機の「文賦」も個別の作品（辞賦）であり、時に単行することはあっても、本来は一書の形を成すものではなかった。西晋から南朝の前期まで、文学論を主題とする書物は既に存在したが、それらは今に伝わらない。今日に伝わる最も古いその種の著作は南朝の後期、南斉《なんせい》（四七九〜五〇二）・梁《りょう》（五〇二〜五五七）の時代に現れた。『文心雕龍』と『詩品』が、それに他ならない。次章で、これらについて見ていきたい。

第二章　文学論の発展

第一節　『文心雕龍』の体系性

『文心雕龍』前半部の概略

五・六世紀の狭間に劉勰《りゅうきょう》が著した『文心雕龍』十巻五十篇は二十五篇ずつ前後に二分され、うち前半は最初の五篇とその他に区分できる。いま、最初の篇「原道」から中段を示す。

（天地人より）万物に視野を広げれば、動物・植物いずれにも文は備わる。龍や鳳凰は目にもあやなる外貌でめでたさを表し、トラやヒョウは輝かしい模様で姿を凝らす。雲や霞《あかねぐも》の美しい彩りは画工の美技を凌ぎ、草や木の麗しい花は、刺繍職人の巧技を要さない。これらは外から飾りを施したのではなく、自然にそうだというものなのだ。林を吹き渡る風の音は、笛や琴を奏でるような調べを成し、岩にむせぶ泉の音は、磬《けい》（打楽器の一種）や鐘を打ち鳴らすように響き合う。だから物は形を現せば章《いろどり》を成し、音を発すれば文《あや》を生じる。意識を持たないものでさえ（発生と共に自ずと）彩り（文章）を持つのだから、知性を内に含むもの（人間）が文を持たないことなどあるだろうか。

これに先立って劉勰は「天」と「地」は各々日月、山川を擁し、それで美しい「文」(模様)を備えるが、「天」・「地」と相並ぶ「人」にも「文」がある、それは言語で表されたものと規定する。その上で引用した一段では、動植物や自然(現象)も各自の「文」を持つのだから、人間が「文」を欠くはずはないとたたみかける。今日いう文学の価値を尊ぶため、「文」という文字の多義性を利用して、言語表現を「天」や「地」の彩りに譬えたのである

劉勰にとって人間が「文」を生み出すことは、言葉による美の発生を意味した。ただし、美しければ何でも「文」(文学)なのではなく、世界に本来存在する「道」の言語化こそが「文」だと規定することを、彼は忘れない。自著の冒頭に置いた篇を「原道」(道に原《もと》づく)と命名したことからも、それは明らかである。美、文飾としての「文」を強調しながら、古くから唱えられてきた「言志」説とも乖離しない姿勢は、劉勰の文学観に一貫している。

しからば劉勰の考える「道」とは何かといえば、儒教の聖人が伝えてきたとされるそれに他ならない。「原道」に続く第二の篇が「徴聖」と題することは、「はじめに」で既に述べた。「道」を「聖」(聖人)に「徴《もと》」めることが、文学の前提に位置するというのである。聖人が伝え、民を治めるのに用いた「道」は、どこに存在するのか。儒教の聖典である経書が、ここでの「道」のありかとされる。かくして、『文心雕龍』における第三の篇は「宗経《そうけい》」と題される。後世にいう五経に「道」は示されるのであり、文学の根底は経書と定義される。

続く第四の篇は「正緯《せいい》」と名づけられる。「緯」とは経書と対になる緯書(予言書。劉勰より後に禁圧さ

れ散佚）を指す。「経」と「緯」は経度・緯度というように、それぞれたていとよこいとを意味する。経書には遠く及ばないが、それらに付随する書物として、南北朝時代には一定の力を持った緯書に見える表現を利用することを、劉勰は主張している。

第五の篇「弁騒《べんそう》」では特に『楚辞』に収められる騒体（前章第二節の「発憤著書」）の作品を論じる。劉勰の意見では、それらは一般の詩歌や文章とは別格で、経書と共に文学の規範となる存在である。以上五篇が文学原論で、全体として文学のあるべき理想を提示する。

この後に、各種文体・ジャンル論ともいうべき二十篇が続く。それらは順に「明詩」、「楽府《がふ》」、「詮賦《せんぷ》」、「頌讃《しょうさん》」「祝盟《しゅくめい》」、「銘箴《めいしん》」、「誄碑《るいひ》」、「哀弔《あいちょう》」、「雑文」、「諧讔《かいいん》」、「史伝」、「諸子」、「論説」、「詔策《しょうさく》」、「檄移《げきい》」、「封禅《ほうぜん》」、「章表《しょうひょう》」、「奏啓《そうけい》」「議対《ぎたい》」、「書記」と題される。ほとんどが篇名に含まれる一・二種の文体を扱うが、「書記」のように対象が多岐にわたる例もある。「諧讔」までが押韻する文体を、「史伝」以降が押韻しない文体を主題としており、十篇ずつ整然たる構成を取る。中には数百年に一度行われるかどうかという祭祀をめぐる文章、つまり評すべき作品の乏しい「封禅」のような篇もある。ただ、そういった篇すら設けた点にも、文字で書かれたものは全て文学たりうるから、一つも取りこぼすまいという劉勰の文体論にかける意気込みは窺われよう。ここに挙げた篇を逐一見ていく余裕はないので、最初の「明詩」を例として、劉勰のジャンル論の一端に触れたい。

篇名のとおり、「明詩」では詩が扱われる。劉勰はその冒頭で「詩は志を述べるもので、その言葉を長く伸ばしたものが歌」であり、「心に止まっていれば志であるが、言葉に現れれば詩となる」と述べて、

「詩」に定義を下す。『書経』「舜典」、『詩経』「大序」（前章第一節の「「詩言志」説」）を引用したのであり、まず彼の詩歌観が両者を拠り所とする「詩言志」説に基づくことは疑いえない。ただし、彼はこの後、「詩とは、持であり、人の性情を支え持つものだ」と続ける。中国では音が類似する文字はしばしば関連する意味を持つと考えられてきたが、「詩」（現代中国語ではshī）は「持」（同じくchí）ということだと説く一文は、その例といえる。「詩」は人の「性情」（原文は「情性」）を「持」する手段という劉勰は、「言志」説と共に、詩のより感情に傾く側面を重んじる「縁情」説（前章第三節の「文学自覚の時代」参照）をも肯定する。彼において、「言志」と「縁情」は両立しうる存在であった。

　続いて、劉勰は上古から南朝の宋までにおける詩の歴史を振り返る。例えば、曹丕・曹植や彼らの周囲の人々が詩の発展に寄与したことには、相応に筆を費やす。結果として、旧来の四言詩（『詩経』の詩のように四字で一句を構成）及び後発の五言詩（「文学自覚の時代」で言及）を比較し、それぞれに優れる詩人を挙げつつ、「詩には定まった形式はあるが、詩想に決まった形はないので、各々の性質や持ち前に従うことになり、完全無欠であることは稀だ。もし（作り手が詩の）難しさを熟知していれば、それは容易くもなろうが、容易いといって（作詩を）おろそかにすれば、すぐに難しいものとなる」と付言する。

　このように「明詩」では一、古典における定義・語源からする考察、二、代表的な作者・作品を評した上でのジャンルの歴史に関する回顧、三、以上の考察を通した総括、創作法の要諦が示される。こういった三段構成は、次の「楽府」以下、「書記」にまで至る文体論を構成する各篇に、ほぼ共通して見られる。いま仮に一、三が理論に関わる記述と見なせば、その間の二は批評と解しえよう。劉勰にとって批評は理論を承け、またそれを導き出す要素だったといえる。

『文心雕龍』後半部の概略

その一方、後半部では、文学をめぐる諸問題が論じられる。多くの篇で一、課題の提起、概念の定義、二、歴代の関連する事象、三、問題の解決法、理想的な在り方への論及という順に記述が進められる。このような三段構成は、後半諸篇も前半とほぼ等しい。以下に概略を見る諸篇――「神思《しんし》」、「体性《たいせい》」、「風骨」、「通変」、「定勢《ていせい》」、「情采《じょうさい》」、「鎔裁《ようさい》」、「声律《せいりつ》」、「章句」、「麗辞」、「比興《ひきょう》」、「夸飾《かしょく》」、「事類」、「練字」、「隠秀《いんしゅう》」、「指瑕《しか》」、「養気」、「附会」、「総術」、「時序」、「物色《ぶっしょく》」、「才略」、「知音《ちいん》」、「程器」、「序志」――のうち「総術」までは創作の内面を、「序志」以外の残る各篇は創作と外部の関係を扱う。

まず後半の最初に位置する「神思」では精神と外界の諸現象との相互作用が文学作品を生み出す、具体的には思考から構想、さらにはそれが言語に表現される過程を論じる。外的な事象が精神に触れた際、「神思」（想像力の霊妙な働き）が動くものだと、劉勰は述べる。

次の「体性」という篇名は、事物の本質を指す「体」と作者の個性・性情をいう「性」の二字から成る。ここで劉勰は先天的、または後天的な要素が個性を形作り、そこから生じた作家の気質が作風を生み、ひいては文学の多様性に結実すると主張する。個性の表れの一例として、作品が持つ生命力の多寡が挙げられる。続く「風骨」では、その問題が論じられる。「風」は「諷」とも通じるが、時に諷刺の形を取ることもある文学の精神性を指し、「骨」は文学作品から看取される気骨をいう。「風骨」の充足は、劉勰の重んじるところだった。

「窮すれば通ず」とは、現代の日本でも用いられる言い回しである。出典となる『易経』「繋辞下伝《けいじかでん》」には、「易《えき》は窮すれば則《すなわ》ち変《へん》じ、変ずれば則ち通じ、通ずれば則ち久《ひさ》し」とある。物事は行き詰まれば変化し、変化すれば道は開け、道が開かれれば長く続く、と解されるこの一文から示唆を受けて、劉勰は「通変」を著したのだろう。彼によれば「通」とは伝統の継承、「変」は変革であり、正しい継承があってこそ、文学に新生面が開かれるという。

「定勢」の「勢」とは詩歌・文章の調子を指す。恐らく軍事用語から転用したのだろうが、古典中国では文学を含む諸芸術に関して、作者・作品を評する際、しばしば「勢」の語が用いられる。劉勰にいわせると、作家の個性・心情によって、文体を選択しなければならない。あるべき「勢」とは文体で自ずと決まるのであり、文体の選択には熟慮が必要とされる。

劉勰が言語表現における「文」（文飾）をとりわけ重視していたことは、前項で挙げた「原道」の一節から明らかである。ただし、そこには「質」（内容）ももちろん不可欠とされる。「情采」では、文飾と内容、特に心情との関係が論じられる。『詩経』の中の詩は「情の為《ため》に文を造る」体《てい》のものだったが、後の時代の詩などは「文の為に情を造る」様相を呈しているという批判には、文学作品に表出される心情に対する彼の姿勢が示される。

「鎔」は金属の熔解、「裁」は布の裁断をいう。自ら「三準」と称した基準（文体の決定、素材の選択、表現の工夫）を用いて、構想をできるだけ簡潔な形で作品にまとめ上げることを、劉勰は「鎔裁」で主張する。もっとも、これは過不足のない表現を推奨したのであり、構想を言い表すのに必要とあれば、字数を費やすことを辞するものではなかった。それは、彼がこの篇で繁多な文章を否定しない次の逸話を引く点から推測できる。「昔、謝艾《しゃがい》と王済《おうせい》という西河《せいか》（山西省中西部）の文士がいた。張駿《ちょうしゅん》（以上、四世紀前半の人）は「艾の文章は繁多だが削れないし、済の文章は簡略だが何も足せない」と言った」。

以下の三篇では、創作の内面と関わりながら、作品の表面に技巧として現れる事柄を扱う。最初の「声律」では、押韻などの問題が論じられる。元来が歌謡であった中国の古典詩は、『詩経』以来の伝統として、脚韻を踏む（前章第三節の「文学自覚の時代」に引く「将仲子」参照）。押韻の他に、南北朝期には漢字に各々備わる声調（音節の中での高低・昇降の変化。ピッチ）に関わる議論がかまびすしくなっていた。当時、漢字の声調は平《ひょう》・上《じょう》・去《きょ》・入《にゅう》の四声《しせい》に区分されていたが、後に大きくは平声と仄声《そくせい》（上・去・入）の二分化に向かう。劉勰は、両者をそれぞれ軽快・重厚（原文は「飛沈」）と解していたらしい。その上で詩や文章の一段に現れる文字は平仄いずれにも偏らないよう配置すべきだという説に、彼は賛同した。ただし、過度にそこにこだわって内容をなおざりにすることは、もちろん彼もよしとしない。

中国語の最小単位が個々の漢字であることは、言うまでもない。漢字を連ねて句を、句を重ねて章を、章を積んで篇（一篇の作品）が構成される。より小さな基本単位の完成度が作品全体の出来に影響するから、論理と主題が対応し、言葉が全体の中で孤立しないよう構成に意を用いるべきことが、「章句」の中で説かれる。また詩歌（南北朝までの詩は後世の四句・八句から成る絶句や律詩より概ね長い）などでの単調さを避けるため数句ごとに韻を踏み変え（換韻《かんいん》）、単独では句を形作れないが詩文の中で重要な役割を果たす助辞（「夫《それ》」、「而」、「也《なり》」など）をおろそかにしないことを、劉勰はそこに付け加える。

「麗辞」においては、対句が論じられる。「麗」は、「伉儷《こうれい》」（夫婦のこと）などと使う「儷」（二つ並ぶという意味）に通じる。一般に隣接する句の同じ場所（例えば第一字）に位置する文字が品詞を同じくし、相互の関係（主語・述語など）が等しい場合、対句を成すと称する。漢代以降、対句の意識的な使用が盛行し、南北朝期には複数の基準による分類で「正対《せいつい》」（オーソドックスな対句）といった呼称も存在した。広く華麗な修辞一般を指すかと見える「麗辞」と題した篇で特に対句を扱う点に、その長い歴史と対偶（シンメトリー）を希求する中国人の民族性が読み取れるかもしれない。造物主の手に成る人体は左右対称なのだから文学作品にも対句は欠かせないと、劉勰は「麗辞」の冒頭に記している。実は、「声律」から「麗辞」までの各篇に扱われる技巧は、『文心雕龍』の中でも用いられている。詳しくは、本章第三節の「「文学自覚の時代」が行きついた場所」で改めて見ることにしたい。

続く三篇では、文学作品が含む技巧から、内容に話題が移る。「比興」の「比」は直喩、「興」は隠喩（象徴・寓意、Metaphor）を指す。これらは寓意を含むか否かで『詩経』に収める詩を区分する際に用いられた言葉に基づく、伝統的な概念である。劉勰は「興」を「比」より高度であり、またそれを単なる隠喩ではない、自然現象を描くことで主題を呼び起こす修辞法と捉えている。彼によれば、先の「風骨」で扱った「風」（諷刺など文学の精神性）と共に「興」は漢代以降、希薄化してしまったが、正しい文学において必須の要素とされる。

「夸飾」の「夸」は「誇」に等しく、この篇では表現の誇張が主題となる。文章表現は常に誇張を含むと劉勰はいうが、虚構に陥りかねないかかる表現の正統性はどこに存するか。「だから詩を解釈する場合、文字面で言葉を捉え損なってはならないし、言葉で（詩に込められた）思いを捉え損なってはならない」。前章第二節の「「以意逆志」「知人論世」」で引いた『孟子』「万章」上の一節を、劉勰は誇張を有効な修辞法と見なす持論の拠り所として引用する。加えて孟子も引き合いに出していた『詩経』大雅「雲漢」の（日照り続きで）「周余《しゅうよ》の黎民《れいみん》、孑遺《げつい》有《あ》る靡《な》し」（多くいた周の地の民の、生き残りは誰もいない）などの例を挙げて、彼は道徳を説く経書にも誇張した表現が見られると、その使用を擁護する。

「事類」でも、表現の正統性は経書に求められる。古典に見える事柄を文学作品の中に用いることを論じるこの篇で、劉勰は上古の『書経』ですら多数の引用で道理を説くと述べる。漢代以降は既成作品の表現も文章に引かれるようになり、故事とこれらが「典故」の両輪として文学に不可欠の要素になったというのが、彼の見方である。創作においては持ち前の「才」（才能）を「学」（学識）で支えるべきであり、その一例たる典故が言語表現を豊かにするという劉勰の結論は、過去に範を仰ぐ古典中国ではごく真っ当な言説といえる。

「練字」とは文学作品の中で文字を練ること、『文心雕龍』では視覚に配慮した用字を特に指す。漢代の辞賦などでは極度に複雑な文字を用いる例が、少なからず見られた（前章第二節の「発憤著書」に一部を引いた「上林賦」はその典型）。これに対して劉勰は独自に四つの原則を立てる。一、奇異な文字を避ける。二、同じ部首の文字を多用しない（三字までは続けてよい）。三、同じ文字の反復に注意する（『詩経』・『楚辞』に例があるので、多少の繰り返しは差し支えない）。四、画数の多い文字と少ない文字を偏ることなく配置する。いずれも、文字が書写された面全体を目にする感覚を重視した原則である。『文心雕龍』が伝承される過程で欠損を生じたことの明確な唯一の篇が、「隠秀」である。現行のテクストが不完全なので、明瞭を欠くが、ここでは「隠」（含蓄）と「秀」（秀句）について論じられる。南宋の張戒《ちょうかい》の『歳寒堂詩話《さいかんどうしわ》』（十二世紀中頃）巻上に「劉勰はいった。「言外にある情感を「隠」といい、眼前にあふれる状景を「秀」という」」とある。これは、失われた「隠秀」の一部かもしれない。文学作品の中からにじみ出る味わいと人の耳目を引きつける言葉への重視に、全ての字句に同様の働きを求めない劉勰の文学観が見て取れる。

「指瑕」は瑕《きず》の指摘という意味だが、そこでは文章とそれをめぐる欠陥が主題とされる。結論として、劉勰は慎重な態度で創作すべきことを説くが、欠陥は六種にまとめられる。一、内容が当を得ていない。二、比喩の対象が穏当を欠く（相応しい事物への比擬は、「比興」に説かれていた）。三、言葉が曖昧（取られては困る意味に取られることで、文学上の多義性とは異なる）。四、音声上の禁忌を犯す（「声律」に見られた法則に反する）。五、他者の作品を剽窃する（典故としての使用と同一視できない）。六、文学作品に誤った注釈を施す。六は読み手の問題であり、劉勰が作者・読者双方の立場から文学を考えていたと分かる。

古典中国において、万物は「気」から生成されると考えられた。人間も例外ではなく、「気」は生命を支える精気とも見なされる。「風骨」で扱われた精神性・気骨は文学に見出される「気」であり、作者の「気」の表れだった。「神思」には「文章を構想するには、静謐さ（原文「虚静」）が大切」という。「養気」には、これらと通じる議論が見える。劉勰の説くところでは、「気」の充足は順調な創作の条件とされる。疲労などによる創作の不調が生じた場合、「気」の涵養（篇名にいう「養気」）に立ち戻ることが必要なのである。

先に触れた「鎔裁」では、構想を作品へとまとめ上げる方法が論じられた。それと関わりつつ、「附会」では主題の下における一篇の有機的な構成が議論される。劉勰は「絵描きが髪にばかりかかずらうと顔そのものを捉え損ねるし、射手が毛筋のようなものばかり狙っていては壁すら射損じる」と述べ、全体のために微細な点を捨てる必要性を説いている。

「総術」の「術」は、創作の技法を意味する。この篇で劉勰は、「術」を学ぶ必要・意義、他の篇で扱わない問題を論じる。書かれたものを「文」（韻文）と「筆」（散文）に分かつことは当時の通念だったが、彼は言語自体を「言」（言葉）と「筆」（文辞）に区分する。「（文）筆」と称される言語表現を向上させるため、「術」の学習は欠かせないが、それは創作だけでなく鑑賞にも必要とされる。「総術」には「玉も数が多ければ、石に見紛うことがあるし、石も珍しければ、玉のように見える時もある」と記されるが、これは鑑賞のためにも学習を要することをいう。

「時序」では、上古より南斉に至る文学の推移、時代の文学に与える作用が主題となる。文学史の概念は「通変」に見られたが、他の多くの篇では南朝・宋の前期までの作者・作品しか取り上げない劉勰は、「時序」で例外的に彼自身の時代に少しく言及する。ここで用いられる「皇斉《こうせい》」は南斉を指す語だが、通説では次の梁では見られない言葉とされ、『文心雕龍』が著された時期の下限を知る手掛かりとされてきた（梁の建国は五〇二年）。ただ新説では梁の時代に入っても「皇斉」は使われていたとされ、そうなるとこの篇の末尾にいう「新しき御代」（原文「聖暦《せいれき》」）は梁の初代皇帝武帝《ぶてい》（在位五〇二〜五四九）の治世初期を指すことになる。『文心雕龍』の成立が五世紀末か六世紀初めかは、なお定論を見ない。

文学作品が生み出される契機は、様々にあろう。古典中国の詩歌は叙情詩を主流とするが、別に『詩経』以来、詩における叙景の伝統も長い。『文心雕龍』前半の「詮賦」には「具象（原文「物」）を見れば、情趣が呼び起される」とあるが、当時において人間の心に働きかける最大の具象は、自然であった。自然の風物という意味の「物色」では、それに関わる問題が論じられる。自然は詩情の宝庫であり、文学者は研ぎ澄ませた感覚でそれを描くべきだと劉勰は述べる。

「才略」は時代が文学者に与える作用を扱うが、これは「時序」にいう文学自体に与える作用から個人に特化したものといえる。時代による文学の興廃を説く「時序」とは対照的に、ここで劉勰は各時代に優れた作家・作品は必ず存在したと記す。個性・才能と時代との遭遇は文学の栄え、また衰える要因だが、彼は前漢中期と後漢末（前章第三節「文学自覚の時代」参照）をその隆盛期と見なす。後者を重んじる観点は、劉勰も既に持っていたと知られる。

琴の名人が演奏を通じて表現した思いを友人が常に言い当てた故事（『呂氏春秋』孝行覧「本味《ほんみ》」）から生じた理解者を表す語に、「知音」の篇名は由来する。文学者・文学作品への評価において、「同《おな》じきを賤《いや》しみて古《いにし》えを慕う」（同時代人を軽視して昔のものを尊ぶ）、「文人相軽《あいかろ》んず」（文学者が軽視し合う）と呼ばれる弊風がある。前者は文学者のみならず読者も含めた社会一般の風潮であり、後者は作家が自身を棚に上げて他者を批判する事態を指す。後者は早く曹丕「典論論文」に見える言葉で、その傾向の根強さが窺われる。このような弊風を克服して、正しい評価を下すための方途を、劉勰は多読、並びに自ら「六観《りくかん》」と称する公平な基準に求めた。「六観」とは、一、作品の有様、二、措辞、三、伝統の継承と変革（原文は先の篇名にもあった「通変」）、四、正統・異端の別、五、内容・主張、六、音声上の効果がどうであるかを観察することを指す。これらの基準を通し、「流れに沿いて源を尋《たず》ぬれば」、作者の真意は明らかになる。文学の評価は難しく、理解者に巡りあうことも難しいが、道筋が正しければ、作家と読者の交感は可能というのが、劉勰の結論である。

詩や文章の創作は、古典中国の「士」（知識人）に必須の資質だった。だが前章の初めでも述べたが、「文学」（書き言葉による表現を含む学問）は「徳行」、「政事」（政治）、「言語」（弁論）に比べて、重要性が乏しいと見なされていた。劉勰は「程器」（器量を程《はか》るの意）で文学者が人間性を批判された例を列挙しつつ、それは彼らの身分が低く、高位の人物よりも攻撃を受けやすかったからであり、文学に優れた者だけが人格に円満を欠くわけではないと弁護する。その上で劉勰は文学に携わる者は社会で地位を得られなければ高潔を保って作品を後世に伝え、栄達したならば時流に乗じて功績を立てるべきと説く。

最後に置かれた「序志」は、全篇の序（古くは書物の末尾に序が置かれた）としての機能を持つ。冒頭で劉勰は「文心」とは文学を創作する際の心の作用（原文「用心」）であり、また「雕龍」は華麗な文章を指す言葉（『史記』巻七十四「孟子荀卿《じゅんけい》列伝」に見える）から取ったと書名の由来を述べる。続けて言語表現こそ、礼制・政治を不朽のものとする唯一の手段だと説いた上で、自身が七歳の折、天によじ登って色彩を帯びた雲（原文「彩雲」）をつかみ、三十歳を超えてから祭器（原文「礼器」）を手にして孔子に随い南へ行くという二つの夢を見た経験を語る。「彩雲」は文学作品が備えるべき美を、「礼器」は文化を、北方人の孔子と共に南へ行くというのは正統な文化は南朝に伝わるとの意識を示すのだろうか。ともかく文学に美は不可欠という彼の見解は、ここに根差すのだろう。この篇の終盤では、構成や執筆の心構えが説明され、出来栄えに対する不安を吐露しながら、全書は幕を閉じる。

前半部の多くを費やして劉勰の時代に行われていたあらゆる文体について説いたのと同じく、後半部では当時およそ考えられるだけの文学をめぐる問題の全てが追究されている。網羅性と共に、『文心雕龍』の特徴は全体が大きく前後に二分され、また各篇も概ね三段に区分され、緻密な叙述が続く、その整然たる体系性にある。このことは、本節に記した梗概からも理解していただけるのではないか。こういった文学理論の著作が何ゆえ南朝の後期に出現したのか。もう一つの記念碑的な著述について次項で見てから、それを考えてみよう。

第二節　『詩品』の詩歌批評

『詩品』の概略

『文心雕龍』はあらゆる文体を扱う総合性を持つ文学理論の著述だが、ごく近い時期に詩歌、それも五言詩に対象を絞った批評書が現れる。『詩品《しひん》』が、それである。著者の鍾嶸《しょうこう》（四七一？～五一八？）は交流の有無こそ不明だが、劉勰と同じ部署で官職にあった経験を持つ。

『詩品』三巻は、各巻の序（元は一篇だった文章が三分されたか、巻上・巻中末尾の附論が誤って巻中・巻下の冒頭に置かれたと思しい）と本文から成る。鍾嶸は同書で古今の詩人約一二〇名（作者未詳の作品群「古詩」を含む）を巻上「上品」、巻中「中品」、巻下「下品《かひん》」に位置づける。「上品」への評価が最も高いのだが、いま「中品」から一段を挙げておく。

その詩の源は応璩《おうきょ》に由来し、左思《さし》の生命力とも通じる。詩風は簡潔で、ほぼ無駄な修辞がない。誠実な思いは真率・古雅で、言葉の意趣は素直で要を得ている。彼の詩に接する度に、その人徳に思い及ぶ。世間ではその質朴さが感心される。だが「歓言《かんげん》して春酒《しゅんしゅ》を酌む」や「日暮《ひく》れて天に雲《くも》無《な》し」の類などは、優美で洗練されており、単なる田舎者の言葉と取れようか。古今の隠逸詩人の宗家である。（『詩品』巻中「宋徴士陶潜詩」）

「宋の徴士」、すなわち南朝・宋の（朝廷に徴《め》されるべき士、つまり仕官しない知識人）陶潜《とうせん》とは陶淵明（三六五～四二七）を、「その詩」は彼の作品を指す。文中に見られる応璩（一九〇～二五二）は魏の、左思（二五〇頃～三〇五頃）は西晋の、両名とも陶淵明に先立つ詩人である。「歓言して春酒を酌む」、「日暮れて天に雲無し」はそれぞれ陶淵明の「山海経《せんがいきょう》を読む」其一、「擬古」其七と題する詩の一句で、いずれも『陶淵明集』巻四に収められる。概して『詩品』の各段では一人乃至数名の詩人について、一、源流となる作品（『詩経』等。後述）・詩人の提示、二、詩風の批評、三、詩句の摘録、四、総括めいた評語を順に記す形を取る。ここに挙げた陶淵明を論じる一段も、そういった通例を外れない。

　陶淵明といえば現代の日本でもなお知られる詩人であり、十一世紀以降の中国では南北朝期の詩歌史で抜きん出た存在と目される。その種の評価を前提とすれば、いま専門家以外にとってはほぼ無名の応璩や左思の流れを陶淵明が汲むなどとは、奇異な評価と思われる。現に「中品」（三段階評価の中位）という格付けを含め、彼の真価を知らないものとして、この段に対する後世の評判は芳しくない。だが実のところ、これは彼の詩を高く買った先駆的な批評だといえる。

　それというのは、南北朝時代において陶淵明は隠者としてはともかく、詩人としてはそう評価されていなかったからである。前項ではそのような箇所をほとんど引かなかったが、『文心雕龍』は論述の中で、随所に古今にわたる文学者の名を挙げている。南朝・宋までの著名な詩人ならば、ほぼ網羅されているといってもよい。しかし、陶淵明の名は一度も現れない。『文心雕龍』以外にも、『文選』のような選集（第四章第二節参照）でも彼に対する扱いは小さい。後世の通念からすれば、陶淵明を軽視するように見えても、実は鍾嶸は彼に対して画期的なまでに高い評価を与えたというべきだろう。しからば、そのような評価は、なぜ可能だったか。これは、鍾嶸が生きた南朝後期という時代背景と関わる。


　　貴族の子弟は、（自分の）詩が（人の作品に）引けを取ることを決まり悪く思い、朝方に（自作の）言葉をいじり、夜中に呻吟する始末である。本人の目を通せば（それは）秀作だが、衆目の見るところ平凡な駄作でしかない。（『詩品』巻上「序」）

南朝における学術の担い手は、任官・昇進に関する特権を世襲する貴族であった。引用に見える「貴族の子弟」の原文は「膏腴子弟」だが、「膏腴《こうゆ》」は地味のよく肥えていること、転じて豊富・華美なことを指す。貴族は荘園などの資産にも富んでおり、学問を身に付ける余裕もあった。必然的に、彼らの著す詩は古典の教養に裏打ちされ、文辞に意を凝らす傾向を多く帯びた。往々にして、それは修辞過多に陥りやすい。深い教養を持ちつつ抑制された表現で詩を形作った陶淵明が、誇るほどの門地を有さないためもあって、作品を「田舎者の言葉」（原文「田家語」）と評されたのは、こういった時代の趨勢によるものだった。鍾嶸はこのような社会の風潮に反発したこともあって、陶淵明の詩を当時においては例外的に高く評価した。次に引く「上品」の一節に見える批評も、その反発と関わるかもしれない。

> その詩の源は「古詩」に由来する。精神の活力に基づいて独創性を重んじ、（作品は）常に躍動している。強靭な気骨は霜を凌ぐほどで、気高い精神性は流俗に抜きん出る。だが精神性が文飾を上回っており、修辞上の潤いに乏しい憾みがある。しかし陳思王《ちんしおう》以下の者では、（劉《りゅう》）楨《てい》のみその揺るぎない位置を認められる。（『詩品』巻上「魏文学劉楨詩」）

劉楨（?～二一七）は「文学」、正確には五官中郎将《ごかんちゅうろうしょう》文学という官職にあって、若い頃の曹丕（五官中郎将という官職を帯びていた）に仕えた。前章第三節「文学自覚の時代」で触れた曹丕・曹植兄弟の周囲に集まった文学者の中でも、彼は代表格の一人だった（『詩品』には「魏」とあるが、正確には後漢の末期に劉楨は没した)。鍾嶸が劉楨の詩について評価するのは、「強靭な気骨」と「気高い精神性」(原文は各々「真骨」、「高風」)だった。前節で見たが『文心雕龍』にも「風骨」と題する篇が設けられており、文学の精神性と気骨を重んじることは、彼と劉勰で異なるところはない。鍾嶸の詩歌観が同時代に占める独自性は、それらと文飾(原文「文」)が均衡を保たない場合、どちらを優先すべきかにある。

もちろん、理想は両者を兼備することだろう。鍾嶸は「上品」に置いた曹植(劉楨の詩への批評にもあるが、爵位が陳王、諡《おくりな》を思というので陳思王と呼ばれる)の詩を「精神のたくましさは独創的で気高く、美しい表現には華やかさが満ちている。情感は正しさと激しさを併せ持ち、華麗と素朴が相俟って形を成す」(『詩品』巻上「魏陳思王曹植」)と評する。精神のたくましさ、美しい表現(原文は「骨気」、「詞彩」)、正しさと激しさ(同じく「雅怨」)、華麗と素朴(同じく「文質」)を兼ね備えていたので、彼は曹植を史上最高の詩人と考える。曹植に比べて、劉楨の詩は文飾が精神性に及ばず、修辞上の潤い(原文「雕潤」)が少ない。だが、そうではあっても逆に文飾に偏る詩よりは劉楨の作品の方が優れており、同時代の詩人においては、曹植に次ぐ「揺るぎない位置を認められる」というのである。

今日の観点からすれば、詩の精神性を重視することなど、特に珍しい見解とも思えない。しかし、修辞に偏重する気味が濃い南朝後期の詩壇で、内容が相対的に軽んじられていたことは事実だった。鍾嶸の詩歌観は、それを補正しようという側面を持っていた。

『詩品』の批評法

鍾嶸の詩歌批評と時代との関わりは、次節でさらに見ることにして、ここでは彼の批評法が持つ特徴に触れておきたい。前項で述べたが、『詩品』は詩人を三段階に格付けする批評書である。古典中国では格付けを「品第《ひんだい》」と称するが、『詩品』という書名はこの点に由来する（ただし古くは『詩評』と題されていたらしい）。鍾嶸の時代までに詩歌や文章を論じ、複数人の作品をまとめた文献はあったが、これら「諸賢による詩文集は、作品（の収集）に主意があって、品第がなされた試しがない」（『詩品』巻中「序」）というのが実情だった。鍾嶸より以前、囲碁・絵画などの技芸で名人を格付けした、番付めいた書籍が編まれている。彼もこれらの書籍に示唆を受けて、その批評法を詩歌に導入したと考えられている。時代・分野で消長はあるが、品第は芸術を批評する際の有力な手法として、後々まで機能していく。

陶淵明、劉楨の詩に対する批評で、応璩・左思、「古詩」を鍾嶸が引き合いに出したことは、既に見たとおりである。『文心雕龍』前半部の各種文体を論じる諸篇で、劉勰もそれらの歴史を回顧していたし、後半部では特に「通変」・「時序」の両篇で詩歌・文章の推移を論じていた。このような歴史への重視は、古典中国では普遍的に見られる考え方だが、『文心雕龍』や『詩品』はそれを文学に適用し、後者はさらにその態度を詩歌に対する批評に振り向けたことを特徴とする。

個人の詩風が倣う対象を示すことは、単なる源流の指摘には止まらない。『詩品』が源流に言い及ぶ詩人（作品群たる「古詩」を含む）は、三十七名に上る。その大部分が『詩経』の「国風」（前章第一節「「詩言志」説」）や『楚辞』（同第二節「発憤著書」）、それらの後継者の流れを汲むと記される。『詩品』の巻上「古詩」、「晋記室左思詩」、巻中「魏侍中応璩詩」などを参照して、陶淵明らの系譜を次に示す。

「国風」→「古詩」→劉楨→左思→陶淵明
『楚辞』→李陵《りりょう》（前漢の人）→曹丕→応璩→陶淵明

陶淵明が二つの流れを受け継ぐとされた点が、見て取れよう。ただし、これは例外で、源流を示される者は、多く「国風」か『楚辞』どちらか一方の系統に位置する。「上品」に見える詩人（「古詩」を含めて十二名）は「国風」、同じ『詩経』の詩でも儀式などで歌われた「小雅《しょうが》」、『楚辞』の流れを汲む者が各六名、一名、五名を数える。これだけだと、鍾嶸の両系統に対する見方は分からない。だが「上品」でも特に評価の高い劉楨は「古詩」を介してだが、「国風」の影響を受けたとされるし、「中品」以下で度々批判される修辞過多の（南朝後期の流行に順応した）詩人の過半が『楚辞』の系統に置かれる。つまり、鍾嶸は詩の理想は「国風」であり、そこへの回帰が当時の（彼が不満を覚える）詩風を改善させる道筋と考えていた。詩の正しい在り方は遠く古代に求められるというのが、彼の信じるところであった。

歴史への重視と同じく、鍾嶸が『詩品』でよく用いた手法に、比喩を通じた詩歌・詩風の表現がある。いま、南朝前期までにおける叙景詩の第一人者だった謝霊運《しゃれいうん》（三八五〜四三三）に関する批評の一部を「上品」から挙げる。文中の「このような者」は、彼（「臨川太守《りんせんたいしゅ》」はその官職）を指す。

私が思うに、このような者は詩興が豊かで才能に優れ、目に触れたものは片っ端から（詩に）記して、内面では詩想が枯れることなく、外的には（描写において）取りこぼしたものはなく、その（詩の）繁多なことはもっともである。しかし飛び抜けて優れた章・句が、あちらこちらに姿を現し、麗しく典雅な新しい歌声は、次々と連なり（詩の中に）走り集まる。ちょうど青々とした松が低木から抜きん出て、白い玉が塵や砂に交じって輝くようなもので、（繁多も）その気高い清らかさを減じることはできないのである。（『詩品』巻上「宋臨川太守謝霊運詩」）

目に映る何もかもを詩に描こうとする繁多（原文「繁富」）なことは欠点ながら、麗しく典雅な（同じく「麗典」）謝霊運の詩風は、他に優れて美しい「青松」、「白玉」を思わせるというのである。もとより、比喩によって詩歌の有様を表現する手法が鍾嶸以前になかったわけではない。「中品」に置かれた顔延之《がんえんし》（三八四〜四五六）、官職は光禄大夫《こうろくたいふ》への批評の一節を、次に引く。

湯恵休《とうえきゅう》は言った、「謝（霊運）の詩はハスの花が水から顔をのぞかせた風情、顔（延之）の詩は絵具を塗って金をちりばめた風情」。顔は生涯この評価を気に病んでいた。（巻中「宋光禄大夫顔延之詩」）

湯恵休（生没年未詳）はやはり南朝・宋の人で、仏僧から還俗して、詩人として令名があった（『詩品』では「下品」に置かれる）。謝霊運と顔延之の詩歌を、彼は自然の趣きを持つ前者、けばけばしく人工的な後者と対比してみせた。先に引いた前者の詩に対する評価では繁多と称していた鍾嶸も、この比喩に同調するところがあったのだろう。湯恵休の言葉を引いた上に、「顔謝」と併称される詩人のうち、謝霊運を「上品」に置きつつ、顔延之を「中品」に止めたことがそれを象徴する。

比喩を用いて詩風を表現することは、このように『詩品』より以前に始まる。ただし、湯恵休の評語は、先に引いた鍾嶸の謝霊運への批評（「ちょうど青々とした松が低木から抜きん出て」云々）に比べて、なお単純な形に止まる。詩歌批評の中で（『詩品』はいま伝わる中国最古の詩歌批評書なのだから、当然とはいえ）当該の手法を多用した点で、『詩品』は最も早い例といえる。自然物に擬えることを含めて、比喩による批評は、後世に続いていく。

もちろん評者と感性を共有しない読者にとっては、「白い玉が塵や砂に交じって輝く」といった比喩で記された詩風など、理解に苦しむだけかもしれない。また、ある詩人の源流は先行する別の詩人に存するなどという批評についても、鍾嶸はそう判断する理由を記していない。このような手法が、かえって批評家の真意を捉え難くさせている側面は確かにある。

ただ文学を含む芸術の諸分野で、これらの批評法が古典中国で絶えず用いられたことは事実である。またこの種の比喩は、人物批評でも、人柄・人品の表現に多用される。文学批評を考える際に、歴史の推移を顧みて作品や文体のあるべき姿を提示したり、比喩で作風などを表現したりする手法を避けて通ることはできない。先行研究（張伯偉二〇〇二）が用いる言葉に従って、本書では両者を各々「推源《すいげん》遡流《そりゅう》」（「源を推して流れを遡る」、源がどこに存するか推し量って流れを遡上する）、「意象《いしょう》批評」（「意象」はいまイメージという意味に解しておく）と呼ぶことにする。品第と同じく、こういった普遍的な手法を本格的に詩歌批評へ持ち込んだ意味でも、『詩品』は文学論の歴史の上に画期的な位置を占めている。

第三節　文学理論・批評書登場の背景

既存の文学作品・文学論からの影響

南朝後期、五世紀から六世紀へと時代が移り変わる頃、『文心雕龍』と『詩品』という、飛び抜けて優れた文学理論・批評書の登場を可能にした要因は、どこにあるのか。まず「文学自覚の時代」こと魏の建国（二二〇）、やや遡って後漢末から約三〇〇年を経て、相当な数の文学者が輩出し、それに見合う実作が蓄積されていたことが考えられる。現に『詩品』で格付けされる詩人一二〇余名のうち、一・二世紀に没した人物は（「古詩」も含めて）八名でしかない。五言詩は二世紀末より盛行するのだから、このことは当然であろう。だが換言すると、これは評価に値すると鍾嶸が考えた詩人だけで、魏晋・南朝の時期に一〇〇名を超えたことを意味する。作品の量と理論・批評の形成が、無関係とも思えない。

第二に、文学理論・批評に関わる論著が、劉勰・鍾嶸の時代までに相当な数に達していたことが挙げられる。前章の末尾でも述べたが、それらは書物の形を成さないか、または書物であっても南朝より後の時代に失われてしまった。しかし、『文心雕龍』や『詩品』に相応な影響を与えたことは疑いえない。文体論はその例となるだろう。後漢から南朝にかけては、文学作品の蓄積と表裏して、文体の数も増加していく。『文心雕龍』前半部のうち、二十篇が文体論であることは、第一節で既に述べた。実は曹丕「典論論文」、陸機「文賦」（前章第三節の「文学自覚の時代」参照）にも、各種の文体に触れた箇所が見られる。『文心雕龍』でそれらを論じる篇の名と併せて、「論文」・「文賦」が扱う文体を次に挙げる。

「典論論文」：奏議、書論、銘誄、詩賦
「文賦」：詩、賦、碑、誄、銘、箴、頌、論、奏、説
『文心雕龍』：「明詩」、「詮賦」、「頌讃」「銘箴」、「誄碑」、「論説」、「奏啓」、「議対」

「奏」は君主への上奏文、「議」は朝廷に意見を具申する文章、「書」は書簡、「論」は論説文、「銘」は行動の戒め、または人の功徳を称える文章、「誄」は追悼文をいう。さらに「碑」は碑文、「箴」は自己・他者を戒告する言葉、「頌」は賞賛の文章、「説」は演説文を指す。これらは截然と区分されず、ジャンルで重なり合う部分もあるのだが、それにしても魏・晋時代までに（現代では文学と目されそうもない上奏文なども含めて）少なくない文体が存在していたことが、ここから分かる。曹丕や陸機がこのように文体を列挙するのは、「詩は人の感情を本にして美しいもの」（原文「詩縁情而綺靡」）だ（「文学自覚の時代」に引く「文賦」）などと、それぞれの様式のあるべき姿を示すためだった。『文心雕龍』が多くの篇を費やして文体を扱うのも、各々の理想的な在り方を論じる点に主眼を置くからであり、曹丕や陸機の影響を受けていることに、疑問の余地はない。両者の劉勰に対する影響は、他にも見出される。

『文心雕龍』の後半部には、文章の作成では「気」の涵養が欠かせないとする篇（「養気」）があった。また『詩品』でも劉楨の詩が「精神性が文飾を上回っており」と評されたことは既に見たが、原文は「気勝其文」であり、「精神性」は「気」の訳語である。そこでも述べたが、鍾嶸は詩における「気」の過剰は、「文」（文飾）の偏重よりは、なお望ましいと考えていた。文学における「気」の意義に最も早く着目したのは、実は曹丕であった。

王粲《おうさん》は辞賦に優れる。徐幹《じょかん》は「斉気《せいき》」が時折（その辞賦に）存するが、しかし粲の好敵手である。

……

孔融《こうゆう》は個性と「体気《たいき》」が際立って優れ、人より勝るものがある。……

文学は「気」が中心となるが、「気」の清濁には個性があり、無理やりに（ある方向へ）移すことはできない。これを音楽に譬えると、曲調が等しく演奏の手法が同じであっても、「引気《いんき》」の違いについては、生来の巧拙があって、父や兄にそれが備わっていても、息子や弟に伝えられない。（曹丕「典論論文」）

王粲（一七七〜二一七）、徐幹（一七一〜二一八）、孔融（一五三〜二〇八）は後漢末期を代表する文学者で、特に先の二人は劉楨と共に、曹丕・曹植兄弟を囲む文学集団の一員でもあった。「気」を含めて「　」で括った言葉は、みな原文のままである。まず「斉気」だが、徐幹が斉（現山東省）の出身であり、彼の辞賦に同地の（緩やかさを特徴とする）スタイルが現れているということらしい。続く「体気」は文学作品の格調を指すが、元来は個人の気質を表す言葉である。その意味では呼吸、間合いを示す「引気」と同じく人間が生来有する特質に引きつけて考えるべきだろう。いずれにもせよ、「気」は人の持ち前であって、「清濁」などの個性を含むそれが文学作品にも顕現するというのが、曹丕の考え方だった。『文心雕龍』や『詩品』の「気」に向けた重視も、ここに由来すると考えられよう。

　ここに述べたとおり、多くの実作が伝わり、また少なからぬ文学論が積み上げられ、それらの『文心雕龍』や『詩品』に与えた影響は、極めて大きい。だが両書は、既存の文学作品や理論・批評の成果を単純に受容したわけではない。そこへの不満と反発、これらは『文心雕龍』や『詩品』が世に現れた第三の理由となる。鍾嶸が南朝後期の詩歌をめぐる状況に飽き足りぬものを感じていたことは、前節で触れた。関連する彼の言葉を、さらに見ておこう。

> （詩に）感情を詠いあげることについてまで、どうして典故の使用を尊ぶものか。「君を思いて流水の如し」は、目に触れたとおりのものだ。「高台《こうだい》に悲風《ひふう》多《おお》し」も、やはり見たままに過ぎない。「清晨《せいしん》隴首《ろうしゅ》に登る」には、ああ典拠は無い。「明月《めいげつ》　積雪を照らす」が、どうして経書や史書に基づこうか。古今の秀句は多く借り物ではない。率直な叙情によるものだ。顔延之・謝荘《しゃそう》は、とりわけ細々と（詩に典故を）多用しており、当時の人々は彼ら（の詩風）に同化した。それで大明《たいめい》・泰始《たいし》の頃に、文学はほとんど書物の抜き書きも同然になってしまった。（『詩品』巻中「序」）

古典に見られる故事・表現、いわゆる「典故」を著述に盛り込むこと（原文では「用事」）を論じた一節である。典故（Classical allusion）は文学作品の表層に示される意味を超え、その内容に奥行きを与える手法といえる。鍾嶸も引用に先立つ箇所で文章についてはこれを認めるが、事柄が詩に関わると彼の態度は一変する。彼の挙げた詩句は、順に徐幹「室思《しつし》」（『玉台新詠《ぎょくだいしんえい》』巻一）、曹植「雑詩六首」其一（『文選』巻二十九）、張華《ちょうか》（二三二～三〇〇）の詩（『北堂書鈔《ほくどうしょしょう》』巻一五七）、謝霊運「歳暮《さいぼ》」（『芸文類聚《げいもんるいじゅう》』巻三）で、いずれも大方の認識では名句と称される。それらはみな古典を踏まえず、（心情を暗示するにせよ）表面上は単なる叙景に過ぎない（「清晨」は清々しい朝、「隴首」は現甘粛省にある山の名）。このような状況を、顔延之や謝荘（四〇一～四六六）ら南朝・宋の詩人は、好ましからぬ方向へ捻じ曲げた。宋の大明（四五七～四六四）・泰始（四六五～四七一）年間、詩にも典故が頻用され、文学は書物の抜き書き（原文は「書抄」）に堕してしまった、またここでは省略したが南朝後期、鍾嶸自身が活動した時代にこの傾向はさらに著しくなったと彼は嘆いてみせる。鍾嶸が同時代の詩に覚えた不満は、典故の使用に止まらない。

王融《おうゆう》がそれ（文学作品での音声に関わる議論）を首唱し、沈約《しんやく》・謝朓《しゃちょう》がそれを推し進めた。三人の賢才はある者は名家の子弟で、年少時から文才を発揮した。そこで知識人は（彼らを）敬慕し、（詩文における音声の調整に）精密であろうと努め、衣服のひだの如く微細な工夫を凝らし、一心にしのぎを削った。だから詩文に制約が多くなり、本来の美は損なわれてしまった。私（鍾嶸）が思うに、文学作品は元々諷誦すべきものであって、調子をもたつかせてはならない。音声が滑らかに響き合い、口調がよく整ってさえいれば、それで充分である。（『詩品』巻下「序」）

王融（四六七～四九三）、沈約（四四一～五一三）、謝朓（四六四～四九九）は、詩や文章における音声上の技巧を論じ、結果を実作に反映させた文学者である。南斉、具体的にいえば五世紀末に確立した彼らの詩風には表現の洗練と共に、音声の美を追求する姿勢が色濃く、南朝後期に一世を風靡する。技巧に心を奪われて、本来の美（原文「真美」）を損なう傾向が生じたこと、それが鍾嶸のこの種の詩風に対する反発の原因だった。項を改めて、この点をより詳しく見ておきたい。

「文学自覚の時代」が行きついた場所

『詩品』が著された時代、典故の多用はもとより、音声への配慮は、文章でも普遍的な現象となっていた。理解の便を考えて、『文心雕龍』の後半部の一段について、原文と日本語訳を掲出しておく。同書の各篇は四字で一句、八句で全体を成す「賛」という韻文を、本文の後に置く。ここでは、同書「物色」の冒頭（「人誰獲安」まで）と「賛」を除く本文の末尾（「若乃山林皐壌」以下）を引用する。

①春秋代序、陰陽惨舒。物色之動、心亦揺焉。
②蓋陽気萌而玄駒歩、

陰律凝而丹鳥羞。微虫猶或入感、四時之動物深矣。
③若夫珪璋挺其恵心、
英華秀其清気、物色相召、人誰獲安。
若乃山林皐壌、実文思之奥府。④略語則闕、
詳説則繁。然屈平所以能洞監⑤風騒之情者、
抑亦⑥江山之助乎。

季節は絶えず移り変わるが、（人は）秋の陰の気に物憂く、春の陽気に思いを晴らす。自然が変化すれば、（人の）心もやはり揺らぐものだ。そもそも春の気配が萌せばアリは動きだし、秋の調子が高鳴ればカマキリは餌を貯える。ちっぽけな虫でさえも（外の変化を）体のうちに感じるほどで、四季（の推移）は万物に深く影響するのである。さて（人は）美玉（のような人品）を鋭敏な感覚に掲げ、花（のような麗しさ）を澄んだ気質に明らかに示すのだから、自然の誘いに、誰が安閑として（心を動かさずに）いられようか。かの山林や沼沢は、誠に詩想の宝庫である。（描写の）言葉を簡単にすれば意を尽くさず、細かく述べれば繁多となる。してみれば屈平（屈原）が『詩経』や『楚辞』に見られる趣きを心得ていた（優れた作品を著した）のも、あるいは自然の助けによるのではないか。

自然の人に与える影響が詩文の生まれる重要な契機になると、劉勰はいう。原文を一見すれば、四字句や六字句の多いことが理解できよう。「蓋陽気萌而玄駒歩」や「四時之動物深矣」は八ないし七字で一句を成すようだが、「蓋《がい》」は発語、「而《じ》」は順接、「矣《い》」は断定を表す助辞（発語などの他、疑問・詠嘆など微細なニュアンスを示す字句）であり、それらを除けば、やはり六字句となる。単独では句を成せないが、詩や文章に不可欠な助辞の意義は、『文心雕龍』「章句」にも述べられていた（第一節の「『文心雕龍』後半部の概略」）。点線を付した助辞を除外すると、四字・六字の句はさらに増える。今一つ、目につく点は、対句が少なくないことである。これについては、丸数字と囲み線を付した文字を見られたい。

②を例に取るとしよう。囲み線を付した隣り合う句の第四字「而」が共通する他、「陽気」と「陰律」（名詞）、「萌」と「凝」（動詞）、「玄駒」と「丹鳥」（名詞）、「歩」と「羞」（動詞）が、対応する位置にあって、各々品詞を同じくする。「陽気」と「陰律」、「玄駒」と「丹鳥」はより細かく見れば、形容詞と名詞（例えば「陽」と「気」）から成っており、後二者も「玄《くろ》い駒」、「丹《あか》い鳥」と色名を動物の名に冠する（しかも実は共にアリ、カマキリといった昆虫の異名）という点で構造は等しい。さらに日本語では「ヨウキ」、「インリツ」と音節数は三、四と異なるが、中国語の漢字音は原則として一字一音節なので、「陽気」（yángqì）と「陰律」（yīnlǜ）は、いずれも二音節の語であり、文字数だけではなく音読した際の長さにも差異はない。このように中国語の対句は、字数や品詞のそろった句を近接した場所に置いて対偶を形作ることを指す。第一節で記したが、『文心雕龍』後半部の「麗辞」は、それを主題とする篇だった。

以上に加えて、一重線と二重線を付した文字に着目されたい。対句か否かの差こそあれ、これらは助辞を除く各句の末字である。古典中国において漢字の声調は、平・上・去・入の四声に分かれ、南朝後期にはそれらを平声と他の三声（後に仄声と総称される）に区分する意識が生じていたことは、『文心雕龍』「声律」について既に述べた（第一節）。先に掲げた句末の文字に関して、平声に一重線、後の時代でいう仄声に二重線を付した。「序」が仄声、「舒」が平声であるのに続いて、「壊」と「府」がいずれも仄声に属するのを除けば、連続する句の末字が平仄を異にすることが看取されよう。前項の末尾で取り上げた、『詩品』で批判される音声上の技巧とは、こういった各句の要所で声調を交替させる創作の技法を指していたのである。ただ鍾嶸とは対照的に、劉勰はこの種の技法を自著に反映させていた。

やはり鍾嶸が批判した典故の使用についても、詩と文学全般との差はあるが、劉勰は異なる態度を取っている。典故については、『文心雕龍』の「事類」に議論が見られる（第一節を参照）。いま前掲の「物色」から古典の字句に倣ったと思われる表現を、次に挙げておく。

「春秋代序、→『楚辞』「離騒」：「……、**春**与**秋**其**代序**」
陰陽惨舒」　後漢・張衡《ちょうこう》（七八～一三九）「西京賦《せいけいふ》」（『文選』巻二）：「夫人在**陽**時則**舒**、在**陰**時則**惨**、
……」
「人誰獲安」→『国語』「晋語《しんご》」：「……、**人誰**得**安**」
「山林皐壌」→『荘子《そうじ》』外篇「知北遊《ちほくゆう》」：「**山林**与、**皐壌**与、……」

古典を踏まえたことが容易に分かる例に限って、上に『文心雕龍』「物色」の、下に先行する文献の言葉を掲げた。これら以外にも、古典に基づく語句は、「物色」の中に散見する。否、「物色」の一部だけではなく、『文心雕龍』の全体に、ここまで述べてきた表現の技法がちりばめられている。煩を厭わずに整理しておくならば、それらは次の三点に集約される。

一、四字句、六字句（助辞を含む場合は五字句、七字句）を常用し、それらの対句を頻用する。

二、連続する二句の奇数句、偶数句で末尾の文字など、各句の要所で平仄を異にする。

三、典故（古典に見られる表現・故事）を踏襲・多用する。

このような技法を用いて著された文章を四六駢儷文《しろくべんれいぶん》、また略して四六文、駢文と称する。「四六」が頻用される四字や六字の句に因むことは言うまでもない。「駢」は「儷」と同じく（二つ）並ぶ、並べるという意味で、こちらは対句を多用することによる。南北朝時代には、駢儷文（駢儷体ともいう）が各種の文章で常用される文体となる。当時の知識人にとっては、字数の定まった対句を基調として、音声に意を用い、典故によって教養を示せる駢文こそが美文だったのである。『文心雕龍』も各篇末尾の賛を除けば、一貫してこの駢文で著されている。

『文心雕龍』の後半部に「声律」、「麗辞」、「事類」の三篇を設けて、それぞれ音声面での技巧（文学作品における平仄の配置や押韻に関わる事柄・議論を、本書では以下、「声律」・「声律論」と呼ぶ）、対句の使用、典故の効果を説いたことと併せて、劉勰が駢儷体を文章のあるべき姿と考えていたことは疑いえない。文章と異なる詩というジャンルに限ってのことだが、声律や典故への拘泥をよしとしない鍾嶸との態度の差は、当時の文学に対する両者の立ち位置の違いを示していよう。それに関わって、劉勰が文壇と官界の大御所だった沈約（声律論を推し進めた、と前項の最後に引いた『詩品』巻下「序」で名指しされた人物）から『文心雕龍』について高い評価を得た（『梁書《りょうじょ》』巻五十下「劉勰伝」）のに対して、鍾嶸は沈約に引き立てを請うたが断られたので、彼の没後に『詩品』で「中品」にその詩を置いた上で批判し、宿怨を晴らしたという話柄（『南史《なんし》』巻七十二「鍾嶸伝」）が伝わる。

沈約は声律論の主唱者であると共に、詩文における典故の使用にも熱心であった。主君である梁の武帝が地方より大振りのクリ（栗）が献上されたことがきっかけで、クリに関する故事を沈約と列挙したところ、沈約の方が典故の数が三つ少ないということがあった。御前より退いた沈約は「あの御仁（武帝）は体面を気にするから、（わざと勝ちを）譲らないと死ぬほど恥じることになる」と述べ、これを知った武帝の怒りを買ったという（『梁書』巻十三「沈約伝」）。古典の故事を記憶し、その数を競う風潮が南朝の知識人に存在したことを、この逸話は示していよう。典故は憶えておくだけではなく、詩や文章での表現に利用されることが通例だった。鍾嶸が作詩で典故を用いることを好まなかった点は、前項で見たとおりだが、それは彼の詩歌観が沈約を頂点とする同時代のそれと相容れないことを意味する。

もとより、鍾嶸が『詩品』での記述で沈約に意趣返ししたというのは、北朝の流れを汲む人物が編んだ史書『南史』の記事で、南朝への悪意が感じられ、容易には信じかねる。ただ沈約は天監《てんかん》十二年（五一三）に没しているが、これは『詩品』で批評される詩人としては最も遅い。『詩品』は存命の詩人を評価の対象外としており、そうなるとこの後、鍾嶸の没年と推測される天監十七年（五一八）頃までに同書は著されたと考えられる。没後わずか数年、技巧に富む作風で世に重んじられた沈約には、なお追随者も多かったであろう。「中品」に止めて批判をも加えたことは、詩壇の主流を占める風潮への鍾嶸の強い反発が感じられる。実をいえば、同時代の文学・文学論に対する不満は、劉勰の力にも見出される。概して穏当な記述から成る『文心雕龍』だが、当時の文学を次のように批評した箇所も存在する。

ところが聖人から（時代が）遠く隔たると、文学の在り方が弛緩し、書き手は新奇さを好んで、中身のない不実な表現が重んじられ、（元々装飾のある）鳥の羽をさらに飾りたて、革帯や手拭いに縫い取りを施すように、根本（となる精神）からはいよいよひどく離れ、とうとう誤りと無秩序に足を踏み入れようとしている。（『文心雕龍』「序志」）

聖人の教えを奉じた時代は遠い昔のこととなり、制度・行政を支えるべき文学も頽廃し、華美に走るばかりだ、というのが、劉勰の現状認識であった。文学自体に加えて、彼は曹丕の「典論論文」、陸機の「文賦」など既存の文学論をも一応は評価しながら、各自の欠点を厳しく批判する。彼の文学・文学論に対する不満は、次の言葉に集約される。いわく「葉を振《ふる》いて以て根を尋ね、瀾《なみ》を観て源を索《もと》むる能《あた》わず」。すなわち枝葉末節に囚われるばかりで、文学の根源を究めえていないということである（ここにも前節の「『詩品』の批評法」で触れた「推源遡流」への意識が窺われる）。劉勰はそのような文学論は「先賢の教えを祖述せず、後輩の考察に役立たない」と結論づける（以上、「序志」）。かくして、『文心雕龍』

を著すことになったというのである。『詩品』ほどには先鋭的でもないが、『文心雕龍』が世に現れることになった契機にも、著者の文学をめぐる現状への不満が存在した。

いったい、言説や著述、特に理論や批評に関わるそれらが、現状への異議申し立てとして生まれることは、時代や文化圏を問わない現象といえよう。現状への危機意識を欠く中で、真摯な理論や批評が提起されるとは思えない。『文心雕龍』と『詩品』も、その例外ではなかった。前項で述べたとおり、両書が後漢の末期より蓄積された文学・文学論（前章第三節の「文学自覚の時代」）から影響を受けていることは事実である。「詩縁情」の語が含む、詩では感情を重んじ、表現に工夫を凝らすべきという姿勢（同「文学論が多様化した背景」）が文学全般に広がったことも相俟って、南北朝期には豊饒な詩歌・文章が生み出されていく。その一方で表現への重視が、いつの間にか典故や声律にばかり力を注ぐ傾向を生じたことも否定できない。この項の冒頭で引いた『文心雕龍』「物色」の一節を思い返されたい。

先述のとおり、対偶・平仄の配置、典故の使用に意を用いていることは、ごく見やすい。なるほど、劉勰の筆力をもってすれば、このような形式上の制限があっても、中身の伴った文章を書くことは可能であろう。だが、これが凡庸な書き手であれば、どうなるだろうか。形式に拘って、内容の乏しい言語表現がものされた事態は、容易に想像できる。当時、それに関わって次のような冗談が存在した。

鄴《ぎょう》の城下のはやり言葉にいう、「学者がロバを買った。契約書を三枚目まで書いたが、まだ（ロバの）ロの字が出てこない」。（『顔氏《がんし》家訓』「勉学」）

『顔氏家訓』は南朝末期の学者で、戦乱に巻き込まれて連行された北朝で仕官した顔之推《がんしすい》（五三一～五九一頃）が子孫に遺した訓戒の文献である。鄴（現河北省邯鄲市）は、北朝に属する北斉《ほくせい》（五五〇～五七七）の国都だった。顔之推が北斉に仕えた時期（五五六～五七七）から考えて、ここに挙げたはやり言葉（原文「諺」）は六世紀後半のものと思われる。

この実務に疎い学者（原文「博士」）が三枚の紙を費やしてなお肝心なロバに言及しない契約書（原文「書券」）とは、恐らく駢文を意識したものだろう。典故に基づく表現を列ね、対句を成すために同じ事柄を繰り返し述べた結果、内実の乏しい文章が量産される事態が末期の北朝でも生じていたことを象徴する話柄と思われる。『文心雕龍』前半部の末尾に置かれた「書記」は、多くの文体を論じる篇だが、その中には「券」（契約書）も含まれる。本来は実用上の書類でしかない契約文さえもが、美麗な表現を用いる「文学」の一分野となっていたようだ。顔之推は、次のような言葉をも同じ自著に記している。

沈隠侯《しんいんこう》は言った、「文学は三つの「易《い》」を宗としなければならない。典故が理解し易《やす》いことが、一つ目である。文字の分かり易いことが、二つ目である。声に出して読み易いことが、三つ目である」。

（『顔氏家訓』「文章」）

典故などの内容（原文「事」）及び文字が難解ではなく、音調が暢達であることが、文学（原文「文章」）において必須の要素と称される。この誡にもっともな主張を唱えた人物が「沈隠侯」こと、かの沈約

（「隠」は彼の諡）だったとされる点は興味深い。これが確かであれば、声律論の主唱者として鍾嶸から批判されるなど、過度に技巧を重んじる方向へ当時の文学を進ませたと目される彼も、実は詩文が晦渋に陥ることを警戒していたといえる。

「文学自覚の時代」以来、「詩言志」説にいう内容——道徳・倫理に適う——を重視する立場を超えて、「詩縁情」の語に象徴される作品が生み出され、文学の可能性はより広がった。だが南北朝時代に至って、そこには表現にばかり拘る風潮、またこれをよしとする文学論が生じる側面が伴った。劉勰と鍾嶸は、各々の立場からこの事態を是正することを考えたと思われる。古典中国の文学理論・批評における金字塔、『文心雕龍』と『詩品』はかかる動機から世に出ることになった。前の時代からの蓄積を踏まえながら、それへのアンチテーゼ、あるいは補正として（新しいとは限らない）別の文学論が唱えられる現象は、今後も本書で何度か現れるはずだ。そういった事象の早い例としても、両書が持つ意義は極めて大きい。

第三章　文学論の展開

第一節　唐代

伝統の継承と変容

北朝から興った隋《ずい》（五八一〜六一八）が南朝最後の王朝、陳（五五七〜五八九）を滅ぼしたことで、南北朝の争乱に終止符が打たれる。ただし隋は短命に終わり、唐（六一八〜九〇七）がそれに取って代わる。本章では、この唐代から清代に至る文学思潮のごく大まかな流れを見ていく。およそ一三〇〇年にわたる期間の、関連する事象を過不足なく見渡すことなど、紙幅、そして何より筆者の能力では不可能といわざるをえない。また現代に比較的近く、さらに印刷術が本格化していく時代を含むこともあって、唐以降の文献はそれ以前とは桁違いの数量で今に伝わる。したがって、ここで示せるのは、実に大雑把な素描に過ぎない。ただ、個別の現象を扱う次章以下の論述で、その不足を少し補いたいと思う。

さて、声律に配慮する詩や文章が南朝後期、盛んに著されていたことは、前章第三節の「「文学自覚の時代」が行きついた場所」で既に述べた。この種の形式（文章の場合は駢文）は唐代に入っても詩文のあるべき姿とされ、平仄はこう配置すべきといった声律上の規範は、より緻密な形を取る。そのうちの一部は、次章の第四節で見ることになる。唐代を通じて形作られた詩歌の様式は、今体詩《きんたいし》（近体詩）と呼ばれ、それ以前の古詩（古体詩）と区別される。各々八句、四句から成る律詩、絶句は、この今体詩に含まれる。一句の字数によって、これらはさらに五言律詩・七言律詩及び五言絶句・七言絶句に細分される。いま、ある詩篇（上段）が、平声から始まる五言律詩について理想とされる平仄の配置（下段）にどれほど適っているかを見ておこう。○は平声、●は仄声、◎は押韻の箇所（平声）を示す。

天末懐李白　天末《てんまつ》に李白を懐《おも》う　杜甫

1	涼風起天末、	○○●○●	涼風《りょうふう》　天末に起こり、	○○○●●
2	君子意如何。	○●●○◎	君子　意《い》は如何《いかん》。	●●●○◎
3	鴻雁幾時到、	○●●○●	鴻雁《こうがん》　幾時《いくとき》か到《いた》らん、	●●○○●
4	江湖秋水多。	○○○●◎	江湖　秋水《しゅうすい》多《おお》し。	○○●●◎
5	文章憎命達、	○○○●●	文章は命《めい》の達するを憎み、	○○○●●
6	魑魅喜人過。	○●●○◎	魑魅《ちみ》は人の過《す》ぐるを喜ぶ。	●●●○◎
7	応共冤魂語、	○●○○●	応《まさ》に冤魂《えんこん》と共に語り、	●●○○●
8	投詩贈汨羅。	○○●●◎	詩を投じて汨羅《べきら》に贈るべし。	○○●●◎

杜甫（七一二～七七〇）が唐代のみならず、古典中国の詩歌史に冠絶する詩人であることは、今さら言うまでもなかろう。この詩（『杜工部集《とこうぶしゅう》』巻十）は、彼と併称される大詩人の李白（七〇一～七六二）が

故あって南方に流されようとしていたことに感じて詠まれた。杜甫は李白と親交があったが、当時（七五九）は遥か遠くの秦州（現甘粛省天水市）にいた。

それでは、平仄を見るとしよう。「天末に李白を懐う」では第二・三・六・七句の第一字が平声であり、ここには仄声の文字を置くべきという規格からは、全て外れている。ただし、各句冒頭の字に関して、平仄はそうやかましくいわれないので、許容範囲のうちと見なせる。第二字以下について、後半（第五句以降）はいずれも規格に適っている。これに対して、前半では第一句の第三・四字、第三句の第三字、第四句の第三字が、望ましいとされる形と平仄を異にする。だが、こういった場合も第一句の中で第三・四字相互に、さらに第三・四句の第三字同士で平仄を入れ換え、均衡を取っている（この手法を「拗救《ようきゅう》」と呼ぶ）ので問題とされない。また第一・二句（首聯《しゅれん》）、第三・四句（頷聯《がんれん》）、第五・六句（頸聯《けいれん》）、第七・八句（尾聯《びれん》）といった隣り合う二句のうち、頷聯と頸聯が（前者の第三字以下は必ずしも品詞を同じくしないが）対句を成す点も加味すれば、当該の詩は五言律詩の様式にほぼ適っている。

定型詩に付き物の脚韻を踏んだ上に、かくも面倒な平仄の配置、対句の使用という条件を果たすことは、決して容易ではない。唐以降の今体詩（絶句の場合は律詩の半分と考えればよかろう）を見渡せば、実際はこれらの規格に適わない例が、極めて多い。しかし、完全に適合させることは困難でも、かかる規格を満たすべきという意識は、後世の知識人にも受け継がれていく。多くの作品でこのように煩瑣な要件を概ね満たしつつ、自らの心情を描ききったという意味でも、杜甫は非凡な詩人だった。

次に、「天末に李白を懐う」の内容を見ておく。「冷たい風が天の果て（のこの地）に吹き起こったが、高貴な方はどのようなお気持ちか。（便りを届ける）カリ（雁）はいつ着くのか、（南方の）水郷には水があふれていよう。文学（の才能）は（持ち主の）運命が開けることを嫌い、（南方の）化物は（餌食となる）人の通りかかることを待ち望む。（あなたは）横死した者の魂と語り合い、汨羅に（彼を弔う）詩を投げ入れて贈るに相違ない」。仮にこう訳せるこの詩は、「高貴な方」（原文「君子」）や「あなた」と記した李白を思いやる心情に満たされている。北と南に遠く隔たり、便りも届かない中、流刑の憂き目に遭っている彼は、どうしているのだろうという作者の思いは、容易く見て取れる。「汨羅」は長江の支流で、現湖南省の北東部を流れている汨羅江を指す。かの屈原は汨羅に身を投げて最期を遂げたといわれ、前漢の賈誼がそこで「弔屈原文」を書いて彼を悼んだことも名高い（第一章第二節の「発憤著書」）。汨羅を通りかかって屈原の魂に感じた李白は賈誼のように彼を弔う作品を著すはずだと述べて、杜甫は詩を締めくくる。「汨羅」の語で屈原らの故事を暗示し、文学者の不遇などという直截的な表現を用いずにそのイメージを喚起する、これこそ典故の使用による効果に他ならない。

それに関連して興味深いのは、第五句である。文学者が幸福な生涯を送ることを持ち前の文才が望まない、と杜甫は詠う。「発憤著書」という観念が、この発想の基盤にあることは疑いえまい。ただし「発憤著書」は、優れた著述の現れる契機として、作者に降りかかった悲運を重視する言説だった。一世紀末の『漢書』巻三十「芸文志」に、戦国時代（前四〇三～前二二一）に入って、「賢人失志の賦作《おこ》る」とある。屈原などの「賢人」が「志を失う」、世に容れられなかったため国を憂える思いを賦（辞賦）に著したことをいう。「発憤著書」の観念を文学の領域に引きつけた言葉で、後世の文学論に相当な影響を及ぼすことになる。

これらに対して、杜甫の「文章は命の達するを憎」むという詩句は、優秀な書き手はそもそも幸運ではありえないと述べる。その背景には李白の、あるいは官途に恵まれず家族を連れて各地を流浪する杜甫自身の個人的な窮境が存在した。だが古くからある「発憤著書」（外的な環境が文学に作用する）という観念を逆転させて、優れた文学者が往々にして苦しめられてきた不遇をこの一句に表しえたことは、杜甫という詩人の力量を窺わせるものと思しい。

唐以降の知識人は、それより前の時代から継承した規範に則って、文学作品を生み出していく。本項で見た今体詩は、その典型である。作品のより内面に関わる文学論についても、同じことがいえる。ただし杜甫の場合が好例となろうが、そこには単なる継承といえない点も、多く含まれる。本章では、前二章で扱った文学論の何が後の時代に継承され、また何が変容を被ったか、それらに注目して、古典中国の文学思潮が持つある側面を概観していく。

古えの道

対句・典故を多用し、平仄の配置に注意した詩歌や文章が南朝の後期以来、文学の主流を占めていたことは、前章の第三節で述べたとおりである。そこにも記したが、劉勰と鍾嶸はそのような形式に度を越して意を用いる作品に懸念、また非難を示していた。唐代でもそういった流れは続いていたのだが、九世紀になると、そこにより論理的な批判が向けられる。

しかしながら、（私、韓《かん》）愈《ゆ》が古文を作るのは、その句読点の位置が今（の文章）と異なるからというだけではない。古人について考えても（彼らを）見ることができないので、古《いにし》えの道を学ぶのに併せてその言葉を理解しようということになる。その言葉を理解するのはそもそも古えの道に志すからだ。（韓愈『昌黎《しょうれい》先生文集』巻二十二「題哀辞後（哀辞の後に題す）」）

韓愈（七六八～八二四）は文章家・詩人であり、唐代中期を代表する文学者の一人である。彼が提唱する「古文」は、四字句・六字句やそれらの対句を頻用せず、必ずしも典故を多く盛り込まず、平仄の配置にも拘らない文章を指す。これらは前章第三節の「「文学自覚の時代」が行きついた場所」で述べた駢文の特徴と相対するもので、韓愈がそれに批判的だったことが理解される。何ゆえそのような文章を古文と呼ぶかといえば、まず駢文の規格が形成された魏晋・南北朝より前、具体的には漢代など古い時代の文章に帰ろうという思いを韓愈が持っていたからである。したがって「今（の文章）」とは、唐代でも盛行していた駢文を指す。

古典中国において、詩文の書き手は自身の作品に句読点を付さないことを通例とした。言い換えると、他者の詩歌や文章に句読点を付せる者が知識人ということになる。詩の場合は、後漢末以降だと多く五字・七字の句から構成されるので、どれが一句を成すかの判別に苦労はない。四字・六字の句、また対句を多く用いる駢文でも、極論すれば文意が分からずとも、字句の切れ目に見当をつけることは、そう難しくない。その一方で駢文より時代が遡る文章では、どこからどこまでが句や文としてまとまりを形作るのか、しばしば判断に苦しむ。

騈文より古い文章を志す以上、韓愈自身の文章も、句読点を付すのに手間のかかる形を取る。例えば、先に一節を挙げた韓愈による文章の原文は、次のとおりである。「雖然、愈之為古文、豈独取其句読不類於今者邪。思古人而不得見、学古道則欲兼通其辞。通其辞者、本志乎古道者也」。四字や六字から成る、あるいは対偶を成すような句は、この中にはほぼ見られない。「古文」は「句読点の位置が今（の文章）と異なる」と、韓愈が述べる所以である。

付言すると、韓愈の、また彼の主張に基づく古文でも四字・六字の句や対偶、典故は用いられるし、平仄の均衡も通常は無視されない。また、韓愈は規格に適う今体詩も少なからず遺している。ただ騈文などに比べて、形式上の制約から自由であろうとした姿勢は、彼の創作より確かに見出される。このような姿勢は、形式にかかずらって、内容を粗略にする文学への批判につながる。しからば、韓愈はいかなる文学に理想を見たのか。それは、「古えの道」（原文「古道」）を「学」び「志す」から古えの「言葉」（原文「辞」）を「理解しよう」と述べた点に窺える。彼が考える文学の根本には、「道」が存在した。

文とは、道を究める道具である。道をよく理解しないで、これ（文）に習熟できようか。（『昌黎先生文集』巻末「文集序」）

李漢《りかん》（生没年未詳）が師であり、岳父でもあった韓愈の文集に付した序文に記した言葉である。「道を究める道具」（原文「貫道之器」）自体は李漢の言葉だが、「文」と「道」の不可分性は、韓愈が熱心に説いたもので、その影響で発せられた言説といってよい。さらにいえば、「これこそ私のいう道であり、先に述べた老子や仏の道ではないのである」と代表作の文章「原道《げんどう》」（『昌黎先生文集』巻十一）で韓愈が述べるとおり、彼の考える「道」とは、老子を奉じる道家・道教や外来の仏道ではない、儒教のそれであった。

第一章第三節の「文学論が多様化した背景」で触れたが、後漢の末期より秩序を保つ理念としての儒教が従来のように機能せず、これが様々な価値観、ひいては文学論を発生させる。同時に無為自然を唱える道家思想、それを基盤として不老長生を目指す道教、あるいはインドから伝わった仏教が、思想・宗教として儒教を脅かすほどの力を持った。隋や唐は中国全域を統一し、特に後者は三百年近くの命脈を保つが、比較的安定したその時代にも、儒教は漢代ほどの勢力をなお取り戻すことはなかった。

韓愈による古文の提唱は、文章の様式を駢文が現れる前に戻そうというだけではなく、このように昔日の勢いを失った儒教の復興を意図した運動でもあった。彼は聖人が伝えた「道」の継承者を自任しており、文学にも「道」は不可欠と考えていた。こういった考え方から、詩に寓意を求める「詩言志」説（第一章第一節の同題の項を参照されたい）の影響を見ることは、ごく容易い。さらに「総てものは平衡を得なければ音を鳴らす」から不遇な者は優れた著述を遺すという彼の言葉（『昌黎先生文集』巻十九「送孟東野序（孟東野を送る序）」）を見るにつけても、その思考が「発憤著書」説など古い文学論を背景に持つことは確かである。韓愈の文学・文学論には、復古的な側面が色濃いといえる。

もちろん、韓愈がいかに「古えの道」を志したとはいえ、唐代に生きた彼の文学が漢代のそれに等しいということはありえない。南北朝から同時代に至る各時期の文学にも学んだ彼の作品は、文章と詩の双方で新生面を開いたものと評される。だが復古を唱えながら、芸術の諸分野で新しい局面を切り開こうとする動きは、（成功したか否かを問わず）この後も古典中国でよく見られる現象である。かかる事態の先駆けとして、韓愈らの提起した古文への回帰（いま「古文復興運動」と称する）は、中国の文学史に大きな意味を持つことになる。

諷喩・閑適と中隠

文学は「道」に基づくべきだと韓愈が説いていた頃、詩における寓意を重んじた議論を記した詩人がいる。字《あざな》によって白楽天とも称される白居易（七七二～八四六）が親友の元稹《げんじん》（七七九～八三一）に宛てた書簡「与元九書（元九《げんきゅう》に与《あた》うる書）」（『白氏文集』巻二十八）に、その議論が見える。元和《げんな》十年（八一五）に著されたこの手紙では、それまでに白居易の詠んだ詩が「諷諭《ふうゆ》詩」、「閑適《かんてき》詩」、「感傷詩」、「雑律《ざつりつ》詩」の四種に分類される。中でも、まず人気を得たのは「長恨歌」（『白氏文集』巻十二）などを含む情感豊かな一群の作品「感傷詩」であった。残る三種のうち詩形による分類の「雑律」（律詩・絶句など）を除くと、「諷喩詩」と「閑適詩」は対極の関係にある。双方がよって立つ基盤を、白居易は次の言葉に求める。

「窮すれば則《すなわ》ち独り其の身を善《よ》くし、達すれば則ち兼ねて天下を善くす」（『孟子』「尽心《じんしん》」上）。「元九に与うる書」において、白居易は後の「善」を「済」に改めて引用しており（後漢の『風俗通義』「十反」

に「済」とする先例がある)、その場合は「済《すく》う」と読むことになる。「窮」と「達」はこの文脈では官途で志を得ないことと栄達することを、それぞれ指す。出世すれば、自分だけではなく、「天下」の人々を「兼ねて」「済」うために行動を起こさなければならない。白居易のような詩才に恵まれた者ならば、政治上の問題点を指摘した詩を作って、権力者に改善を求めることが務めとなる。「諷喩詩」(「諷喩」は遠回しに諭すこと)とは、そういった「兼済《けんさい》」の立場から詠まれた詩を指す。

新進官僚だった時期、白居易は時世を諷刺した「諷諭詩」を多く著した。首都の長安(現陝西省西安市)にほど近い新豊《しんぽう》の一老人に取材した「新豊折臂翁(新豊の臂《うで》を折りし翁)」(『白氏文集』巻三)は、その中の一首である。皇帝玄宗《げんそう》(在位七一二～七五六)の治世、若い頃の老人は無謀な外征に動員されそうになった際、自らの片腕を石で傷つけて徴兵を忌避したという。片腕は使えなくなって今でも痛むが、辺地で死んで亡者になるよりはましだという老人の言葉を記した後、「辺功《へんこう》未だ立たざるに人の怨みを生ず、請《こ》う問え新豊の臂を折りし翁に(辺境征服の功を立てる前に民の怨みを買うとは、新豊の腕を折った老人の話を聞かれよ)」と白居易はこの詩を締めくくる。こういった詩を作ったことだけが原因でもあるまいが、権力者と軋轢を生じた白居易は、左遷されて逼塞を余儀なくされる。

「兼善」、白居易のいう「兼済」に対して、然るべき地位を得られなければ、自らの身を正しく修めて生きるべきだというのが、『孟子』の述べるところである。そこでの「独善」とは、自己修養を意味する。ただ、白居易はこの言葉を地位に関わらず境遇に満足することに読み替えていた。「諷諭詩」の制作が減る一方で、「独善」の境地を楽しむ詩が増えていく。

「遺愛寺《いあいじ》の鐘は枕を欹《そばだ》てて聞き、香炉峰《こうろほう》の雪は簾《すだれ》を撥《かか》げて看る（遺愛寺の鐘は枕を傾けて聞き、香炉峰の雪は簾を巻き上げて見る）」（白居易「香炉峰下新卜山居草堂初成偶題東壁五首」其四）。『枕草子』第二九九段での引用や菅原道真（八四五～九〇三）が遺愛寺を大宰府の観音寺に置き換えた作品（『菅家後集《かんけこうしゅう》』「不出門」）を詠んだことでも著名な「香炉峰下に新たに山居草堂《さんきょそうどう》を卜《ぼく》して初めて成り偶《たま》たま東壁《とうへき》に題す」（『白氏文集』巻十六）から二句を引用した。この詩は詩形から、「（雑）律詩」に分類されている。だが左遷された江州《こうしゅう》（現江西省九江市）の自室で寝転がったまま、寺院の鐘の音を聞き、山に積もる雪を見る生活に安息を見出すような点で、「閑適」（閑《しず》かに心に適《かな》う状況）の詩と称して差し支えないだろう。

地方官としての勤務（八一五～八二〇）を終えた白居易は、中央に戻り、再び朝廷で枢要の地位に就く。しかし「諷諭詩」が量産されることは二度となく、昇進を重ねながら、権力の中枢とは距離を保つようになる。「如《し》かず中隠《ちゅういん》と作《な》りて、隠《かく》れて留司《りゅうし》の官に在るに。出《い》ずるに似て復《ま》た処《お》るに似る、忙《ぼう》にあらずして亦《ま》た閑に非ず」（『白氏文集』巻五十二「中隠」）。街中に隠れる「大隠」は喧噪に悩まされ、山野に隠れる「小隠」は物寂しい。そう述べた白居易は副都である洛陽勤務（留司）の官にあって隠棲する「中隠」が一番と続ける。「出仕するようで家居するような、忙しくはないが暇でもない」。ここに一部を引く詩（八二九年の作）で、数え年五十八歳の作者は理想の境地を詠った。「諷喩詩」から「閑適詩」に詩作の重点を移したことは、理想に燃える官僚が挫折する経緯と見なせるかもしれない。ただ、このことは同時に個人の私的な生活が詩に詠まれる時代の到来を象徴するものでもあった。

もとより、これ以前にも陶淵明や杜甫など平凡な日常、家族との団欒を詩に詠う者は存在した。だが

「詩は志を言う」との建前がある以上、本来それらは詩歌の題材となる事柄ではなかった。白居易は『孟子』という儒家の古典を援用し、さらには「兼善」（兼済）と対置される「独善」の意味をずらすことによって、私的な領域を文学の対象とすることに理論上の根拠を提供した。彼が生きた唐代中期より、詩に詠われる題材は、格段に幅を広げていく。その中で、彼が提起した「独善」、「閑適」という概念の果たした役割は、極めて大きかった。

第二節　宋代

殆ど窮する者にして後工み也

漢代の文章への回帰「古文復興運動」は、韓愈とその門弟以降、後継者に人を得なかったこともあり、唐・五代（九〇七〜九六〇）を通じて、駢文から文体の主流を奪うほどの成果を上げることはなかった。実際にそれが決定的な勝利を得ることになるのは、北宋（九六〇〜一一二七）に入ってからであった。中頃以降の唐が弱体化して遂に亡んだ後、北中国では五つの王朝（五代）が、南中国では多くの政権（十国）が興亡を繰り返す。北宋はこの混乱を収拾して、中国の大部分を統一した（九七九）。現内モンゴル・中国東北部、河北省及び山西省の一部、朝鮮半島北部にまで勢力を伸ばす遼《りょう》（九一六〜一一二五）、後に甘粛・寧夏を支配した西夏《せいか》（一〇三八〜一二二七）の圧迫を受けながら、北宋による中国の統治は続く。広大な国土を治めるため、北宋は多数の官僚を必要とした。高等文官試験ともいうべき科挙は、隋代に始まり、唐代に受け継がれた。北宋は、それをより本格的に機能させる。科挙は古典学の教養を問い、時代で変化はあるが作詩・作文を試験に課すことが通例だった。科挙試験の答案も、北宋の前期までは駢文で記されていたが、嘉祐《かゆう》二年（一〇五七）に至って、この事態に大きな変化が生じる。

統治の根幹を担う官僚を選抜する科挙を実施する責任者には、相応の高官が充てられた。同年に権知礼部貢挙《けんちれいぶこうきょ》（試験委員長）を務めた欧陽脩《おうようしゅう》（一〇〇七～一〇七二）は、高級官僚であり、文学者としても名高かった。彼の目から見て、当時の知識人は文章を作る際、目新しさを尊んだため、文の様式は非常に乱れ、晦渋（史料では「僻渋《へきじゅう》」）な様子を呈していた。この弊風を改めるべく、欧陽脩は従来の（「僻渋」な文章を評価する）基準だと上位で及第するはずだった者をみな落第させるという処置を取った。合否・序列が発表されると大変な非難が巻き起こったが、欧陽脩の見解は次第に支持を得るようになって、五・六年で文章の格調（原文「文格」）は一変したという（『欧陽文忠公集《おうようぶんちゅうこうしゅう》』附録・欧陽発《おうようはつ》「事迹《じせき》」）。

なにぶん、これは欧陽脩の長男による証言なので、誇張を含むことは想定しておくべきだろう。だが同時代に書かれた複数の文献に、この折の科挙における欧陽脩の方針が文体に大きな影響を及ぼした旨の記述が見える。「僻渋」な文章が駢文のみを指すのではないにせよ、欧陽脩が古文の書き手として著名であることを考えれば、「文格」の一変とは駢文から古文への変化を主に意味すると見なせよう。当該の年の科挙に及第した者（進士《しんし》と称される）に古文の代表的な作者（蘇軾《そしょく》・蘇轍《そてつ》兄弟、曽鞏《そうきょう》）が含まれることも、そのことを裏付ける。

もちろん、試験による評価基準の変化だけが、古文の勢力を拡張させた理由ではあるまい。字数や対偶、声律に関わる制約が多く、典故を多用する駢文には、自由な表現を妨げる嫌いがある。このことへの自覚が高まる中、唐代以来の「古文復興運動」に賛同する文章の書き手が増え、遂に古文が駢文に取って代わる日が来たと考えるべきだろう。この後も駢文が滅びることはなく、特に荘重・典雅で音調の滑らかさを重んじる詔勅などでは、変わらず用いられていく。明（一三六八〜一六四四）以降の科挙で答案に使用すべきとされた八股文《はっこぶん》は、対句を頻用する文体で、駢文の流れを汲むといえる（試験で評価に差をつけるには、定型的な文体の方が好都合という事情があったようだ）。しかし宋代の中期以降、二十世紀初頭に至るまで、知識人が自己表現に用いる文体として古文の地位が揺らぐことはなかった。

古文の復興に大きな足跡を残した欧陽脩だが、その彼が親友で詩人として著名な梅尭臣《ばいぎょうしん》（一〇〇二〜一〇六〇）の詩集に冠するために著した文章の冒頭を挙げておく。慶暦《けいれき》六年（一〇四六）に書かれた序文なので、先の科挙に関わる事跡より十年以上遡ることになる。

予聞世謂詩人少達而多窮、夫豈然哉。蓋世所伝詩者、多出於古窮人之辞也。凡士之蘊其所有而不得施於世者、多喜自放於山巓水涯。外見虫魚草木風雲鳥獣之状類、往往探其奇怪。内有憂思感憤之鬱積、其興於怨刺、以道羇臣、寡婦之所歎、写人情之難言、蓋愈窮愈工。然則非詩之能窮人、殆窮者而後工也。

私は、詩人で出世した者は少ないが困窮した者は多いと世間でいわれるのを聞いているが、これはそのとおりであろうか。そもそも世間に伝わっている詩は、多く昔の困窮した者の言葉である。総て士でその持ち前（の能力や志向）が（我が身に）隠れたまま（地位を得て）世のために用いることのできない者は、多く好んで山頂や水際（のような自然）に心を解き放つ。（また自己の）外に虫・魚、草木、風や雲、鳥獣の姿を見れば、時としてその不思議さ（の根源）を求める。（自己の）内に憂いや憤りの鬱屈が溜まれば、それは怨みや批判の形で起こって、流謫された臣下や寡婦の嘆くところを（詩に）述べ、人の心情で言葉にし難いものを描くので、だから困窮すればするほど（詩は）巧みになる。つまり詩が人を困窮させるのではなく、恐らく困窮してその後に（初めて）巧みになるのである。（『欧陽文忠公集』巻四十二「梅聖兪《ばいせいゆ》詩集序」）

四字・六字の句は目立たず、対句を用いた表現も見られない文章、つまり古文であることが理解される。制約の多い駢文では、読者を説得するために、ここまで存分に言葉を尽くすことは難しい。欧陽脩は、まず一般論として、困窮に陥るほど、その人物は巧みに詩を作るという。目的とするところは、梅尭臣（字《あざな》は聖兪）がどれほど作詩に優れ、また栄達できないからこそ、彼の詩にはますます磨きがかかるということを、後段で述べる点にある。

「殆《ほと》ど窮する者にして後工《のちたく》み也《なり》」とは、「発憤著書」（第一章第二節）の流れを汲む見解といえよう。杜甫の「文学（の才能）は（持ち主の）運命が開けることを嫌」うという詩句（本章第一節の「伝統の継承と変容」）に比べると、外的な境遇が著述に影響を及ぼすという「発憤著書」説をそのまま祖述した言説といえよう。だが、親友を賞揚し、また慰めるためとはいえ、「蓋《けだ》し愈《いよ》いよ窮して愈いよ工み」と困窮が詩の質を向上させるというのは、文学者の不遇に積極的な側面を見出す従来にない態度とも考えられる。唐代以来の「古文復興運動」を、あるいはより古い「発憤著書」説を承けながら、欧陽脩はそこに新たな要素を加えたわけで、この点で彼も旧来の文学論を継承しつつ変容させた人物であった。

「載道」説

韓愈らによる古文の提唱が、文体だけではなく、儒教の勢力をも旧に復することを目指す運動だった事実は、本章第一節（「古えの道」）で述べたとおりである。欧陽脩たちの手で古文が力を伸ばしたのと同じ時期、儒教の権威についても復興が図られていた。その先駆者と目される周敦頤《しゅうとんい》（一〇一七～一〇七三）は、「文は道を載せるものである。車を飾っても人が（それを）用いなければ、飾りは無駄である。ましてや中身のない車ときては」という言葉を遺している（『通書《つうしょ》』「文辞《ぶんじ》」）。「道を載せる」の原文は「載道《さいどう》」で、これは「はじめに」で言及した、文学は「道」を伝達する手段としてこそ意味を持つという「載道」説の由来となる文章である。「車」（原文「輪轅《りんえん》」）が文章の、「中身のない車」（同じく「虚車」）が内容を欠く文章の比喩であることは言うまでもない。韓愈や欧陽脩と違い、文学者ならぬ純粋な儒者の周敦頤にとって、文学の道徳に対する従属性は、より自明のことだったと思しい。

なるほど、本章第一節の「古えの道」で引いた「文とは、道を究める道具である」という李漢の言葉から周敦頤が影響を受けた可能性は否定できない。しかし「道を究める道具」（「貫道之器」）が道徳と文章の不可分性を示唆するのに比べて、「道を載せるもの」（「所以載道」）には文章を道徳の単なる媒体と捉える姿勢が見られるようだ。道徳を宣揚する思想家として、周敦頤が後世から尊崇されるに及んで、「載道」の意義もそう解釈されていく。

周敦頤を創始者と見なす宋代の新たな儒学は、「道学《どうがく》」と称される。思索を重視し、天の理法・道理としての「理」を尊ぶ道学は、様々な要素を取り込みつつ、仏教・道教と相対しながら、思想としての形を整えていく。宋は契丹《きったん》（キタイ）族の遼、党項《とうこう》（タングート）族の西夏と和平を結んで政権を維持していたが、後に女真《じょしん》（ジュシェン）族の金《きん》（一一一五～一二三四）による侵攻を受け、北中国を失い、南中国のみを支配する南宋（一一二七～一二七六）として命脈を保つ。南宋に入っても、道学は発展を続けたが、その中で抜きん出た一派となるのが、朱子こと朱熹《しゅき》（一一三〇～一二〇〇）が開いた朱子学であった。朱熹にも文学論といえる論著は少なからずあるが、ここでは彼が『詩経』に施した注釈に触れておこう。例として、第一章第一節の「「詩言志」説」で扱った二篇の詩を再び取り上げたい。論述の便宜を考えて、これら（共に『詩経』国風「鄭風」に属する）の一部を、次に再掲する。

あなた、塀を越えて来るのは止めて、うちのヤナギの木を折らないで。惜しいのではないの、両親が恐いの。あなたは好きだけど、両親に叱られるのも恐いの。（「将仲子《しょうちゅうし》」）

私を好きというならば、もすそをかかげて溱《しん》（川の名）を渡ってあなたに会いに行く。好きでないというならば、他に男がいないわけではない。お馬鹿さん、それが分からないの。（「褰裳《けんしょう》」）

古い注解の「詩序」と「毛伝」は、前者を度重なる重臣の諫言を謝絶する詩、後者を大国の援助を求める詩と解する。『詩経』の編者が孔子と伝わる以上、彼に選ばれた詩が色恋について述べるだけなどという事態があろうはずもない、そこには何らかの寓意が含まれるとの前提から、これらの解釈が生じたであろうことは、「「詩言志」説」の項で既に述べた。それに対して、朱熹は『詩経』に対する注釈書として著した『詩集伝《ししゅうでん》』（巻四）において、二篇の詩を男女の遣り取りを詠った詩と解している。いったい「道学者」や「道学先生」といえば、今日でも道徳に囚われ、融通の利かない学者を指す。朱熹は博大な精神の持ち主で、このように固定化されたイメージで捉えられる人物では、もとよりない。しかし道学を代表する彼がここに挙げた二篇を含む『詩経』の作品に関して親の決めた結婚相手でもない異性に向けて詩を詠うことを肯定するかのような態度を取る点は、やや意外に感じられる。これについては『詩集伝』に冠せられた序文（「詩集伝序」）の次の箇所が参考になるだろう。「（孔子は手本にも戒めにもならない詩は除外した上で）学ぶ者にそれ（『詩経』）に就いてその善し悪しを考え、善いものはこれに倣い、悪いものは（逆に）これを改めるようにさせた」。

要するに、反面教師として役立つことを意図して、孔子は倫理的に好ましくない事柄を詠う詩をも『詩経』に収めたというのである。つまるところ、孔子による詩歌の選択は道徳を離れることはなかったというのが、朱熹の結論だった。しかし反面教師にもせよ、寓意を含まない詩が『詩経』に存在するという彼の見解が持つ意味は小さくない。朱熹は「私はこう聞いている、総て詩で（国）風というものは、多くが村里の歌から起こり、いわゆる男女が相ともに歌唱し、それぞれがその思いを述べたものである」

（「詩集伝序」）とも主張している。詩を政治・社会と無闇に結びつけようとする「詩序」や「毛伝」を離れ、ともかく人々の思いをそこに読み取ろうとする姿勢は、古くからの権威ある注釈に則る読解とは一線を画している。そもそも「詩序」及び「毛伝」の説を疑問視する考え方は、欧陽脩が『詩経』を論じた『詩本義《しほんぎ》』という著作にその萌芽が見られる。また「将仲子」を文字どおりに読む朱熹の考え方は、彼よりやや早い鄭樵《ていしょう》（一一〇四～一一六二）という学者の議論に基づくと思しい（『詩集伝』「詩序弁説」）。いま失われた『詩弁妄《しべんもう》』と題する著作の中で、鄭樵は「将仲子」を「淫奔之詩」（正式の結婚をせずに私通することを詠う詩）と評していたらしい。

したがって、鄭樵や朱熹が人間の自由な性情を倫理より高く位置づけていたとは、到底いえない。またこの後、朱熹による『詩経』を含む経書の注釈が、新たな権威として解釈を縛るようになった側面も否定できない。ただ、それにしても欧陽脩を初めとする宋代の知識人が『詩経』の詩にも感情の表出を見ようとしていたことは、確かだといえる。それは『詩経』への見方に止まらず、詩歌、ひいては文学の全体に及ぼされる可能性を有した。「志」だけではなく「情」を詠う媒体として詩の意義を再確認する動きを、次項で見ることにしたい。

夫れ詩には別材有り

道学で称する「理」とは、「性《せい》」（人性）に対していう概念である。本来は善であるはずの「性」と道理、天の理法（「天理」）としての「理」の関係を論じることから、道学は「性理学」、略して「理学」とも呼ばれる。真理としての「理」は、道学が興る以前から人が従うべき概念とされてきたが、朱子学の伸張に伴って、より重視されることになる。文学論にも「理」はよく姿を現すが、時に詩歌と「理」との関わりを否定するような議論も見られる。

> そもそも詩には特別な才能があるのであって、（それは）書物に関わるものではないのである。詩には特別な味わいがあって、それは真理に関わるものではないのである。しかも昔の人は書物を読むのを止めたり、真理を追い求めるのを止めたりはしなかった。（だが）筋道としての道理に振りまわされず、手段としての言葉に足を取られることもない、それが（詩として）上出来というものである。（『滄浪詩話《そうろうしわ》』「詩弁《しべん》」）

『滄浪詩話』を著した厳羽《げんう》（生没年不詳）は、十三世紀の前半を主な活動時期とする。現福建省を出身地とする彼は、そこで生涯を送ったらしい。詩歌をめぐる彼の議論は、詩話（次章第六節）の形で今に伝わる。ここには、その一篇「詩弁」のごく一部を引用した。

冒頭の「夫《そ》れ詩には別材《べつざい》有《あ》り」（原文「夫詩有別材」）に続く、詩は書物（同じく「書」）によって伝えられる知識、あるいは真理（「理」）と関わるものではないという言葉に、いま特別な意義を感じる向きはあるまい。知識や真理に対する詩歌の独自性は、既に大方の同意を得ていよう。だが、本章第一節の「伝統の継承と変容」で見た「天末に李白を懐う」において杜甫が「汨羅」の語で屈原の死を暗示していたように、典故などに関わって最低限の教養を備えていなければ、古典中国の詩は一字として筆を下すことすらできず、また読解することも難しかった。加えて「詩言志」説の影響で、詩は倫理からも自由でありえなかった。ここに引用した箇所については、最初の「書」（訳文の「書物」）を「学」としたり、「しかも」以下の一文を「しかし書物を多く読み、真理を多く追い求めなければ、それ（詩）を究めることはできない」としたり、テクストによって異文が見られる。これは、この一段が特異な言説として注目された事実を示唆しよう。果たして厳羽の主張は、後世から相応の肯定を得ると同時に、多くの峻烈な批判を浴びせられることになった。

これに続いて、厳羽は「詩とは、感情を詠いあげるものである」（原文「詩者、吟詠情性也」）と述べる。「吟詠情性」の句だが、古くは「毛詩大序」（第一章第一節の「「詩言志」説」）に「情性を吟詠して、以《もっ》て其《そ》の上《かみ》を風《ふう》す」（感情を詠いあげて、それで上の身分の者に政治の不都合を遠回しに分からせる）とある。もっとも厳羽の意識にあったのは、第二章第三節の「既存の文学作品・文学論からの影響」で引いた『詩品』巻中「序」の方だったのだろう。「（詩に）感情を詠いあげることについてまで、どうして典故の使用を尊ぶものか」（原文「至於吟詠情性、亦何貴於用事」）。典故を用いることには、知識をひけらかす側面が付きまとう。詩における典故の使用を鍾嶸が『詩品』で批判したことは、前章の第三節で既に述べた。詩を書物が伝える知識と直結させることを否定する厳羽の議論は、これと関わっていよう。

思えば、『文心雕龍』の「事類」で、劉勰は創作においては持ち前の「才」（才能）を「学」（学識）で支えるべきと述べていた（第二章第一節の「『文心雕龍』後半部の概略」参照）。典故の意義を説く「事類」

の重点は「学」の方に置かれるわけだが、天賦の「才」をも重視する劉勰の見解には、学識とは異なる「別材」の必要性をいう厳羽の意見と通じる点もある。実は、作詩を学識・真理の追究から区別しようという厳羽の議論には、当時の詩壇で力を振るった「江西詩派」への反発が見出せる。この詩派は、北宋後期の文学者で現江西省出身の黄庭堅《こうていけん》（一〇四五～一一〇五）を開祖と仰ぐ。古典の教養に裏打ちされた杜甫や黄庭堅の詩を、彼らは理想とした。黄庭堅自身は古典中国を代表する詩人の一人だが、江西詩派の末流は典故に満ちた難解な詩を量産し、今日その文学性は決して高くは評価されない。厳羽は過去の文学論より影響を受けると共に、かかる時世に対する批判から、自らの見解を形作った。

　先述のとおり、厳羽は福建の人である。福建は朱熹が生涯の大部分を過ごした土地でもあり、早くから朱子学の勢力が比較的強かった。『滄浪先生吟巻《ぎんかん》』（十四世紀前半に編まれた厳羽の詩集）に冠せられる序に拠ると、厳羽は朱熹の門人である包揚《ほうよう》（生没年未詳）に学んだという。この包揚は、同じく儒者だが朱熹の論敵だった陸九淵《りくきゅうえん》（一一三九～一一九二）にも師事した経験があって（弟子がまとめた陸九淵の語録に記録者として包揚の名が見える）、思想上の系譜はやや複雑な様相を呈する。

　ただし、包揚自身には思索に比べて「読書」（学問）を必ずしも重んじない傾向があったという。これは、あるいは詩は「書物に関わるものではない」と述べた厳羽の姿勢と通じるかもしれない（荒井健一九七二）。書物を通じた知識の獲得に対する軽視は、思索と学問を併せて重視する朱熹の理念とは、およそ相容れない。だが、朱熹が権威ある注解から離れて、『詩経』の詩に古人の情感を見て取ったことは、前項で述べたとおりである。朱熹らが唱えた道学は、「性」と「理」の関わりを主題の一つとする。

「欲」を抑えて人間の「心」を純化し、「(天)理」に則る「性」を表出させることが、道学における修養の目的とされる。その過程を論じる際、否定的にもせよ、「欲」への言及は避けて通れない。

包揚には、朱熹が文学を論じた言葉を記録した『文説《ぶんせつ》』という著述があった（『直斎書録解題《ちょくさいしょろくかいだい》』巻二十二）。厳羽が彼の影響を受けたか、またそこに朱熹の思想が含まれていたかは定かではない。しかし、朱熹を初めとする宋代の代表的な知識人には、『詩経』の中に道徳に関わらない感情の表出を見出す向きがあった。同じ時代に生きた厳羽は詩を「書」や「理」と切り離す見解を有したが、彼が当時の思潮から示唆を得た可能性は決して否定できまい。

第三節　元代

新しい文体とその理論化

金は一二三四年、大モンゴル国に、南宋は一二七六年、モンゴルが支配の重心を中国に移した元《げん》（一二七一～一三六八）によって滅ぼされる。金や元のような北方に興った政権は、非漢族が支配者の中核を占めており、漢族から見た文化水準は低いと決めつけられることが常であった。さすがに、このような見解は二十世紀以降、支持を得ることは少なくなる。詩歌についていえば、南宋の陸游《りくゆう》（一一二五～一二〇九）が没した後、南中国における詩壇の盛んなことは措いて、十三世紀前半の詩人として第一人者の座を金の元好問《げんこうもん》（一一九〇～一二五七）に与えることに、そう異論は見られまい。元好問は金の官僚として、また晩年はモンゴルの支配下にあって北中国で生涯を過ごした。文学論でいえば、「論詩詩」（次章第五節）を著したことでも名高い。彼の存在からも、金の文化を軽視するわけにはいかない。

さらに、これは宋代からの遺産といえるが、詞をめぐる理論を専門に扱う著作が元になって現れた。詞《ツー》（詩《し》と区別するため、日本でも中国語音で呼ばれることが多い）は韻文の一種であり、唐代に西域（中央アジア）から新しい音楽が中国に伝わったことを興起の一因とする。新たな音楽に付す歌詞として、詞は創始された。「詩歌」というとおり、詩ももとは歌唱されていたわけだが、唐代には多くが曲を離れて朗誦されるのみの様式となっていた。詩に代わる歌われる文芸として、詞は世に広まることになった。

最初は、各種の曲調に合わせて、文字を埋める遊戯のような形で詞は作られた。五代を経て、宋代に至ると、少なからぬ知識人が詞の創作に手を染めるようになった。詞には第七章第二節の「小説評論と詞話」でも少し触れるが、南宋に入ると実作が隆盛を極めるだけではなく、詞を論じた著作も現れる。

独立した書籍としては、王灼《おうしゃく》（一一〇五頃～一一七五以後）の『碧鶏漫志《へきけいまんし》』などが、早くに著された。ただし、それらの多くは詞以外の文体・芸術にもわたっており、また理論・批評というよりは、随筆としての性格が色濃い。これに対して張炎《ちょうえん》（一二四八～一三二〇頃）の『詞源《しげん》』は詞の（言葉を乗せる）音楽を扱う上巻、文辞を扱う下巻から成っており、理論書として整然とした形を取る。同書が執筆された時期は不明だが、南宋が滅亡した折に張炎がなお少壮だったことから、元代のことと考えるべきだろう（刊行は明代まで下る）。

詞が宋代に盛行を見たジャンルとすれば、曲（戯曲）は南宋、金に至って本格化した様式といえる。

演劇の起源は太古の宗教儀礼などに遡れようが、中国の場合、唐代以前は歌舞や滑稽な台詞の遣り取りを主としたらしい。雑劇《ざつげき》と呼ばれる演劇は南宋に発展を遂げ、また金ではそれは院本《いんぽん》の名で呼ばれた。ただこれらの台本は、現存しない。元代に首都の大都《だいと》（現北京市）で流行した元雑劇が、今日に台本が残る最古の戯曲である（明代に刊行された完全なテクストが伝存）。元が南中国をも支配した後、元雑劇は南宋で行われていた雑劇（南戯《なんぎ》）を一度は圧倒するが、元代末期に南戯が再び戯曲の主流を占め、明清へと継承されるに至る。

雑劇などの演劇は戯曲という言葉が示す如く、全て歌劇であり、歌唱と台詞、ト書きから成る。それだけに演劇についての著述には、戯曲作家の伝記や作品の紹介を除くと、音楽との関係を主とする文献が少なくない。顧瑛《こえい》（一三一〇〜一三六九）の『制曲十六観《せいきょくじゅうろくかん》』は、そういった著作の早い例である。もっとも同書は、先に触れた『詞源』の詞に関わる記述を曲に援用した、ほとんど焼き直しともいうべき書物に過ぎない。このことは、音楽に乗せる点での詞と曲の共通性を示そう。本格的な曲の理論・批評書の登場は、明代を待つことになる。

居と遇

宋代から金・元にかけて詞や曲といった新しい文体が盛んになり、関連する理論・批評の萌芽が見られた頃、旧来の詩歌や文章を対象とした文学論も、従来と変わることなく生み出され続けた。ここでは、その種の論著を複数残している陳繹曽《ちんえきそう》（一二八七頃〜一三五〇頃）を取り上げておこう。もと南宋が支配していた現浙江省に生まれた陳繹曽は、長じて後、元に仕官する。次に、彼が先輩格の文学者による詩集に付すために著した文章を挙げておく。

（心から）情が発すると詩になり（それは）場より生まれるが、詩が本当にそこ（場）に由来するならば、荒野の中におり、物寂しい様子に出会えば、（詩を）豊麗・雄大にしようとしたところで、できるものではないのである。穏やかな状況にある者はこれと逆（で寂しい詩を書くのは無理）だ。その居に（独り）いてそこに慣れるものは、内心でそれが支配的となり、その遇にあってそこに感じるものは、それ以前からいかようにも改まるが、両者が合わさって言葉に表れるから、詩の在り方はそこで一様でなくなる。（『詩経』国風に採られた）十五国の詩は、響きや情趣が、しばしば等しくないが、（各国の風土としての）居《きょ》がそうさせたのである。（国風のうち周が現陝西省に都を置いた時期の詩）「周南」が変化して（同じ周が現河南省に移った後の）「王風」となり、（現陝西省を周が支配していた時期の）「豳風《ひんぷう》」が変化して（同じ地域でも秦国が支配した時期の）「秦風」となったのは、（各国の体制としての）遇《ぐう》がそうさせたのである。その根本を考えてみると、「王風」・「周南」・「秦風」・「豳風」で、歌い悲しむ様子は違うにせよ、（全てに共通する）本来の調子はやはりあるし、悲喜は異なるにせよ、本来の有り様は忘れるものではない。習慣が内心で支配的だと、恐らく（詩の在り方を異なる方向に）改められるものではないのだ。（『詩経』に続く）『楚辞』より後、（詩歌の在り方は）千差万別だが、仮にも感情のよって立つ場所が正しければ、昔の人とことさら違うようにしなくても、自ずと一家を成す（立派な作品を著す）ことができるはずだ。（『静春堂《せいしゅんどう》詩集』巻末「静春堂詩集後序」）

「場」、「感情のよって立つ場所」と訳した箇所の原文は、「境」、「情境」である。訳さなかった「居」、「遇」は共に人間を取り巻く様態を指すが、前者は変わることが考え難い自然環境などを、後者は変化が想定される政治状況などを意味しよう。『静春堂詩集』には、平江《へいこう》（現江蘇省蘇州市）に生まれた袁易《えんえき》（一二六二～一三〇六）の詩歌を収める。温暖で豊かな土地にあって、学に富み経済的にも恵まれた生活を送る彼の詩風がごく穏やかなことを述べたいがために、陳繹曽はここに引いた議論を展開したのである。環境が文学に与える影響は、「毛詩大序」も「治まった時代の音は穏やかで喜ばしく、その政治も調和が取れている」云々と既に述べるところである（第一章第一節の「「詩言志」説」参照）。だが環境を長期的な「居」、一時的な「遇」に区分し、後者が前者ほどには深い痕跡を詩に残さないという議論は、陳繹曽の説が比較的早いものと思われる。この言説の発生には、宋と金に分断されていた中国が元によって統一され、南北の往来が可能になった事実が関わるかもしれない。現に、陳繹曽も郷里から遠く離れた大都（現北京市）で官に就いていた経験を持つ。

ここに挙げたのは、そう長くない文章の冒頭部だが、陳繹曽は作文・作詩を論じた書も今に伝えている。『文筌《ぶんせん》』はその一種で、『文章欧冶《おうや》』とも称される。主に文章（駢文・辞賦を含む）を扱うこの著作の中（「古文小譜・製・体段《たいだん》」という箇所）に、古文は起・承・鋪・叙・過・結の六段から成るべきだとある。彼の付した簡単な解説に拠れば、承・鋪が今日いう「承」に、叙・過が「転」に当たるらしい。いま二十世紀の日本で活動した詩人・英文学者の竹友藻風《そうふう》（一八九一～一九五四）による、その解釈を見るとしよう。竹友は孟子ら戦国時代の諸子百家が用いた弁論術が前五世紀頃にシチリア島で活動した弁論家のコラックス（Korax）のそれと相通じると述べた上で、こう続ける。「弁論より散文に移る過程もまた、シナにおいてギリシアのそれに平行する事例を発見する。コラックス以後修辞学における弁論の分ち方になつてゐる五つの部分はシナの文章論に所謂篇法である。緒言、叙述、論証、補説、結語、――仮にこの中の補説を別にして考へるならば、また、実際キケロなどの頃には省かれたのであるが、――陳繹曽の所謂起承転結の法に一致する」（竹友藻風一九八二）。これに加えて、竹友は陳繹曽が『文章欧冶』の同じ箇所で起・承・鋪・叙・過・結のうち、特に起と結を重んじていたこと、彼の「篇法」は詩の構成から影響を受けているという。

確かに四句から成る絶句を典型として、起承転結とは、本来は詩歌の構成法を指す言葉であった。陳繹曽はそれを文章に援用して、当時の知識人にとっては言わずもがなの事柄を、敢えて自著に記した。この点は、『文筌』が作文の教則本としての性格を持つことと関わる。また、これは博覧とはいえ中国学の専門家ではない竹友が『文章欧冶』の説を用いて、古代ギリシアの修辞学と古典中国における文章作成法を関連して論じられた理由とも関係する。

それというのは、『文筌』は十七世紀の日本にも伝わっていたからである。『文章欧冶』と改題された同書は、朝鮮（李氏朝鮮）に伝わって活字で印刷され（十六世紀）、さらにその朝鮮本に基づいて儒者の伊藤東涯《とうがい》（一六七〇～一七三六）が訓点を施した本が元禄元年（一六八八）に日本で刊行された。これは比較的よく流布したようで、明治生まれの竹友藻風がこの翻刻本を利用できたことも、異とするに足りない。今日、陳繹曽の著作は、古典中国の名立たる文学論に比べれば、遠く及ばないと評される。だが前近代においては、中国はもとより、朝鮮・日本でも彼の著作は、相応の読者を得ていたといえる。

この事実は、文章は部分ごとに筋道を立てて著すべきという議論などの初歩的な内容がそこに記されており、外国人を含む初学者に向けた手引書としても、彼の著作が機能しえたことを示すだろう。古典中国の文学思潮、殊にその国際的な伝播を考える上で、軽視してはならない事象と思われる。ここに筆を費やして記した所以である（陳繹曽の文学論や著述に関しては、王水照一九九八から特に啓発を受けた）。

第四節　明代

古文辞とその波紋

元による中国全土の統治は約九十年で終わり、明《みん》（一三六八～一六四四）の建国に続いて、元の勢力はモンゴル高原に撤退する。明に先立つ漢族の政権で、広い地域を長く統治した王朝としては、漢・唐・宋が存在する。その中でも、明においては、領域が広大で隆盛を誇った漢・唐が尊崇の対象となった。文学についても、この種の傾向が見られる。具体的には、文章は漢以前、詩歌は唐のそれ（漢代の詩は数も少なく、作者の名を冠して伝わる例もごくわずか）を模倣しようという動きが、やがて現れる。ただし唐詩（唐代の詩歌）といっても、いつの時期の作品でもよいというわけではなかった。

明に入って本格的な活動を始めた詩人の高棅《こうへい》（一三五〇～一四二三）は唐詩の選集『唐詩品彙《ひんい》』を編んで、その冒頭に冠した「唐詩品彙総叙」（一三九三年に執筆）で唐代の詩歌史を四期に分かつ。元号でいえば、開元《かいげん》（七一三～七四一）の初めまでが初唐、開元及び天宝《てんぽう》（七四二～七五六）が盛唐、大暦《たいれき》（七六六～七七九）・貞元《ていげん》（七八五～八〇五）を主とした時期を中唐、元和《げんな》（八〇六～八二〇）以降が晩唐ということになる。今日では、高棅のいう晩唐のうち、大和《たいわ》（八二七～八三五）までを中唐に含める時期区分が一般に行われる。高棅も彼の考える晩唐の中で、開成（八三六～八四〇）の前と後を区別する旨を「唐詩品彙総叙」に記している。その上で、唐の国力も盛んで李白・杜甫らを擁した盛唐の詩を、彼は尊ぶ。

実は、唐詩の時期による区分は、本章第二節の「夫れ詩には別材有り」で扱った厳羽『滄浪詩話』に先例がある。その「詩体」と題する箇所で、厳羽は唐初体・盛唐体・大暦体・元和体・晩唐体という五つのスタイルを挙げている。大暦体と元和体が、いま一般にいう中唐の詩と考えられる。これに加えて、同書の「詩弁」において、厳羽は盛唐の詩を高く評価する（第六章第三節の「象外の象」）。彼が同時代の「江西詩派」を批判したことは、既に述べた。この点は、唐詩と宋詩（宋代の詩）との性格の違いに関わる。

数多の名作を含む唐詩は、宋代の知識人にとって越え難い文化遺産ともいうべき存在だった。少なくとも、それと同じ在り方の詩を作ったところで、唐詩の二番煎じに終わる事実は、彼らの多くが認識していたであろう。宋の詩人が大勢として選んだ方向は、日常の生活を含むより広い題材を、主知的な姿勢で詩に詠うことだった。本章第一節の「諷喩・閑適と中隠」でも述べたが、私的な事柄を扱う詩は、杜甫や白居易にも先例がある。あまりに知に勝ったことを嫌って、主情的な唐詩――特に盛唐の詩――

を理想と仰ぐ厳羽のような人物も出たが、宋詩の本流には、このような詩風が一貫して位置し続けた。

かくして、宋詩には唐詩の名作に匹敵する水準の作品が珍しくもなくなる。それは後世の知識人には、さらに新たな詩風を生み出して乗り越えるのが難しいほどであった。このため元以降の人々による作詩の学習には、唐詩・宋詩のいずれに倣うかという選択がしばしば伴った。その際、本章第一節の「伝統の継承と変容」で述べた如く、今体詩の確立は唐代のことだったので、唐詩を模倣しようという傾向が強くなるに至った。厳羽らによる盛唐の詩への推奨も、その一因となったことだろう。高棅がやはり盛唐の詩歌を尊重したことも、元代におけるこういった流れの中に位置づけて考えるべきだろう。

宋ではなく唐といったように、より古い時代の文学を重んじる態度は、詩のみならず文章でも見られるようになる。欧陽脩は漢代の文章へ戻ろうという唐代以来の「古文復興運動」を継承して、宋代に古文を文体の主流とすべく力を尽くした（本章第二節の「殆ど窮する者にして後工み也」）。具体的には、唐の韓愈たちが著した作品を欧陽脩らは学んだ。これに対して明代中期、すなわち十五世紀の知識人の間で、こういった唐代・宋代の古文を飛び越えて漢以前の文章を直接祖述すべきだという動きが起こる。この運動を「古文辞《こぶんじ》」、それを推し進めた人々を「古文辞派」などと呼ぶ。

早期に古文辞を提唱したと目される文学者の李夢陽《りぼうよう》（一四七二～一五二九）が抱いた主張として「文は必ず秦漢、詩は必ず盛唐」（の作品を祖述する）という言葉が伝わる。これは、万斯同《ばんしどう》（一六四三～一七〇二）が著した史書『明史《みんし》』巻三八八「文苑伝《ぶんえんでん》」など李夢陽の伝記にしばしば見られる言説である。ただし、このような伝記は十七世紀（清代初め）に書かれており、李夢陽がそっくりそのままのスローガンを掲げたわけではない。また確かに明代の文献にも類似の主張は散見するが、「文必秦漢」、「詩必盛唐」の「秦漢」（ここでの「秦」には秦以前の春秋戦国時代を含む）や「盛唐」の位置により広い時代を指す語が置かれる例がほとんどである。したがって、古文辞派が推奨した模倣の対象を極度に限定して考えることには、問題があろう。ただ、それが模擬・擬古を主とする運動だったことは確かである。

そもそも文と字は一つです。今の人は古い法帖を臨模する際、たとえ（自分の臨書が法帖の文字に）酷似していても嫌がらず、かえって書に巧みだといいます。どうして文に限っては、そこで（古人と異なる）一派を自ら立てようとするのですか。（李夢陽『空同先生集《くうどう》』巻六十一「再与何氏書」）

ここに掲げた「再び何氏《かし》に与《あた》うる書」という文章で、李夢陽は「文」、「字」（共に原文のまま）は同じものだと説く。それにも関わらず、「字」（書法を指す）に関して人は古人の書によく似せることを高く評価するのに、「文」（文学）についてはなぜ独自性に拘るのか、と彼は疑問を呈する。文学作品の創作を書法の学習としての臨書（これももとの作品に酷似させることが最終的な目標ではあるまいが）と同一に扱って、前者における模倣の意義を強調するこの言葉には、強弁の気味が感じられる。しかし、こうして正当化された擬古は一世を風靡し、古人の作品を露骨に真似た詩歌や文章が多く著されることになった。そうなれば、そこへの批判も生じるわけで、文章に限っても唐代や宋代の作品により学ぶべきだという文学者が、十六世紀のうちに現れる。これらの一派は、後に「唐宋派」と呼ばれる。

もっとも唐宋派は特にそうだが、古文辞派も、明確な集団を結んではいなかった。明代には詩社・文社など詩文を著して、その技量を競う結社が盛んになるが、古文辞を奉じる者らや唐宋派は、それらよりかなり緩やかな集まりだったと思しい。例えば、先に一部を引いた「再び何氏に与うる書」は、李夢陽が「何氏」こと何景明《かけいめい》（一四八三〜一五二一）に送った書簡である。一般に何景明といえば、李夢陽と共に早くから古文辞の運動を領導した文学者として知られる。だが彼らの文学論とて一枚岩というわけではなく、ここに「再び」とあるとおり、極端な模擬に疑問を呈する何景明を説得しようと李夢陽は繰り返し手紙を送っていた。当時、文学をめぐって、様々な言説が世に飛び交っていたと考えられる。

その中で古文辞がまず広く支持を集めたのは、文筆に親しむ人々の増加と大いに関わる。社会の安定や経済の発展で生活に余裕が生じ、全体ではなお少数ながら、宋代以来、知識人を自任して詩や文章を著す人間の数は増していた。特段の才能を持たないこれら群小の書き手にとっては、倣うべき対象となる（言い換えれば、これを真似ておくと面目が保てる）過去の文学作品が限られていれば、創作において実に好都合だったと思われる。漢代（特に前漢）や盛唐の作品に学べばよいという古文辞の主張が好まれたのも、無理はなかった。

李夢陽が一族の由緒書きである「族譜」（『空同先生集』巻三十七）に記すところに拠れば、従軍して戦没した父方の曽祖父は本籍が分からないという（それより前の祖先については、何の情報も伝わらない）。曽祖父の没後、祖父は商人として財を成すが、最後は訴訟沙汰に巻き込まれて獄死する。一家で学問に励み、地位は高くないが正規の官に就いたのは、彼の父が最初であった。続いて李夢陽自身は若年で科挙に及第し、後には官僚として相応の地位を得た上で、文学の世界でも名を揚げる。累代の知識人ならぬ者が、文学という営みに関わっていく、これは一つの象徴といえよう。古文辞を初めとする、明代以降の文学思潮を考える際、このように文学の裾野が広がっていたことは、決して無視できないだろう。

真詩

書き手や読者など文学に関わる人々の増加を象徴する明代の出来事として、印刷の盛行が挙げられる。宋代に本格化した書籍の印刷（主流は版木を用いた木版印刷）が爆発的な勢いで件数を増やすのは、明代の後期、元号でいえば嘉靖《かせい》（一五二二〜一五六六）以降のことである（大木康二〇〇四）。仏典などを皮切りに、宋代には各種の文献が木版で印刷されるようになった。この木版で印刷された書籍を、一般に「刊本」と呼ぶ。嘉靖以後はそれまでほとんど印刷の対象とならなかった著述も、刊本の数を増していく。前節の「新しい文体とその理論化」で触れた戯曲、さらに小説は、その典型だった。

ここでいう「小説」とは、白話の作品を指す。「白話」については第七章第一節の「文言の使用」で触れるが、一種の俗語を意味すると考えてもらいたい。実はいま伝わる古典中国の戯曲も一般的な詩や文章とは異なる、この白話で著されている。小説についていえば、『水滸伝』や『西遊記』などの現代日本でも知名度の高い作品が、白話の長篇に属する。これらの多くは史実に由来し、宋代以降の盛り場で演じられていた講釈を母体とする。それが小説として形を整えたのが、明代後期だった。

同時期に、詩文より遅れるこれらの文体に関わる理論・批評も、戯曲の場合はより本格化し、白話小説についても早々に姿を現す。文学者の李開先《りかいせん》（一五〇二～一五六八）は戯曲の創作に手を染めると共に、それらの文体を論じた文章などを遺している。例えば、「伝奇（北方で行われた元雑劇）・戯文《ぎぶん》（元雑劇と同時代に南中国で流行した南戯）は、南北に分かれるとはいえ、套詞《とうし》（戯曲と関わりの深い歌唱文芸である散曲《さんきょく》のうち、組曲の形を取るもの）・小令《しょうれい》（散曲のうち、単独のもの）には、長短があるとはいえ、その細やかな味わいは一つでしかない。（その味わいを）悟りうる働きは、作り手の天性・学力にこそかかっている。しかし（戯曲・散曲の良否が）いずれも金《きん》・元《げん》（の作風に適うか）を基準とすることは、詩が唐を頂点とするようなものである。（それは）どうしてか。詞《し》（この場合は戯曲・散曲）は金に始まり、元で盛んとなったが、元は（天下を統一したので、南宋と金が相接する国境を固めたのと異なり）辺境を守ることがなく、租税が軽くて衣食が足り、衣食が足りれば歌謡が起こり、心で楽しんで（歌を）口に上せ、（それは）長ければ套（套詞）となり、短ければ令（小令）となり、伝奇・戯文は、それで栄えたから基準にできるのだ」と彼は述べる（『李中麓《りちゅうろく》間居集』巻六「西野春遊詞序《せいやしゅんゆうしじょ》」）。国境の守備が不要だったから、元代は税が安く、それによる豊かさに力を得て歌唱文芸が栄えたという説の当否はともかく、金・元の作品に照らして善し悪しを決めようという点には、戯曲の批評基準を定める姿勢が見られて興味深い。

また明代の文献には、小説についても様々な言説が見られる。十七世紀前半の文化界での大立者だった銭謙益《せんけんえき》（一五八二～一六六四）は「むかし熊南沙《ゆうなんさ》に文章を学んだ者がいたが、南沙は（文章の上達のために）『水滸伝』を読めと教えた。詩を李空同に学んだ者がいたが、空同は（詩の上達のために）「瑣南枝《さなんし》」を誦するよう教えた」という（『牧斎初学集《ぼくさいしょがくしゅう》』巻三十二「王元昭集序《おうげんしょうしゅうじょ》」）。「南沙」は、文章家として知られる熊過《ゆうか》（一五〇六〜?・）の号である。講釈に由来する『水滸伝』を読んで、伝統的な文章を巧みに書く上での糧にせよ、というのは、演芸（講釈）に由来する白話小説における叙述・描写の妙を認めた発言だと思われる。いったい、李開先・熊過、そして時期は遅れるが銭謙益は、みな古文辞に反対した文学者である。彼らが民間の芸能に基盤を持つ戯曲や白話小説に好意を持った点は、古い作品の無批判な模倣とは対照的な生気を、それらの新しいジャンルに読み取った事実と関わるだろう。

だが、その一方で李夢陽（号は空同）が作詩の修練に際して「瑣南枝」を詠じることを勧めたという点は無視できない。「瑣南枝」（「鎖南枝《さなんし》」とも書く）は、性的な主題を扱う明代の流行歌である。李夢陽らが模倣の対象に掲げた盛唐の詩とは、およそ程遠い内容を持つが、彼や何景明がこの種の民間歌謡に注目していた傍証は、他にも伝わる（入矢義高二〇〇七）。

李夢陽が「世の中では（孔子による『詩経』の）編纂の後には（本当の意味での）詩はないといつもいわれるが、ないというのは雅《が》（儀礼の歌）だけである。風《ふう》（国風。各地の民間歌謡）は歌う（人の）口から生じるのだから、（時代が下るからといって）どうしてそれがないということがあろうか。今その民歌一篇を記録し、真詩《しんし》は果たして民間にあることを人に分からせる」（『空同先生集』巻六「郭公謡《かっこうよう》」）と述べたことは、その一例である。これは、「したがって風は歌う口に生じるので、真詩は民間にこそある」（『李中麓間居集』巻六「市井艶詞序《しせいえんしじょ》」）という李開先の言葉と軌を一にする。「真詩」とは、人の真率な思いを詠った詩を指す言葉で、明代の文献に度々見られる。古文辞への批判者のみならず、主唱者さえもが民歌の活力を詩に取り込むことを考えていたのである。このような風潮が明代に存在した中、当時の歌謡をまとめた書物まで現れる。馮夢龍《ふうぼうりゅう》（一五七四～一六四四）の『山歌《さんか》』が、それだ。

おっかさんが利口なら娘も利口
おっかさんに部屋じゅうに石灰をまかれ
わたしはなんとか恋人を背負ってベッドへ行き来
人は二人で鞋《くつ》一足（『山歌』「乖《かい》」［利口］）

男ができて雪のなかをやってきた
家のまわりの足跡、だれかに気づかれる
銅銭三つ（三文）でわらじを買って、あなたにうしろまえにはかせましょう
去ったと思って来たと思わず（同「瞞人《まんじん》」［人の目をあざむく］）

「言志」説や「載道」説を奉じる人々が、これらの歌謡をよもや文学の範疇に含めることはあるまい。馮夢龍は蘇州《そしゅう》（現江蘇省蘇州市）の知識人で、多くの書籍を編集・刊行し、特に戯曲・小説の分野で、当時から世に広く知られた。『山歌』には三八〇首ほどの民間の歌謡と思しき作品が収められる。馮夢龍がそれらを採取した場所、歌っていた人々、またそこに見られる傾向は、必ずしも一様ではない。だが、ここに挙げた二首のような、大胆な性愛の告白ともいうべき、前近代の道徳から縁遠い歌謡も、確

かに多く収められる。

もとより民間の歌謡が道徳などと称される存在からかけ離れた事柄を扱う点は、周知のとおりである。『詩経』鄭風「将仲子」の「あなた、塀を越えて来るのは止めて、うちのヤナギの木を折らないで。惜しいのではないの、両親が恐いの」云々という詩句を思い返されたい。時代が下るためか、『山歌』に現れる女性の方は、目的を達成する技術（？）に長けているようだ。それに対して「将仲子」の主役は、ただ相手を拒むだけに見えるが、親に知られず男と関わりを持つことを詠うところに、差異はない。この意味で、歌謡というものの性格は、二千数百年の時間を超えて普遍的といえる。

だが第一章第一節の「「詩言志」説」と本章第二節の「「載道」説」で述べたとおり、「将仲子」は古くは政治上の寓意を持つ詩として、朱熹が注を施した後は反面教師とすべき詩として読まれることが一般的だった。そうして儒教の経典に列せられたからこそ、このような詩が後世に伝わったという側面はあるが、こういった解釈が歌謡の持つ生気を削いだ点は否定できない。これに対して、馮夢龍は、「序山歌」（『山歌』の序）で孔子も男女の仲を詠う詩を（そこに見られる）「情」が「真」だから『詩経』に収めた（私が歌謡を集めても問題ない）と自己正当化を図りつつ、民間の歌謡を積極的に評価した。知識人が表向きは顧みることのなかった歌謡が収集された事実は、明代の文学思潮を考える上で見逃すべきではあるまい（『山歌』に関する記述は、訳文も含めて、大木康二〇〇三に依拠した）。

一時は世を席巻した古文辞も、十七世紀に入ると、激しい非難を受けることになる。文章に関しては十六世紀以来の唐宋派がその先鞭をつけ、詩歌については主力メンバーの出身地にちなんで公安派（公安は現湖北省荊州市に位置）、竟陵《きょうりょう》派（竟陵は現湖北省天門市に位置）と呼ばれる詩人らが古文辞に攻撃を加える。公安派の中核だった袁宏道《えんこうどう》（一五六八～一六一〇）は「答李子髯（李子髯《りしぜん》に答《こた》う）」其二（『敝篋集《へいきょうしゅう》』二）と題する詩の中で「当代文字《もんじ》無し、閭巷《りょこう》に真詩有《あ》り」と詠う。「（先人の模倣を尊ぶ）当節に（本物の）文学はないが、民間には真詩がある」と解されるこの詩句は、古文辞への痛烈な批判であると共に、やはり民間の「真詩」に学ぶことの提唱でもあった。戯曲や白話小説のような新興の文体に目をやりつつ、古文辞による画一化を経た詩文に真率な思いを取り戻そうという主張が幅広く見られた明代末期の文学思潮が、この後どう展開したか。節を改めて、考えることにしたい。

第五節　清代

義理・考拠・詞章

十六世紀末の相次ぐ軍事行動、十七世紀に激しくなった官僚の派閥抗争で弱体化した明は、首都の北京を農民反乱軍に侵攻され、遂に滅亡する（一六四四）。これより先、今日の中国東北部に居住した女真族（金を興した民族）は独立して満洲族を称し、後金《こうきん》を建国（一六一六）、もとの支配者の明と戦いを繰り広げる。清と改称した満洲族の政権は、反乱軍の支配する北京に入城し、そこに都を置く。

やがて清は諸勢力を駆逐し、中国本土を支配する。後には版図を広げて、現在の中華人民共和国にほぼ相当する地域を治め、三〇〇年近い命脈を保った（一六三六～一九一二）。統治を円滑に進めるため、清は満洲族や早くに服属した者のみならず、北京に移ってから支配下に入った漢族も多く官界に迎えた。科挙も実施され続けて、教養の根幹は古典学とされ、作詩・作文はなお知識人に必須の事柄であった。

　もっとも少数民族が頂点にあって、大多数の漢族を統治する政権であるから、政府の統制が厳しくなることは避けられなかった。清の朝廷も、朱子学を正統な思想に位置づけ、官学として改めて権威を持たせた。万物をあるべき姿にあらしめる「理」を何よりも尊び、上下・君臣の別を重んじる朱子学は、秩序を維持するための格好の手段であった。それが力を有すれば、儒教の倫理に必ずしもそぐわない内容を含む民間の歌謡を「真詩」と賞揚し、また娯楽としての戯曲や白話小説を伝統的な詩歌や文章と並べて論じるような言説は、表向きには数を減らしていく。確かに清代でも、戯曲だと洪昇《こうしょう》（一六四五〜一七〇四）の『長生殿《ちょうせいでん》』、孔尚仁《こうしょうじん》（一六四八〜一七一八）の『桃花扇《とうかせん》』、白話小説ならば呉敬梓《ごけいし》（一七〇一〜一七五四）の『儒林外史《じゅりんがいし》』、曹雪芹《そうせつきん》（一七二四?〜一七六三?）の『紅楼夢《こうろうむ》』など傑作は少なくない。知識人の中にも、こういった作品に心酔し、批評などを著した者は多く見受けられる。ただし、これらと詩文との扱いには歴然たる差があった。それを示す例を、一つ挙げておく。

　清代の中頃、国家の事業として、『四庫全書《しこぜんしょ》』と呼ばれる叢書が編まれた。統治者から見て取り上げるに値する、古今の文献を網羅しようと考えて編纂され、乾隆《けんりゅう》四十六年（一七八一）に一応の完成を見た当該の叢書には、三五〇〇種近い書籍とその解題が収められる。清朝は別に書籍自体は『四庫全書』に収めないが、相応の価値があると考えた文献六八〇〇種程度の解題も作成し、『四庫全書』のそれと併せて解題（約一万三〇〇〇種）だけをまとめた『四庫全書総目提要《そうもくていよう》』を世に出した。このうち、いま一般に文学書（『詩経』や短篇小説に関わる文献を除く）と目される書籍の解題は、およそ三四〇〇種に達する。ただし、その大部分は辞賦・詩歌・散文、詞《ツー》とそれに関わる書籍である。白話を用いるジャンルについては曲に関する文献が計十一種で、うち書籍自体を収める三種は、批評書や韻律に関する参考書に限られる。批評書は白話を使用せず、伝統的な文体（古文）で書かれていることが、実作を軽視し、かえって批評を多く取る結果をもたらしたようだ。また、白話小説に至っては、全く取り上げられない。結局、戯曲や白話小説は娯楽であって（正統的な）文学ではないという見解が、公にはなお支配的だった。

前節の「真詩」で述べた、十六・十七世紀の文学者が民間の文学に注目した事実は、戯曲や白話小説のようなジャンルが旧来の文体と肩を並べる事態を引き起こす可能性を秘めていた。しかし正統的な思想へ回帰する流れが強まった清代、そういった事態の芽はほぼ皆無となる。出版の点数からいうと、例えば現代日本の文芸で最も身近な小説が文学の主流を占めるような現象は、古典中国では遂に起こらなかったのである。かくして、詩や文章は文学の王道に位置し続けた。もちろん、清代に入って、新たに起こった文学思潮も存在する。その一例として、ここでは桐城派《とうじょうは》の言説を取り上げる。

桐城（現安徽省桐城市）の出身者が中核となって興起した桐城派は、古文の流派として、十八世紀以降、極めて大きな力を持つ。その主張は、指導者と目される文章家各人で異なるから、安易に概括できない。ただ古典、それも古文辞で推奨される漢代以前などに限定せず、唐や宋、その後の優れた文章に学ぶことを唱える点は、ほぼ一致して見られるところである。桐城派の大成者と見なされる文章家・学者の姚鼐《ようだい》（一七三一～一八一五）は、こう述べる。

私は学問という事柄には三つの糸口があると常に語っている、いわく、義理であり、考証であり、文章である。この三つのものを、もしうまく用いれば、全て互いに助けとできるが、もしうまく用いなければ、互いに害することになってしまうかもしれない。（『惜抱軒《せきほうけん》文集』巻四「述菴文鈔序《じゅつあんぶんしょうじょ》」）

「義理」・「考証」・「文章」は、原文のままとした。このうち「義理」は儒教（特に朱子学）でいう人の踏むべき筋道、「文章」は修辞・表現を指す。それに対して「考証」は、当時の学問と関わる。清代には朱子学の末流が思索に偏り、時に根拠を欠く議論を唱えることへの反発もあって、広く文献に証拠を求め、論理的に経学《けいがく》（儒教の経書を主題とする学問）や史学を研究しようという風潮が起こる。官学たる朱子学の権威は揺らがないが、「考証学」と呼ばれるこの種の学問は時代を追って盛んになる。姚鼐が活躍した乾隆（一七三六〜一七九五）・嘉慶《かけい》（一七九六〜一八二〇）年間は、その全盛期だった。

思想の上で、桐城派は基本的に朱子学を信奉していた。ただ姚鼐の場合、著名な考証学者の王昶《おうちょう》（一七二五〜一八〇六）、号は述菴と交流があり、ここに一部を挙げた「述菴文鈔序」もその文集の序文なので、考証学に花を持たせる意図より書かれた点は否めない。しかし姚鼐や彼に続く桐城派の文章から、「義理」と共に「考証」を重んじる言説を見出すことは、そう難しくない。この点は、考証学が力を得つつあった時代の趨勢から桐城派も影響を受けていたことを示す。ともかく思想・学問を欠けば表現は無意味だが、表現に意を用いなければ思想・学問は伝達できないというのが、彼らの認識であった。

桐城派の文章家である陳用光《ちんようこう》（一七六八〜一八三五）は師と仰ぐ姚鼐への手紙「寄姚先生書（姚先生に

寄《よ》する書)」(『太乙舟《たいいつしゅう》文集』巻五)で、考証学者も朱子学の徒も文章表現の力を欠く中で「先生は独り義理・文章・考拠《こうきょ》の三者を併せて重んじる説を取り、それを人に教え示しておられます」と述べる。「考拠」は証拠に基づいて考えることで、意味は考証に等しい。この他にも、彼は「与魯賓之書(魯賓之《ろひんし》に与《あた》うる書)」(同巻五)で「姫伝《きでん》先生は義理・考拠・辞章は一つも欠けてはならないと常におっしゃっています」(姫伝は姚鼐の字《あざな》)、「復賓之書(賓之に復する書)」(同巻五)で「我が師は義理・考証・詞章《ししょう》の三つの糸口を挙げ、学ぶ者に教え示しておられます」(「詞章」、「辞章」は詩文を指す)と記す。姚鼐の説が弟子に強い印象を与えたことは、これら複数の記述に窺える。

これ以降、思想・学問・表現を兼ねて尊ぶ姚鼐の主張は、一般に義理・考拠・詞章の呼称を用いて、桐城派の文章家を初めとする清代の知識人から度々肯定的に言及される。三者の併称には、表現を思想や学問と同列に置く意義が、確かに含まれる。だが、その一方で表現を(それだけではないにせよ)思想や学問の媒体と位置づける点も、やはり否定し難い。

付言しておくと、姚鼐らはより詳しく文章はどのように書くべきか、いかに批評すべきかといった記述も、少なからず遺している。そのように具体的な言説があればこそ、桐城派は広い支持を得たといえる。さらに優れた、著名な文章家を輩出し続けたことも、彼らが文章の流派として勢威を保った要因である。しかし、表現を正統とされる思想(ここでは朱子学)と密接な関係にあると唱えた点に、古くからの「言志」説や「載道」説とそう大きな径庭はない。桐城派への批判から出発した、「某某(文)派」と称される群小の流派は、清代にいくつか現れた。だが、倫理や道徳に対する立ち位置は多くが大同小異で、それに必ずしも拘泥しない文学の本格的な創生は、古典中国の終わりを待つ必要があった。

神韻・格調・性霊

文章において、桐城派が占めたほどの勢力は持たなかったが、詩歌についても、清代には神韻《しんいん》説・格調説・性霊《せいれい》説と呼ばれる思潮を程度の差こそあれ、各々受け入れる人々がいた。神韻説の主唱者と目される王士禛《おうししん》（一六三四～一七一一）は、明代末期に生まれ、清が支配を確立する時期を生きた。質量共に豊かな実作を伝えた彼は、高官としての地位も相俟って、生前から没後まで清代きっての詩人の一人という評価を保ち続ける。その神韻説では、詩の余韻と滋味が尊ばれる。加えて洗練された詩語及び典故を用いながら、それらの表現や表現相互の関係を曖昧にし、もやがかかったような朦朧とした詩をよしとする立場を、彼は取る。

神韻説で理想とされるのは、盛唐の名作であった。やはり盛唐の詩を尊崇した『滄浪詩話』（本章第二節の「夫れ詩には別材有り」、第四節の「古文辞とその波紋」を参照されたい）を王士禛が重んじたことは、その意味で当然ともいえる。もっとも詩語や典故の精錬を提唱する彼の説と、詩は「書物に関わるものではない」という『滄浪詩話』に見られる議論との間には距離がある。彼にとって作詩とは、あくまでも学問を基盤に置く営みであった。

学問と作詩との関わりを重視する立場は、格調説により顕著である。沈徳潜《しんとくせん》（一六七三～一七六九）は伝統的な格式と音調を詩に表出させることを唱えたので、その見解は格調説と呼ばれる。彼は詩人としても名高いが、詩のアンソロジーを編んだり、批評を著したりする方で、むしろ本領を発揮した。沈徳潜が編纂した詩歌の選集は四種あって（次章第二節「理論の媒体としての選集」の末尾を見られたい）、宋と元の作品は取り上げないが、彼の考える学ぶべき詩の範囲はごく広かった。概して格調説は保守的で、詩と倫理・政治とを密接に結びつける側面を持つ。このような特徴は、次の性霊説と好対照を成す。

袁枚《えんばい》（一七一六～一七九七）は乾隆四年（一七三九）、科挙に及第した。四十三歳年長でそれまで落第を重ねた沈徳潜も同じ年に及第を果たし、北京の官界で活動を続けるが、袁枚の方は早々に退官する。その後は文学者として、また性霊説の理論家として野に在り続けた。

神韻説が盛唐の詩を重んじ、格調説が倫理・政治と詩歌を関わらせるなど、両者は過去の文学思潮から影響を受けたが、その点は性霊説も異ならない。性霊とは、心や魂を意味する。それを標榜する性霊説では、人の真率な思いを詠うものを詩と規定する。この主張は、前節の「真詩」で述べた反古文辞の一派、特に公安派の流れを汲む。これに加えて、袁枚は詩の担い手を知識人に限定しない。同様の議論は公安派などにも見られたが、袁枚の目はより広い範囲に向けられた。彼が著した随筆『随園《ずいえん》詩話』に現れる詩の作者は下層知識人、女性、労働者、漢族の文化と縁の薄い満洲族など、ごく多岐にわたる。

こう書くと、清代に詩歌をめぐって三つの流派が鼎立していたかのように受け取られるかもしれない。確かに、そういった側面はあったし、これらの議論が日本にも伝わり、江戸時代の詩壇を賑わせたことは事実である（松下忠一九六九）。ただ、三者の違いにばかり、目を向けることは正しくなかろう。その参考になろうかと思われる事例を、一つ挙げておく。

だが王新城《おうしんじょう》の詩の中に、「龐士元《ほうしげん》を弔う」という作品があるが、なんと「落鳳坡《らくほうは》」の三字を表題に掲げている。……これは作者の名声が高いからそれで放っておいて論ぜず、後の人に小説（の内容）を（詩に）用いさせる糸口を開かせるわけにはいかない。また戯曲の『牡丹亭《ぼたんてい》』に、「雨糸風片《うしふうへん》（糸のように細い雨とかすかな風）」という言葉があるが、新城は「秦淮雑詩《しんわいざっし》」の中でそれを使っており、やはり一つのしくじりだ。（王応奎《おうおうけい》『柳南《りゅうなん》随筆』巻五）

「王新城」は、新城（現山東省桓台《かんたい》県）を出身地とする王士禛を指す。王応奎（一六八四～一七五七）は清代の学者だが、彼はその著作の中で「落鳳坡弔龐士元二首」（落鳳坡に龐士元を弔う　二首）、「秦淮雑詩二十首」其一（各々王士禛『蚕尾《さんび》続詩集』巻四、『漁洋《ぎょよう》詩集』巻十に収録）という作品を批判する。まず前者だが、「落鳳坡」と称する土地で、三国時代の龐統《ほうとう》（一七九～二一四）、字は士元が戦死したことを詠う。ところが、龐統の敗死は史実だが、落鳳坡は三国時代を題材とした明代の歴史小説『三国志演義《えんぎ》』第六十三回（この「回」は章に同じ）に見える架空の地名である。王士禛は、虚構の名称を詩題に用いたことになる。

続いて、『牡丹亭』第十齣《せき》（「齣」は戯曲の段を指す）に見られる「雨糸風片」という言葉が、引き合いに出される。『牡丹亭還魂記《かんこんき》』とも呼ばれるこの作品は、明代の湯顕祖《とうけんそ》（一五五〇～一六一六）が著した戯曲である。夢で出会った男女が、紆余曲折を経て結ばれるその内容は広く知られるが、王士禛の「秦淮雑詩」には確かにそれと同じ語句が用いられている。

王士禛の詩歌に関わる論述を『帯経堂《たいけいどう》詩話』と題する書籍に集成した張宗柟《ちょうそうだん》（一七〇四〜一七六五）は、その巻十三で王応奎の批判に反駁している。いわく、明代の（四川を扱う）地理書に落鳳坡という地名が見出せる、『牡丹亭』以前の詩文に「雨糸風片」と似た表現が見られる、だから王士禛は小説の挿話や戯曲の言葉を詩に用いたのではない、と。だが虚心に考えれば、『三国志演義』が人気を得たので、そこでの架空の地名が実際の土地に結びつけられた可能性も相当にあるなど、張宗柟によるこの反駁は、そう説得的とは思われない。

むしろ注意すべきは、王応奎・張宗柟のいずれもが、詩に小説・戯曲の内容・表現を持ち込むことをよしとしない点であろう。だからこそ、前者は王士禛の詩作を批判するのであり、後者は別に基づく文献が存在するといって王士禛を擁護するわけである。この種の言説は、他にも見られる。その中には、詩歌だけではなく、文章を対象とした例もある。

進士の崔念陵《さいねんりょう》は、作詩の才に甚だ優れるが、惜しいことにある（自作の）五言古詩で、関公《かんこう》が華容道《かようどう》（現湖北省監利県にあったという街道）で曹操を見逃した事柄を咎めている。これは小説・物語の話であり、どうして詩に取り入れられようか。何屺瞻《かきせん》は手紙を書いて、（その中に）「瑜《ゆ》を生まれさせた」、「亮《りょう》を生まれさせた」という言葉があったので、毛西河《もうせいが》にでたらめだと責められ、死ぬまで恥じ悔やんだ。ある孝廉《こうれん》（科挙の予備試験に及第した者）は関廟《かんびょう》（関羽《かんう》を祀るほこら）の対聯《ついれん》（対となる掛け物）に、なんと「秉燭達旦《へいしょくたったん》（燭を秉りて旦に達す）」という句を用いたものだ。（小説を詩文

に用いれば）こうも鄙俗になるので、人として（こうはならぬよう）学ばないでよいものだろうか。（袁枚『随園詩話』巻五）

崔謨《さいぼ》（字《あざな》は念陵）は乾隆七年（一七四二）の科挙での及第者（進士）で、袁枚と親交があった。文中の「関公」は、三国時代の武将である関羽（?～二一九）の尊称である。関羽は事情があって主君と敵対する曹操に仕えるが、やがてそこを離脱して旧主のもとに帰る。後に戦いで敗れ逃げ戻る曹操を関羽は迎え撃つが、旧恩を思って彼を見逃す。ここで曹操を斃《たお》しておけば、曹氏が後漢を亡ぼすことはなかったのに、と崔謨は関羽を詩で咎めたらしい。

何焯《かしゃく》（一六六一～一七二二）、字は屺瞻、は西河先生と称される毛奇齢《もうきれい》（一六二三～一七一六）と共に清代前期の学者として知られる。「瑜」、「亮」は三国時代の呉、蜀にそれぞれ仕えた周瑜《しゅうゆ》（一七五～二一〇）、諸葛亮《しょかつりょう》（一八一～二三四）を指す。周瑜は知謀に長けたが、一枚上手の諸葛亮に謀略ではことごとく裏をかかれ、遂に「天は（この周）瑜を生まれさせた上に、どうして（諸葛）亮を生まれさせたのか」という言葉を残して憤死する。

「秉燭達旦」は、先に触れた関羽が曹操の配下にいた事跡と関わる。元の主君の夫人を連れて曹操に身を寄せた関羽は、夫人の居室の前で夜は燭《あかり》を秉《と》って旦《あさ》に達するまで護衛に努めたという。曹操を見逃したという件と共に、関羽がいかに義理堅いかを示す逸話である。

しかし、実はこれらのエピソードは、全て史実に基づかない。『三国志演義』第五十回、第五十七回、

第二十五回に各々見られる、小説での虚構である。そのため、詩や文章（手紙）・対聯にそれらを用いた点が、批判の対象とされる。このことは、王応奎による王士禛の詩に向けた批判と軌を一にする。ただ、文献に見られるこういった「過誤」を『柳南随筆』の至る所で糾している王応奎に比べて、袁枚は白話の作品にも理解はあるし、詩に詠み込む対象も幅広い。その彼にしても、詩歌などに小説・戯曲を取り込むことには賛同しなかった。

袁枚が詩を様々な階層に開かれたものと考えたことは、先述のとおりである。それだけに、真率な思いを詩に詠むことの強調と併せて、性霊説には野放図に流れ、学問を軽んじるという印象が付きまとった。史実と虚構との混同を咎めるなど、袁枚が著述の随所で詩における学問の意義を説くことには、より伝統的な詩歌観から性霊説に向けられる無学の誹りを避ける意図が含まれていよう。要するに、詩歌やその批評について最も柔軟な立場を取る袁枚にしても、（虚構の否定につながる）倫理の重視から自由ではありえなかった。したがって、詩をめぐる大勢がどうであったかは推して知るべきだろう。

図3　曹操（右）を見逃す関羽（中央）

前項「義理・考拠・詞章」から見てきた清代の文学思潮は、文章・詩歌の双方で伝統的な枠組みがどうやら機能していたという見立てで、一応は概括できる。だが白話小説や戯曲の内容・表現が詩文の中に流れ込んでいたことが象徴するとおり、そこには新たな潮流も現れていた。その流れがせき止められず、噴出に至った時、従来の枠組みが崩れることになる。「古典中国」の文学が終わる兆しは、清代を通じて伏流水の如く存在し続けていたのである。

第二部　言説の系譜

第四章　文学論の媒体

第一節　文学を論じる様式

体系的な理論の乏しさ

前章まで順序のとおりに目を通された読者は、あるいは違和感を覚えておられるかもしれない。第一章では、中国で文学理論・批評に関わる言説が形を取るまでを扱った。したがって、「典論論文」や「文賦」のような個別の文章はさておき、理論や批評を主題とする総合的な著述は、まだ登場するはずもない。これとは対照的に、第二章では『文心雕龍』と『詩品』という、一方は文学全体を、もう一方は詩を多角的に取り上げた著作を中心に記述を進めた。ところが、それより下る時代の文学思潮を論じた第三章では、かえってこの種の文献が現れなかった。詩歌・文章（特に序文・書簡の類）、史書などを用いる中で、批評を主とする書籍として挙げえたのは、本章第六節でも説き及ぶ詩話（『滄浪詩話』等）のみであろう。ただし詩話も詩に関するエッセイという性格が強く、『文心雕龍』や『詩品』のように体系的な叙述が見られることは、ごく少ない。文献がより多く伝わる後の時代について、断片的な材料ばかり用いた点をいぶかしく思われる向きがあったとしても、やむを得ない。

もとより、使用する資料の偏りは筆者の寡聞にもよる。だが前近代中国で、あるジャンルを総体として扱う文学論の著作は、（「総体として」の定義にもよるが）実は多くない。古代ギリシアのアリストテレス（前三八四〜三二三）『詩学』に類する文献を古典中国に求めることは難しい（同書の対象は詩・演劇を含む韻文）。さらに文学全般を論じる体系的な著述に至っては、前近代にはほとんど出なかったといってよい。その意味で、『文心雕龍』は極めて孤立的な著作と考えられる。

誤解を恐れずに書くと、これは古典中国での様々な分野で体系的な理論が少ないかに見えることと関わろう。論証は難しいが、それは体系的な叙述を好まない傾向が知識人に共有されていたことが原因かと思われる。文学についていうと、体系的であることは、創作の要諦などを細かく説く行為にもつながり、いかにも素人に向けたかのような記述となる点が嫌われたのではないか。逆に初学者を対象に想定したであろう論著（第四節で扱う詩格など）ならば、体系的とも捉えられる論述が、往々にして見出せる。本章では、このような例を含めて、文学理論・批評を伝える媒体となる存在について考えたい。

文学思潮を知る材料

「はじめに」で述べたとおり、前近代の文学思潮を考える際には、「古代的《の》文学理論」及び「古代文学的《の》理論」という二つの道筋がある。後者は、実作に示される文学への見方を示す。それに対して、前者は文学理論・批評を専門に扱う論著、そこに見られる考え方を指す。本書で用いる材料は、大多数がこちらに含まれる。より詳しくいえば、それらは『文心雕龍』や『詩品』のような理論・批評の体系的な著作とその他の文献（第一章と第三章で利用した資料は主に後の方に属する）に分かれる。いま、体系的な著作以外の方に目を向けたい。

この中には実に多彩な論著が含まれるが、例えば第一章第三節の「文学自覚の時代」で扱った「典論論文」（文を論ずる）や「文賦」（文の賦）ならば、文学を主題とすることはタイトルから想像できる。ところが、特に第三章で用いた資料の場合、個別の詩だったり、文集の序文だったり、表題から内容を知り難い作品の方が、実際はよほど多い。こういった論著に文学思潮の理解に役立つ記述が見られることは、早くから知られていた少数派の事例を除けば、近現代の研究者が発掘して初めて知られたといえる。汗牛充棟もただならぬ、古典中国の文献から目指す材料を探すことは、容易な技ではない。だが体系的な叙述に乏しい前近代中国の文学思潮を論じるために、これは避けて通れない作業であった。

特に、韓愈のような傑出した文学者が第三章第一節の「古えの道」で引いた「題哀辞後」（自作の追悼文に加えた後書き）や「送孟東野序」（壮行の挨拶文）といった個別の文章で文学に関わる言説を吐露するような例も多く、このような論著は長く文学思潮を研究する際の主要な材料とされてきた。資料の制約もあるし、第一級の文学者が持った考え方を理解できるのだから、これらは今後も大いに用いられて然るべきだろう。しかし、必ずしも文学論たることを意図しない文章などでふと漏らされた言葉ばかりに注目するのも、望ましい研究の在り方とは思えない。ましてや『文心雕龍』のようには体系的でないにせよ、もっぱら文学作品・文学者などを批評する様式が存在し、それに則る論著も数多く伝わっている。

次節以降では先行研究（張伯偉二〇〇二）に従い、それらの様式を六つに分けて見ていく。便宜上、第四節から第六節までは、詩歌批評を主として論述を進める。実際には詩を論じる詩話（第六節で扱う）

があれば、それぞれ散文・辞賦・詞《ツー》を主題とした文話《ぶんわ》・賦話《ふわ》・詞話《しわ》も存在するように、これらの様式は多くの場合、ジャンルを問わずに広く用いられてきた。

第二節　選集

選集から知る文学観

中国語では「選本《せんぽん》」とも呼ばれるが、個人または複数名の作品を選んだアンソロジーを「選集」という。中国の伝統的な図書分類法には、「総集《そうしゅう》」という区分がある。これは選集と重なる部分が大きいが、複数名の作品を選び取った作品集をもっぱら指し、個人の作品に特化したアンソロジーは概ね含まれない。なお、『詩経』（第一章第一節の「「詩言志」説」）と『楚辞』（同第二節の「発憤著書」）にも、複数名の作品が収録される。だが前者は儒教の経典なので古典中国では文学書とは見なされず、後者は文学の中に含まれるが、一般の詩文とは別格の扱いを受けており、いずれも総集には分類されない。

総集には、ある時代や集団の作品を網羅することを志して編まれた文献が含まれる。清の朝廷による編纂物『全唐詩《ぜんとうし》』（一七〇六年に完成）は、その一例である。同書は、唐と次の五代で作られた全ての詩歌を収めることを目的として編纂された。九〇〇巻もあるこのような総集が編まれた背景には、唐詩を中国古典詩の精華と見なす視点が存在したことであろう。ただし、唐・五代の詩をおしなべて収録する以上、そこに特段の価値基準はないといえる。

その一方で、特定の基準に基づいて作品を選んだ古典中国の総集（選集）も、膨大な数に上る。そうであればこそ、選集は文学思潮を考える材料として重視される。具体的には編者や近い人物による序・跋《ばつ》（後書き）や凡例があればそれらを参考にしつつ、どのような作者・作品がどれだけ選ばれているか（選ばれていないか）を分析する。この作業が、編者や編者の生きた時代の文学観（いかなる作品を評価し、またしなかったか）を知る手掛かりとなる。

総集の始まりは、決して明らかではないが、西晋の摯虞《しぐ》（?～三一一?）が「古えの文章を撰《えら》び、類聚《るいじゅう》区分して三十巻と為《な》し、名づけて流別集《りゅうべつしゅう》と曰《い》」った（『晋書《しんじょ》』巻五十一「摯虞伝」）との記録が早いようだ。『隋書』巻三十五「経籍志《けいせきし》」四（「経籍志」は隋代の宮廷に伝わっていた書籍の目録）に拠れば、より詳しくは『文章流別集』と題するこの選集は南朝の梁（六世紀）では六十巻、散佚が進んだのか隋代には四十一巻になっていたという。『晋書』が記す巻数との差は、何によるのか詳らかではない。ただ三十巻でも、相当な分量といえる。

『文章流別集』はやがて完全に散佚したため、その内容は窺い難い。だが『晋書』にいう「文章」は、詩歌を含むものと思われる。わずかに残る摯虞の文学論にも、詩を対象とした箇所が見られる。また「類聚区分」とある以上、文体などで分類される形を取っていたと思しい。このような選集が編まれた背景には、既に膨大な数の文学作品が蓄積され、またそれらへの関心が「文学自覚の時代」（第一章第三節）を経て高まり、加えて個人の詩文集を一々読まずとも主だった文章や詩を概観できる文献を望む社会の需要があったのではないか。

晋から南北朝を通じて、選集は編纂され続けた。『文選』三十巻（唐代に注釈を施された後は、それと併せた六十巻本が通行する）は、完全な形で現存する中国最古の選集である。梁の皇太子（武帝の長男で、即位前に死去）で諡《おくりな》によって昭明《しょうめい》太子と呼ばれる蕭統《しょうとう》（五〇一～五三一）が文学に秀でた側近らに命じて編ませた同書は、前五世紀から南朝の梁に至る一三〇余名の文学作品約四八〇篇七六〇首程度が収められる（数首の詩などが一篇の連作を成す例が多いので、「篇」と「首」との数は一致しない）。数え方で作者・作品の数は変動するが、ともかく多数の詩文が、『文選』には収録されている。これらの作品は、三十七種（本来は三十八種だったという説もある）の文体に分かたれ、各文体の中では時代の順に配列される。

賦・詩・騒・七・詔・冊《さく》・令・教・策文・表・上書・啓・弾事・牋《せん》・奏記・書・檄《げき》・対問・設論・辞・序・頌・賛・符命・史論・史述賛・論・連珠・箴・銘・誄・哀・碑文・墓誌・行状・弔文・祭文

韻文を斜体にして、『文選』に収録される作品の文体を列挙した。現行本六十巻のうち、最初の賦は巻十九の前半まで、詩は巻十九の後半から巻三十一までに収められる。この二種だけで、過半を占めている。ちなみに次の巻三十二・三十三に置かれた騒は、第一章第二節の「発憤著書」で触れた騒体を指す。『文選』に選び取られた賦には一首で一巻の全てを占める長大な作品もあって、それだけに紙幅が多く費やされる。作品の数量でいえば、詩が二五〇篇でおよそ四四〇首にも達するから、『文選』では

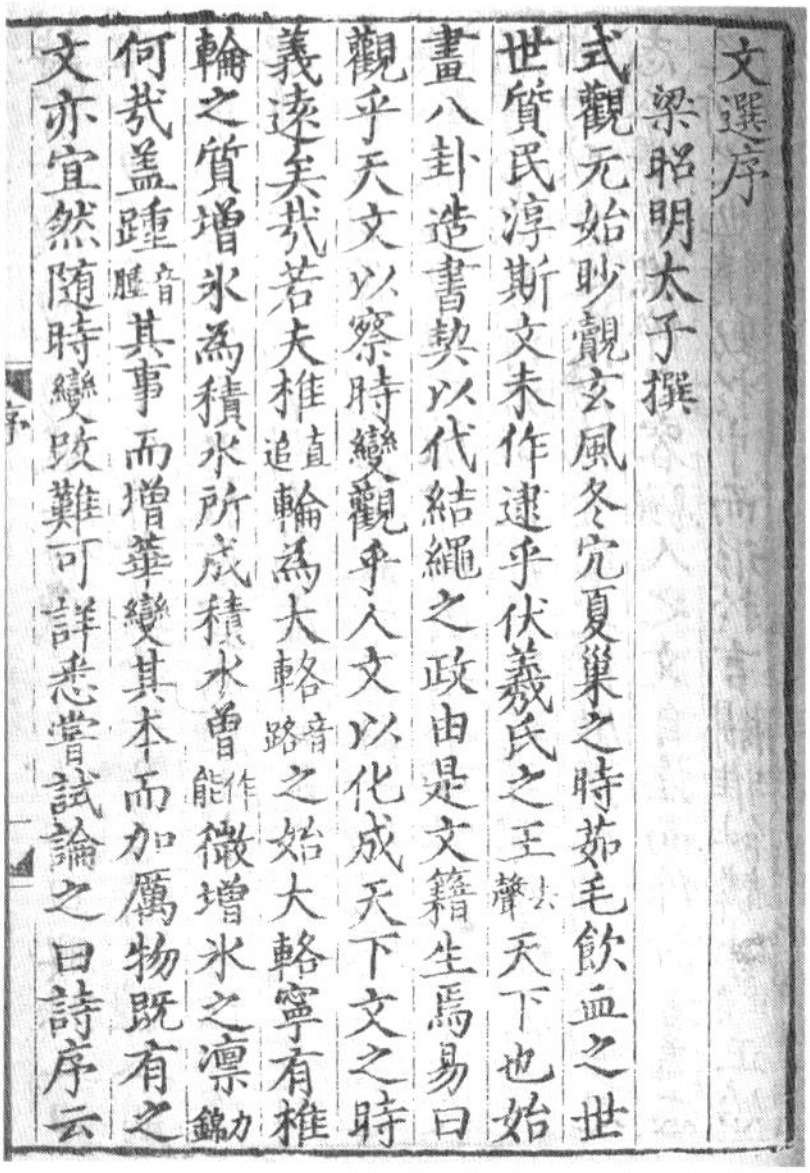
文選序
梁昭明太子撰
式觀元始眇覿玄風冬穴夏巢之時茹毛飲血之世
世質民淳斯文未作逮乎伏羲氏之王（音旺）天下也始
畫八卦造書契以代結繩之政由是文籍生焉易曰
觀乎天文以察時變觀乎人文以化成天下文之時
義遠矣哉若夫椎（直追）輪為大輅（音路）之始大輅寧有椎
輪之質增氷為積水所成積水曾（作能）微增氷之凜（力錦）
何哉蓋踵（音腫）其事而增華變其本而加厲物既有之
文亦宜然隨時變改難可詳悉嘗試論之曰詩序云

図4　『文選』巻首

賦・騒と共に詩歌を重んじていることが分かる。

さらにいうと、これは蕭統ら『文選』の編纂に関わった人々だけに見られる傾向ではない。第二章第一節の「『文心雕龍』前半部の概略」を思い返していただきたい。『文心雕龍』五十篇のうち、著者の劉勰は二十篇を費やして、各種の文体を論じた。詩歌を扱う「明詩」は、その冒頭に置かれる。確かに、これは詩が儒教の経典に属する『詩経』の流れを汲むという観念があってこその配列といえる。だが、「明詩」に続く「楽府」も詩（とりわけ曲に乗せて歌う作品）を主題としており、それらが賦を論じる「詮賦」の前に置かれた点は、後漢末から南朝にかけて、詩歌が辞賦の代わりに韻文の首位を占めるようになった事実を反映しよう。劉勰は蕭統の配下で厚遇された経験を持ち、『文心雕龍』（遅くても五一三年以前に完成）と『文選』（五二六年から五三一年の間に成立）が作られた時期は近いので、前者から後者への影響も想像されるが、詩への重視はその量産と併せて時代の風潮と考えられる。

また、やはり『文心雕龍』との共通点であるが、『文選』が様々な文体の作品を扱う点は、それだけ文学のジャンルが南朝後期までに多様化していたことを示す。ただし、『文心雕龍』での論述、『文選』での収録のいずれにおいても、小説（物語）は対象となっていない。桃源郷に行った漁師の体験を陶淵明（三六五～四二七）が描いたとされる「桃花源記《とうかげんき》」（『陶淵明集』巻六）のような物語は、既に存在した。しかし、フィクションの要素を含むことが主因となってか、それらは『文心雕龍』と『文選』のどちらにも場所を得ることはなかった。かくも多くの文体を網羅する二つの文献からも除外される以上、小説が当時、文学と見なされていなかったことが窺われる。この種の文学観は後世においても支配的であり、宋代に盛んとなった詞《ツー》（第三章第三節の「新しい文体とその理論化」参照）が加わったことを例外として、古典中国における文学の範疇は変化しなかった。白話の戯曲・小説が建前の上では娯楽でしかなく、文学と見なされなかったことは、前章第五節で述べたとおりである。

このように収録される作品の文体や配列の順序からも、選集の編者が有した見解を窺うことができる。個別の作品やその作者、編者などによる序文（『文選』の序については第七章第一節の「「古え」への尊重」で少し触れる）等より考察できる事柄だけではなく、選集には何らかの文学観を知る手掛かりが、往々にして含まれる。文学理論・批評を考える材料として、それらが価値を持つ所以である。

理論の媒体としての選集

前項では、選集の分析を通して文学思潮を知る、いわば後世の人間による視点から論を進めた。それでは、選集を編纂した人々の意識はどうだったのであろうか。彼らは、そもそもなぜアンソロジーを編んだのか。この項では、その方向より選集について考えてみたい。

『文選』より後も、散佚した書籍を含めて、選集は絶えず作られていく。『文選』は多数の文体に属する作品を収録するが、蕭統の弟で後に梁の皇帝（簡文帝《かんぶんてい》）となる蕭綱《しょうこう》（在位五四九〜五五一）が側近の徐陵《じょりょう》（五〇七〜五八三）に命じて作らせた『玉台新詠《ぎょくだいしんえい》』は詩歌だけを対象とする選集である。しかも、その多くは「艶詩《えんし》」（女性の艶麗な姿態や男女間の恋愛を詠う詩）であって、そういった作品に目を向ける文学観の存在が、そこに窺われる。

唐代以降も、複数のジャンルにわたる、あるいは一つの文体に特化した選集が、散佚した事例を含めて数限りなく作られていく。もっとも、そこには親族・友人の作品を集めた、もしくは複数の作り手が応酬・唱和した作品をまとめた文献も多く含まれる。作品を伝えるためだけに編纂されたこのような選集は、残っていても何らかの文学観を知る材料とはなし難い。やはり文学思潮を知る資料となるのは、編者から隔たる時期、関係の薄い人物が著した作品を選び取った詩文集だろう。

そのような選集を作る動機は、単に学識を誇りたいという体のものを含めて、様々だった。しかし世に訴えたい文学論を編者が有したからこそ、選集を編んだ例も、もちろん数多い。文学に関わる理論家と選集の編者がしばしば重なる例のあることが、それを示している。

李攀龍《りはんりゅう》（一五一四〜一五七〇）は明代後期の文学者で、李夢陽らに続く古文辞（第三章第四節の「古文辞とその波紋」）の代表的な指導者である。彼は、『古今詩刪《ここんしさん》』と題する詩の選集を編んでいる。三十四巻から成る同書は、巻九までに隋以前、巻十から巻二十二までに唐代、巻二十三以降に明代の詩を収める。前章で述べたが、唐詩の尊重は、古文辞の根幹となる主張の一つである。唐より遡る時代の詩にも目配りしているとはいえ、唐以前と自身が現に生きた明代の詩歌のみを採る（宋・元の詩は無視する）点に、李攀龍の文学観が現れていよう。

　選集からさらに作品を抽出し、改変を加えるなどして、別の選集が編まれることもある。『唐詩選』は、この『古今詩删』の唐詩を収録した部分を元にして作られたという。『唐詩選』の特徴とされる盛唐に手厚く、同じ唐代でも他の時期に冷淡な態度は、実は『古今詩删』に由来する。『唐詩選』には、唐代の詩人一二八名の手に成る四六五首の詩が収められる。作者別に詩を見渡すと、選ばれた作品の数が最も多い杜甫が五十一首、彼に次ぐ李白が三十三首というのは、文学史に占める地位から考えて順当なところだろう。これに対して、韓愈が一首だけ、白居易に至っては作品を全く採録されず、穏当を欠く扱いを受けている。この背景には、李攀龍が信奉する古文辞が唐詩でも李白・杜甫が生きた盛唐の作品を重んじ、韓愈・白居易が活動した中唐の作品をあまり評価しない事実が存在するが（唐詩の時期区分などは第三章第四節の「古文辞とその波紋」を見られたい）、偏頗という謗りは免れまい。

　「真詩」（第三章第四節）の末尾で名を挙げた竟陵派《きょうりょうは》は、古文辞への反発を共有する詩人の集まりである。竟陵派の指導者たる鍾惺《しょうせい》（一五七四～一六二五）と譚元春《たんげんしゅん》（一五八六～一六三七）は、唐代までの詩より自らの好尚に合う作品を選んで、批評を加えた『詩帰《しき》』という選集を作った。同書は『古詩帰』十五巻、『唐詩帰』三十六巻に分かれるが、前者は隋以前の詩を、後者は唐詩を収める。後者は、より細かく初唐五巻、盛唐十九巻、中唐八巻、晩唐四巻に分かれる。『古今詩刪』に比べれば、中唐以降の詩に対する目配りも行き届いている。鍾惺たちには李攀龍などと異なる自らの文学論を打ち出すために、『詩帰』を編んだ節が窺える。古文辞が次第に凋落する中で、明代末期から清代初めにかけて『詩帰』がよく読まれた事実は、竟陵派の議論が世に受け入れられたことを示す。その一方で、中国では忘れられた『唐詩選』が日本に伝わり、江戸時代の詩壇で古文辞を流行らせたことは興味深い。

いったい、文学を含む芸術の諸分野では、理論を声高に述べ立てても、理解を得られるとは限らない。むしろ主張に適う実作を示した方が、訴求力を持つ場合がある。その意味で、清代の詩歌をめぐる議論において一方の旗頭となった王士禛に『唐賢三昧集《とうけんざんまいしゅう》』、沈徳潜に『古詩源《こしげん》』、『唐詩別裁集《べっさいしゅう》』、『明詩別裁集』、『国朝詩《こくちょうし》別裁集』と称する選集があることは注目される（王士禛、沈徳潜には第三章第五節の「神韻・格調・性霊」で言及）。それぞれ盛唐、隋以前、唐代、明代、清代の詩が対象とされる。選集という媒体を用いて、各々が抱く詩歌の理想を示すという意図が、彼らにはあったのだと思われる。事柄は、詩に限られない。前章第五節の「義理・考拠・詞章」に桐城派の中心人物として現れた姚鼐は、古文の選集として『古文辞類纂《るいさん》』を編んでいる。王士禛、沈徳潜、姚鼐が編纂した選集は、現に多くの読者を得てきた。理論が伝播し、また文学における流派が形成される上で、選集の果たした役割は大きい。

第三節　摘句

摘句と秀句集

「摘句《てきく》」とは言語による表現物からその一部を切り出す、すなわち句を摘《つ》む行為、または摘まれた句を指す。早く春秋時代（前七七〇～前四〇三）に詩の全部か部分を口頭で挙げたという記録が、経書（正確にはその注釈）だが歴史書の性格が色濃い『春秋左氏伝』に多く見られる。これらの詩は、後にほとんどが『詩経』に収められた。自らの言葉に説得力を持たせるために、人々は広く知られた詩を引き合いに出したのだろう。確かに、それらの記録は、後世の創作という可能性もある。だが、例えば『論語』「子罕《しかん》」篇にも『詩経』に見えない詩を引いて「唐棣《とうてい》の華《はな》、偏《へん》として其《そ》れ反《はん》せり。豈《あ》に爾《なんじ》を思わざらんや、室《しっこ》是れ遠ければなり。子曰《しい》わく、未《いま》だ之《これ》を思わざるなり。夫《そ》れ何の遠きことか之《こ》れ有らん」という。

「「ニワザクラの花、ひらひらと揺れる。あなたが恋しくないわけではないが、家が遠いものだから」。先生（孔子）は言われた、「（実は）相手が恋しいわけではないのだ。（恋しいならば）何の遠いことがあろうか」」。最初に引かれる詩は、原文だと「唐棣之華、偏其反而。豈不爾思、室是遠而」となる。当時の詩はより長いのが通例だから、この四句は作品の一部だろう。それに対して、孔子は相手を思う気持ちが足りないと述べている。これは文学性への批評ではないが、句を摘んでそれを評する手法が夙に存在した点は、ここからも窺われる。

そもそも言語表現を論じる以上、それを引用することは、あまりにも当然な事象である。問題点の指摘を意図して、文学作品の一部を挙げることも多い。もっとも、この場合は、何らかのコメントを付さないと、当該の字句を引く意味が伝わらない。その一方で、評者の意に適う句を単に摘む事例も、古くから少なくない。こういった現象の背後には、同じ作品でも優れた箇所とそうでない箇所があるという自明の事実、一歩進んで全ての句に均質な役割を求めない考え方があった。陸機は、「文賦」（第一章第三節の「文学自覚の時代」）で「一篇之警策《いっぺんのけいさく》」という言葉を用いる。これは、文中の要所で全体を引き締める効果を発揮する言葉を「警策」（速度を上げるためにウマへとくれるムチ）に譬えた表現だ。

このような言葉は、秀句・佳句と言い換えることもできよう。劉勰は、『文心雕龍』に「隠秀」と題する篇を設けていた。この篇は半ば以上が失われたので詳らかではないが、人の耳目を引きつける言葉、つまり秀句が扱われていただろうことは、篇名より想像される（第二章第一節の「『文心雕龍』後半部の概略」を参照されたい）。なお、摘句を主とする文学批評書が南朝以前に編まれていた可能性がある。それは、梁の蕭子顕《しょうしけん》（四八七〜五三七）が歴史書『南斉書《なんせいしょ》』巻五十二「文学伝」の評論に「張眎摘句褒貶」と記すからである。前後して蕭子顕は曹丕・陸機（第一章第三節の「文学自覚の時代」）、摯虞（本章第二節の「選集から知る文学観」）などの文学理論・批評をめぐる活動に言及する。張眎《ちょうし》（人名）については他に情報が伝わらないが、『南斉書』の同じ箇所に現れる曹丕らの名から考えて、晋や南朝・宋の人と推測される。その彼に文学作品を「摘句」して「褒貶」（評価）する著述があったらしい。

唐代に下ると、元兢《げんきょう》（七世紀）、字《あざな》で元思敬《げんしけい》と称される学者が、『古今詩人秀句《ここんしじんしゅうく》』という書物を編んでいる。書名から見て、秀句を集めた、秀句集ともいうべき文献だったのだろう。同書は早くに失われたが、『文鏡秘府論《ぶんきょうひふろん》』（次節の「作詩の手引き」で触れる）の南巻《なんかん》「論文意《ろんぶんい》」という箇所に元兢「古今詩人秀句後序《こうじょ》」と題する文章が引かれる。それに拠ると、既存の秀句集に不満を持つ彼は、自らの感性で優れていると考えた古来の詩句を集めて、『古今詩人秀句』を編んだらしい。元兢が批判の対象とするほど、唐代の前期までに秀句集が作られ、摘句が批評の手法として確立されていた様子が窺える。

『古今詩人秀句』を含めて、摘句を主とする唐代以前の文献は、完全な形では一種も伝わらない。しかし日本で早くに作られた同様の書籍は、何種かが現存する。大江維時《おおえのこれとき》（八八八～九六三）の『千載佳句《せんざいかく》』（十世紀中頃）は一一〇〇首近い七言詩（作者は概ね中国人）から一部を摘んで、主題ごとに十五類に分けて列挙する。これは中国古典詩の秀句集だが、後に編まれた藤原公任《きんとう》（九六六～一〇四一）の『和漢朗詠集』（一〇一八年頃）では、漢詩・漢文（日本人の作品を含む）六〇〇首近く、和歌二〇〇首強から秀句を集成し、主題別に一一〇種ほどの項目に分類する。この後も藤原基俊《ふじわらのもととし》（一〇五六？～一一四二）による『新撰朗詠集』（十二世紀初頭）のように、漢詩文と和歌を対象とする秀句集が編まれている。

『和漢朗詠集』、『新撰朗詠集』は表題からも知られるとおり、曲に乗せて詩文を歌う平安時代初期に起こった「朗詠」の形式に適う句を集めることをも意図して作られた。つまり、漢詩・漢文でいえば、訓読体で吟唱して整った音調に感じられるかという点が重視される。ただ、そうはいっても句を選び取る際の重要な基準が内容に置かれていた点は間違いない。日本人（空海）が編んだ『文鏡秘府論』にその後序（後書き）が引用されていることから、『古今詩人秀句』のような秀句集は、平安時代の初め（空海が多くの漢籍を携えて日本に戻ったのは八〇六年）に早くも日本に伝わっていたと知られる。『千載佳句』

以下の諸文献が『古今詩人秀句』などの秀句集より影響を受けていたとすれば、摘句という形式が中国から日本に伝播し、和歌をも対象に加えながら、日本の知識人に用いられていたことが分かる。

摘句の限界

摘句には、批評の対象をより細かくできる効用がある。これは詩歌・文章などの全体を収めることを原則とする選集と比べれば、ごく分かりやすい事実である。どの作品のどこを引くかが、評者の見識を示すことにつながる。対象の細分化は、文学批評における一種の進歩といって差し支えあるまい。しかし事柄は、特に時代が下ると、そう単純には捉えきれない。

昔ある詩人が神《しん》・聖《せい》・工《こう》・巧《こう》の四（つの）品（級）に古今の詩句を分類していた。その（詩歌の句を格付けした）論説を作って半山老人《はんざんろうじん》に献じた。半山老人はそれを取りつつ、見もしないで、すぐに尋ねた、「杜甫の「勲功を立てようとして（成らず老いを覚えて）度々鏡を見、出処を思って（意に任せず）独り楼に寄り掛かる」の句はどの品に入るのかね」。相手は答えられなかった。そこで（相手の論に引っ掛けて）その書を突き返して言った、「鼎《かなえ》の中（の料理）から肉一切れを食べたら、後は分かるのだろう」。（胡仔《こし》「序苕渓漁隠叢話前集《じょちょうけいぎょいんそうわぜんしゅう》」）

『苕渓漁隠叢話』は既存の詩話などを集めた文献で、南宋の胡仔（一一一〇～一一七〇）によって編まれた。ここには、同書の冒頭に冠する序を引いた。「半山老人」は、北宋後期の宰相で詩人・文章家としても名高い王安石《おうあんせき》（一〇二一〜一〇八六）の号である。文中に現れる詩人は、詩歌の句を「神」を最上位とする四つのランクに格付けしていた。その論説を贈られた王安石は、杜甫の「江上《こうじょう》」と題する詩（『杜工部集』巻一）の「勲業頻看鏡、行蔵独倚楼（勲業《くんぎょう》頻《しき》りに鏡《かがみ》を看《み》、行蔵《こうぞう》独《ひと》り楼《ろう》に倚《よ》る）」という二句がどこに置かれるのか尋ねた。だが詩人はこれに即答できず、論説を受け取ってもらえなかったという。

この逸話は、何を意味するのであろうか。志半ばで宰相を辞した王安石から彼の境遇と重なる、勲功が成らなかったという詩句を示されて、詩人は答えに窮したのかもしれない。しかし、より注目すべきは、料理の一部を食べれば、全体の味が分かるのではないか、という王安石の問いかけだろう。ここには、他の句との関係を踏まえずに詩句を論じることはできない、部分を切り取る摘句は作品の全体像を見え難くさせる、といった主張が込められているように思われる。仮に創作だとしても、胡仔が生きた十二世紀に、単純な摘句が文学批評の手法たりうるか疑問を覚えた知識人がいた様子を、ここに挙げた話柄は象徴するだろう。

先述のとおり、唐代以前の完全な秀句集は、いま見られない。そして宋代以降も、句を摘んだだけの文献が、文学批評の主流に位置することはなかった。それは作品の一部を単に示して、後は読者の判断に委ねるという方法は批評のあるべき姿ではないという意識が知識人に広く共有されたためであろう。ただ付言しておくと、最も単純な批評の形態だけに、句を摘むという方法は多様な形式と結合して、当然ながら生き続けることになる。また宋代より後、「句図《くず》」と称する、古今の名句を列挙した文献が、少なからず編まれた。対句が古典中国の文学と切っても切れない関係にある点を反映して、そこでは二句を一単位として詩句が摘まれる。初学者向けの作詩法指南として、句図は広範な普及を見たようだ。

第四節　詩格

作詩の手引き

鍾嶸が詩における音声の調整に力を注ぐ声律論を好まなかったことは、第二章第三節の「既存の文学作品・文学論からの影響」で述べたとおりである。その反発は、むしろ彼が生きた南朝の後期に声律論がいかに盛んであったかをよく示す。同じ項の末尾で引いた『詩品』の一節には、続けてこうある。

（漢字の四声）平《ひょう》・上《じょう》・去《きょ》・入《にゅう》については、頭を悩ませても私には分からないし、蜂腰《ほうよう》・鶴膝《かくしつ》は、市井の者でも既に心得ている。（『詩品』巻下「序」）

『文心雕龍』の「声律」に触れた箇所で述べたが、平・上・去・入は漢字にそれぞれ備わる声調（音節の高低・昇降の変化）を指す。詩歌や文章で、いかに各種の声調を持つ文字を配するか、それに関する議論が声律論である。鍾嶸はそのようなものなど自分には理解できない、声調の配置について禁忌とされる蜂腰・鶴膝の類は、市井の庶民（や彼らが歌う歌謡）でも理解できることだと、詩における声律論を無意味であるかのように述べる。

鍾嶸にいわせれば、「市井の者」（原文は「閭里《りょり》」）でも心得ている蜂腰・鶴膝だが、実際のところ、人々はどのようにして声律に関わる法則や禁忌を学んだのであろうか。もちろん、口伝で情報を得たということも、大いにあったはずだ。だが、その知識が広く普及するには、文献という経路を通した方が、やはり効率的だろう。それを示す記述が、現に伝わっている。

> 蜂腰とは、第一句の中の第二字、第五字が同じ声調であってはならないことだ。詩で（これに）適うものは、「惆悵《ちゅうちょう》たり　崔亭伯《さいていはく》（嘆き悲しむ　崔亭伯）」。……
>
> 鶴膝とは、第一句の末字、第三句の末字が同じ声調であってはならないことだ。詩で（これに）適うものは、「朝関　苦辛《くしん》の地、雪落《ゆきお》ち遠くして漫漫《まんまん》たり。氷を含みて馬足《ばそく》を陥れ、雨に雑《まじ》りて旗竿《きかん》を練る（朝の関所は通るには辛く苦しい場、雪は降るし道は遠く遥かだから。凍った土に馬の足を取られ、雨に濡れて旗竿はしなる）」。……文章で適うものは、「定州《ていしゅう》は夷阻《いそ》に跨躡《かじょう》し、蕃維《はんい》を領袖《りょうしゅう》す。神岳《しんがく》を峙《そばだ》てて以《もっ》て地を鎮《しず》め、名川を疏《とお》して以て海に連なる（定州は平地と険阻な地を踏まえて諸侯の国を統率する。霊峰を聳えさせて地を鎮め、名川を通して海へと続く）」。……（『文鏡秘府論』西巻「文筆十病《じっぺい》得失」）

蜂腰の条に引かれた詩句の原文は「惆悵崔亭伯」、鶴膝の方に引用される句は各々「朝関苦辛地、雪落遠漫漫。含氷陥馬足、雑雨練旗竿」、「定州跨躡夷阻、領袖蕃維。峙神岳以鎮地、疏名川以連海」である。「惆悵崔亭伯」は南朝・陳の張正見《ちょうせいけん》（六世紀）の「白頭吟《はくとうぎん》」（『楽府《がふ》詩集』巻四十一）に見える句だが、他はこの引用だけが伝わり、出典となる作品は知られない（崔亭伯は後漢の人、定州は現河北省定州市）。

ここで注意すべきは、「去」、「入」、「上」と示した文字の声調である。同じ句の第二字と第五字の声調が等しければ蜂腰、四句ごとに一段を成す詩文で第一句と第三句の最後の文字が同じ声調ならば鶴膝だという前提の下で、当該の文字について声調を見ると、適切な例を挙げるので当然だが、皆これらの禁忌を犯していない。なお省略した箇所（……）には、禁忌を犯した句を含めて、より多くの例が引かれている。鍾嶸が軽んじた蜂腰・鶴膝が、実例と併せて、具体的に説明されているわけである。この種の詩歌などをめぐる格式・方式を主題とする文献を、本書では「詩格」と称しておく。

どの文化圏においてもそうだろうが、古典詩文には押韻を初めとして、煩瑣な規則が付き物である。中国も例外ではなく、詩歌は五字・七字、駢文だと四字・六字の句を基調とし、対句を用いて、平仄の配置に注意するなど、作詩・作文に関わる決まり事は少なくない。これらがやかましくいわれ始めた南北朝時代から、詩格に類した関連する文献が編まれるようになったらしい。ただし、それらがまとまった形で伝わる古い例は皆無に近く、他の書籍による断片的な引用で、辛うじてその姿は窺える。

中国人であっても、作詩・作文の能力を身につけるには、一定の修練が必要となる。彼らに倣って漢詩・漢文を著そうという日本人からしてみれば、外国語による創作だから、より大きな困難が伴う。それだけに、詩歌などを著す際の手引きとなる詩格は、古代の日本人にも充分に利用価値があった。僧の空海（七七四～八三五）が留学した唐より日本に持ち帰った文献を用いて『文鏡秘府論』を編んだことは、そういった日本人の需要に応えるものだった。唐代前期、八世紀末までの詩格の内容が伝わる上で、同書の果たした役割は大きい。

ただ、空海は独自の見識で詩格などを部分ごとに取捨して『文鏡秘府論』に引いているので、時にどの文献を用いたのか、明瞭を欠く場合がある。先に挙げた蜂腰・鶴膝の解説にも、やや疑わしい点はあるが、恐らく隋・劉善経《りゅうぜんけい》（生没年未詳）の『四声指帰《しせいしき》』と題する文献からの引用だろう。『文鏡秘府論』やそれ以降の書籍が断片を引く、あるいは存在の記録が伝わる唐・五代・北宋の詩格は五十種を超えるし、詩ではなく賦や散文を主題とする同類の書籍（賦格・文格）は十指に余る。詩文の指南書に対する需要の高まりが、推し量られよう。

初めは作詩における法則・禁忌を主題とした詩格だが、やがて詩歌への批評やより抽象的な理論への言及も、その合間に見られるようになる。いま伝わる資料を見ると、八世紀後半以降は、そういった記述が比重を増していく様子が窺われる。思うに、七世紀のうちに今体詩（第三章第一節の「伝統の継承と変容」）の形式が確立し、さらに複雑な規則が生じなくなったことと、これは関わるであろう。例えば唐代の終わり頃、九世紀の後半に作られたらしい『金鍼詩格《きんしんしかく》』という、やはり散佚した文献の断片には、次のような一段が見出せる。

第一に内意《ないい》というのは、（詩で）その理を（表現し）尽くすことを指す。理は、義理の理で、賞賛・批判・戒め・教誨という類がそれである。第二に外意《がいい》というのは、その象《しょう》を尽くすことを指す。

象は、物象の象で、日月・山河・虫魚・草木の類がそれである。内と外に（言葉を超えた）含意があって、初めて詩は体を成す。（『吟窓雑録《ぎんそうざつろく》』巻十八上）

全て原文のままとした「理」、「義理」は人の踏み行うべき筋道、「象」、「物象」はもの、またその形をいう。「詩言志」説に則るならば、詩は対象が道徳に適うならば褒め、外れるならば批判し、また道徳に適うべきことを戒め、教えることをあるべき形とする。それらの事柄は、具体的な事物を描くことで象徴されるのが常である。だが、それぞれ内意、外意と称される両者は、あからさまに述べるのではなく、含蓄をもって表現されなければならない。

『金鍼詩格』を敷衍した北宋末期の『続金鍼詩格』（『吟窓雑録』巻十八上に引用される）は、その説明に杜甫の「奉和賈至舎人早朝大明宮（賈至舎人《かししゃじん》の早《つと》に大明宮《だいめいきゅう》に朝《ちょう》するに和《わ》し奉《たてまつ》る）」と題する詩（『杜工部集』巻十）の「旌旗日暖龍蛇動、宮殿風微燕雀高（旌旗《せいき》 日暖《ひあたた》かにして龍蛇《りゅうじゃ》動《うご》き、宮殿 風微《かぜかす》かにして燕雀《えんじゃく》高《たか》し）」という句を取り上げる。すなわち、「旌旗」（宮中の儀仗兵が持つ旗指物）は天子の命令、「日暖」は平和な時代、旗指物に描かれた「龍」と「蛇」は君主と臣下、「宮殿」は朝廷、「風微」は朝廷の教導で小人物（「燕雀」）もすぐに感化されることを述べるという。『続金鍼詩格』の解釈では、「旌旗」等が旗指物などを指すという表面上の意味が「外意」、それらで天子の命令などを象徴させるのが「内意」である。かくして露骨な表現を避けつつ、杜甫は太平の御代をこの詩句で称えたことになる。

表面上の描写を通した象徴の手法は、詩の発生にまで遡りうるだろう。だが両者の関係を「外意」、

「内意」という言葉を示して説いた『金鍼詩格』の一段は、詩における表層と深層の存在を明確に指摘した早い例と思しい。この区分は、後世の詩歌論に相応の影響を与える

『吟窓雑録』は南宋前期（十二世紀後半）に編まれた文献だが、同書が引く『金鍼詩格』は「白居易撰」、『続金鍼詩格』は「梅尭臣撰」と題される。ただし、これは仮託であって、白居易（第三章第一節の「諷喩・閑適と中隠」）、梅尭臣（同第二節の「殆ど窮する者にして後工み也」）が、いま断片の伝わる『金鍼詩格』、『続金鍼詩格』の作者というわけではない。だが、著名人の名を冠した詩格は、他にも少なくない。作詩の指南たりうる実用性、それに往々にして名高い詩人の著作という点（実際に本人が著した例とその名を借りた例の双方が存在する）も相俟って、詩格に見られる言説は唐代以降、広く知られていくようになる。

詩格の特徴と「死法」への批判

詩格、特に唐代前期までのそれが持つ特徴は、㈠対偶・声律など作詩上の技巧・禁忌の記述に相当な力を注ぐ。㈡名数また数称（数詞と名詞の結合）によるややお題目めいた技巧の分類が多い。㈢時には随分と卑近にも思える作詩法上の指導が見られる。㈣同時代の作品も模範的な作例として学習の対象に挙げる。㈤異なる詩格で相互に模倣・踏襲、あるいは剽窃の跡が見られる、といった具合に整理される。元来が作詩の指南だから㈠は当然であり、㈣も時代遅れの詩という謗りを免れるためには自然なことだろう。㈢については、『詩格』（これは様式の名ではなく書名）という文献が参考になる。唐代の著名な詩人王昌齢《おうしょうれい》（六九八頃～七五六？）が著したとされる同書の断片にこうある。

総て詩人は、夜の間は枕元に、灯火を置いて明るくしておく（がよい）。もし眠気が訪れたら眠るに任せ、眠りから覚めたら起き出す。（こうすれば）詩興が湧いて思いが生じ、精神は爽快で、くっきりと明らかになる。（『文鏡秘府論』南巻「論文意」）

これに続いて、普段から古今の優れた詩語を記した書き付けを用意しておく、紙・筆・墨はいつも携えておく、船旅の後は（旅中の情景を詩に詠むため）睡眠をしっかり取る、詩興が湧いてきたら仕事はすっぱり止める、などという指示が見られる。灯火や筆記用具の常備は、思いついた詩句を忘れないうちに書き止めるためだろう。詩格が初学者をも対象とすることが、ここから見て取れる。

㈡は、この㈢や㈠とも関連する。対句などの技法を分類する他、内容面での理想や禁忌も、詩格ではしばしば類型化される。仏僧の皎然《こうねん》（七二〇頃～七九三以降）が著した『詩式』は、詩の内容を主に論じる点で、唐代における詩格の歴史を前後に分かつ意味を持つ。記述の力点を技法ではなく内容に置く『詩式』の中に、次のような一節が見られる。

詩には四不《しふ》（四つの「不」）がある。意気は高いが激しくはない。激しければ雅やかさが失われる。力強くともあからさまではない。あからさまだと作為が欠陥となる。感情は豊かでも（それに）溺れない。溺れれば鈍重で駄目になる。才気に優れても（思慮を）おろそかにしない。おろそかにすれば（詩の）脈絡が損なわれる。（『詩式』巻一「詩有四不」）

本来は価値的だが、度を越せば欠点となる四種の事柄を、そうしてはならないもの（「不」）として列挙する。より古い詩格では、例えば蜂腰・鶴膝を含む声律の上での禁忌を「八病《はっぺい》」と総称するなどしていた。ここでは、内容面での心すべき点が数詞（この場合は「四」）と名詞（同じく「不」）を組み合わせた形で整理されるが、後世の詩格にもこの種の例は多い。

㈤については、前項で見た『金鍼詩格』の内容を『続金鍼詩格』が解説することが、その実例といえる。これは、近い時代の詩格だけで相互に見られる現象というわけではない。恐らくは仮託だろうが、元の楊載《ようさい》（一二七一～一三二三）が編んだという『詩法家数《しほうかすう》』と題する文献には、先に引いた『金鍼詩格』の内意・外意に関する一段が、同文のまま見られる。この例は極端ながら、出所も明示せず、既存の詩格が後続のそれで利用されることは少なくない。既に権威を持った言説を取り込むことを辞さない編者、手早く書物を作って実績を上げようという出版者の姿勢が、ここから窺われるようだ。かかる俗な性格に起因するものか、明代末期から清代初めにかけての学者王夫之《おうふうし》（一六一九～一六九二）は、こう述べる。

> 詩には皎然、虞伯生《ぐはくせい》がおり、経義《けいぎ》には茅鹿門《ぼうろくもん》、湯賓尹《とうひんいん》、袁了凡《えんりょうぼん》がいて、いずれも地面に（線を）描いて牢の形とし人を（その中に）陥らせているが、（これは）死法《しほう》を存在させるものである。死法が成り立つのは、総て（人々の）見識が狭いことによる。例えば芝居を演じるならば、一丈（三メートル強）四方の舞台上のことだから、それで型のとおりに歩くもので、わずか一歩でも（型から外れて）動けば混乱を生じることになる。もし大通りを駆けまわり、千里の道を行くとして、この歩き

方を用いるなど、ひどい愚か者でもしないものである。（『夕堂永日緒論内編《せきどうえいじつ》』）

虞集《ぐしゅう》（一二七二～一三四八）、字《あざな》は伯生、は元代を代表する詩人の一人で、その名を冠した詩格が伝わる。「経義」とは、明・清の科挙で用いられた文体「八股文《はっこぶん》」を指す。茅坤《ぼうこん》（一五一二～一六〇一）、号は鹿門、湯賓尹（一五六八～?）、袁黄《えんこう》（一五三三～一六〇六）、号は了凡、はみな明代後期の人で、評点（第七節）を使うなどした文章の選集を編んだことで知られる。皎然と虞集らがここで列挙されるのは、詩格などの初学者をも対象とした文献を編んだ（とされる）共通点を持つからである。その上で、王夫之は「死法」（無意味に人を束縛する決まり事）を記す皎然らの著作に影響されて、牢に入れられたかのように視野の狭い詩文が生産される状況を概嘆する。この他にも、彼は「皎然の詩式有《あ》りて後《のち》に詩無《しな》し」（『夕堂永日緒論外編』）などと、詩格の代表作として『詩式』を繰り返し槍玉に上げる。

詩格の細々とした記述が作詩を硬直させる側面は、確かにあったことだろう。しかし、総じて芸術作品が高評価を得られるか否かは、作者が自らの個性を打ち出せるかにかかっていると思われる。初学の段階で習得した事柄に囚われて、そこから離れられないとしても、その責めが詩格などの手引きにのみ帰せられるわけではあるまい。内容、または「詩格」や「詩法」という言葉を含む表題から判断して、初学者を対象とする作詩の手引き、詩歌を批評した文献は、古典中国が終わるまで一貫して編まれ続ける。王夫之が皎然の『詩式』を度々批判したことは、それらが広く読まれた事実を、かえって示唆しよう。詩格が本章で扱う他の様式と並んで、文学思潮の媒体であった点は、やはり動かすことはできない。

第五節　論詩詩

「戯れに為る　六絶句」

文字どおり、「論詩詩」とは詩を論ずる詩を指す。個別の詩句・詩歌、詩人や流派・時代の詩風、詩の歴史、あるいは詩とはいかにあるべきかなど、議論の対象となる範囲は広い。

これらを主題とする詩は、古くから作られてきた。しかし、本格的に論詩詩の歴史が始まるに当たって、杜甫（第三章第一節の「伝統の継承と変容」）が果たした役割は極めて大きい。彼の連作詩「戯為六絶句（戯れに為《つく》る　六絶句）」（『杜工部集』巻十一）は、七言絶句六首から成る。上元《じょうげん》二年（七六一）の作品とされるこの連作から、第三首と第四首を挙げる。

縦使盧王操翰墨、劣於漢魏近風騒。龍文虎脊皆君馭、歴塊過都見爾曹。（其三）

縦使《たと》い盧王《ろおう》　翰墨《かんぼく》を操《と》れども、漢魏の風騒《ふうそう》に近きに劣る。龍文虎脊《りゅうぶんこせき》　皆《み》な君が馭《ぎょ》、塊《かい》を歴《へ》て都《みやこ》を過《す》ぐれば爾《なんじ》が曹《ともがら》を見《み》ん。（盧照隣《ろしょうりん》や王勃《おうぼつ》に筆を執らせても、漢や魏の詩が『詩経』や『楚辞』に近いのには劣る。だが［彼らの詩は古えの駿馬］龍文・虎脊のような君主御用のウマで、小石を蹴散らして都を馳せれば、お前たちとの差は明らかだ）

才力応難跨数公、凡今誰是出群雄。或看翡翠蘭苕上、未掣鯨魚碧海中。（其四）

才力《さいりょく》　応《まさ》に数公《すうこう》を跨《こ》え難《がた》かるべく、凡《およ》そ今《いま》　誰《たれ》か是《こ》れ群れを出《い》ずる雄《ゆう》ならん。或《ある》いは翡翠《ひすい》の蘭苕《らんちょう》の上《うえ》なるを看《み》るも、未《いま》だ鯨魚《げいぎょ》を碧海《へきかい》の中《うち》に掣《ひ》かず。（詩の力量で［盧照隣・王勃ら先の］数名を超えるのは難しいが、今の世では誰が抜きん出た［詩の］英雄なのか。ランの花の上にカワセミがいる［ような華やかな詩がある］のは目にしても、大海原で大魚を取り押さえる［ような雄大な詩を作る］者はいない）

盧照隣（六三〇年代～六八〇年代）、王勃（六五〇～六七六？）は唐代前期の文学者で、駱賓王《らくひんおう》（？～六八四）、楊炯《ようけい》（六五〇～六九三以降）と共に「初唐四傑《しけつ》」と併称される詩人である。唐詩の基礎を形作った彼らも、杜甫が活躍した八世紀中頃には、作品が時代遅れとして時に貶められることがあったらしい。杜甫は漢や魏の詩歌には及ばなくても、盧照隣たちの作品は、現代で彼らを軽んじる者（其三に見える「爾曹」）に比べれば遥かに優れるし、今の時代に彼ら（其四「数公」）ほどの詩を作る者はいないと述べる。

押韻や対句などの制約を持つ文体を通して文学を論じた作品といえば、賦の形式による陸機の「文賦」（第一章第三節の「文学自覚の時代」）が早くに存在する。詩においても類似する作品は夙に見られるが、それらは長い詩形（古詩）で作られることを通例とした。これに対して、杜甫は五言絶句（二十文字）に次いで今体詩で最も短い七言絶句（二十八文字）という、言説の器に不向きと思われる形式を用いて、詩歌論を展開させた。この後、論詩詩は一般に七言絶句の形を取る。第三章第三節の「新しい文体とその理論化」で名を挙げた金の元好問が作った三十首（全て七言絶句）から成る連作詩の一首にいう。

一語天然万古新、豪華落尽見真淳。南窓白日羲皇上、未害淵明是晋人。

一語　天然　万古《ばんこ》新《あら》たなり、豪華　落《お》ち尽《つ》くして真淳《しんじゅん》を見る。南窓《なんそう》の白日　羲皇《ぎこう》の上《かみ》、未だ淵明の是《こ》れ晋人《しんひと》なるを害せず。（「詩の中の」どの一言も自然でとこしえに新鮮であり、飾り気を捨て去って本当の純朴さが現れている。南向きの窓辺で昼下がりに伏羲《ふくぎ》の頃に思いを馳せても、陶淵明が晋の人であることを妨げない）（『遺山《いざん》先生文集』巻十一「論詩」其四）

「詩風は簡潔で、ほぼ無駄な修辞がない。誠実な思いは真率・古雅で、言葉の意趣は素直で要を得ている」とは、鍾嶸の陶淵明に対する評価であった（第二章第二節の「『詩品』の概略」）。これだけで概括はできまいが、陶淵明の詩は、一般には質朴をもって名高い。「与子儼等疏（子《こ》の儼《げん》等に与《あた》うる疏《そ》）」（『陶淵明集』巻七）という息子らに宛てた文章で「かつて五・六月の折、北側の窓辺に寝そべり、たまたま涼しい風がふと吹き過ぎると、自分は伏羲の頃の人のような気分になった」と彼自らが、万事に簡素な、伏羲（古えの聖天子）の時代への志向を表明している。第三句で（「北窓」を「南窓」に改めつつ）この表現を借りるなどして、元好問もその志向を認めている。ただし、それのみで「論詩」其四は終わらない。

第四句では、それでも陶淵明は晋の人だと強調される。いかに伏羲のような上古の聖人を慕おうとも、彼とて自らが生きた晋より遡る漢や魏から続く文学の伝統を受け継ぐということらしい。ここで参考になるのは、元好問がこの詩に付した「陶淵明は、唐の白楽天（陶淵明は、唐でいえば白居易）」という注である。白居易は陶淵明の作品を愛好し、それを含めて過去の詩をよく学んだ上で、自身の詩風を確立した。元好問は白居易と同じく、陶淵明も文学が移り変わる流れの中に位置するという主張を、自注と併せて先に挙げた詩で打ち出したものと思しい。陶淵明と白居易では、後者が詩で多くの言葉を費やすためもあって、両者の文学が結びつけて考えられることは、従来さほど多くなかった。元好問の説は、当時までの通念に一石を投じることになる。元好問が詩人として一級の力を持てばこその現象だが、杜甫が切り開いた論詩詩という様式が詩歌批評に影響を及ぼした好例といえよう。

詩で詩を論じること

杜甫や元好問を初めとして詩歌、とりわけ七言絶句を用いて詩をめぐる事柄を論じる者は、唐代以降の古典中国を通じて尽きることはなかった。だが、論詩詩という様式には文学批評の媒体たるにそぐわない点もある。それは、杜甫の「戯為六絶句」にも既に見出される。

庾信文章老更成、凌雲健筆意縦横。今人嗤点流伝賦、不覚前賢畏後生。（其一）
庾信《ゆしん》の文章　老いて更《さら》に成り、凌雲《りょううん》の健筆　意は縦横《しょうおう》たり。今人《きんじん》流伝《るでん》の賦を嗤点《してん》し、覚えず
前賢《ぜんけん》の後生《こうせい》を畏《おそ》るるを。

楊王盧駱当時体、軽薄為文哂未休。爾曹身与名倶滅、不廃江河万古流。（其二）
楊王盧駱《ようおうろらく》　当時の体《たい》、軽薄　文を為《つく》り哂《わら》いて未だ休《や》まず。爾《なんじ》が曹《ともがら》　身は名と倶《とも》に滅び、廃《すた》れず
江河《こうが》万古の流れ。

前項で見た第三・四首の前に置かれた二首を、ここに挙げた。庾信（五一三〜五九一）は南朝の梁に生まれたが、戦乱の中で連行された北朝に仕え、隋が建国されて間もなく没した、南北朝時代の末期を代表する文学者である。「庾信の文学は老いてさらに深みを増し、雲を凌ぐほどの力強い筆さばきは思いを自在に言い表す。（だが）当世の人は（彼の）今日に伝わる賦を笑いあげつらう」と第一首の第三句まではこう理解される。解釈が分かれるのは、第四句である。『論語』「子罕《しかん》」篇に「後生畏る可《べ》し」とあるように「後生」は後の世の人々、「前賢」は先の世の賢者を指す。それを踏まえて、この詩の「前賢」は庾信、「後生」は彼を批判する（杜甫の）同時代人と解する立場がある。その場合、「不覚」についても思わず（してしまう）、そう思わないという両様の捉え方がある。つまり、前者ならば「庾信は（自らが批判されていると知れば）後世の人々は恐ろしいことを言うのだなと思わず感じてしまう」、後者だと「（批判されたところで）庾信が後世の人々を恐れると（私、杜甫は）思わない」という意味になる。他にも意味の取り方はありえようが、後世の人間からの批判で庾信の文学が持つ価値は否定できないと杜甫が考える点は、多くの説において異ならない。

続いて、第二首を見るとしよう。「楊王盧駱」は、前項で名を挙げた「初唐四傑」を指す。この第一句を「楊炯・王勃・盧照隣・駱賓王のその時代の詩体」と解することは、諸説共に概ね等しい。これに対して、第二句の解釈は、大きく二つに分かれる。すなわち「（四傑は）浮ついて中身のない詩を作っており（それを見れば）笑いが止まらない」、「（四傑を貶める者は）浮ついて中身のない説を作っており（四傑を）笑って止まない」という両様の理解である。両者の差異は、杜甫が批判するのは四傑なのか、彼らを嘲笑う者なのかという点にある。その一方で、第三・四句が「（四傑を貶める）お前たちの肉体が名前と一緒に消えてしまっても、（四傑の文学は）長江・黄河がとこしえに流れるように朽ち果てない」と捉えられることは動かせない。したがって、第二句を四傑への批判と考えた場合、第三句との間に「そうはいっても四傑は彼らを批判する者よりもずっと立派であって」という言葉を読者の意識として補わなければならない。こういった意味で「軽薄」なのは杜甫と時代を同じくし、四傑を貶める者と見なす方が穏当と思われるが、もう一方の説も完全には排除できない。

論詩詩に限らず、詩歌では人によって解釈の一致を見ないことが、文章に比べてより多い。ましてや、字数の少ない絶句で過不足なく議論を展開させることは容易ではない。「戯為六絶句」の第一・二首以来、これは論詩詩に付きまとう問題だった。杜甫にして然り、他の詩人ならば、読み手に真意を正しく伝えることは、なおさら難しい。そして、多くの作者は、こういった理解の分岐を予想していたのだろう。前項に引用した、元好問の「論詩」を思い返されたい。陶淵明を白居易になぞらえた作者自身の注が、そこには付されていた。自注を通して作者にとっての誤読を避けさせたい、元好問の意図が窺われよう。

七言絶句による論詩詩は、詩自体（二十八字）よりずっと長大な注を施して作者の意図を明らかにしようとする作品を含めて、絶え間なく作られていく。先述したように、曖昧さを帯びやすい様式にも関わらず、なぜ論詩詩は著され続けたのか。杜甫という希代の詩人に倣い、絶句で詩を論じて作詩の力量を示そうという意識を知識人が共有した点は、その理由の一つであろう。既に触れた元好問の他にも、王士禛（第三章第五節の「神韻・格調・性霊」）など論詩詩を著した第一級の詩人は少なくない。彼の著名な論詩詩は「戯倣元遺山論詩絶句」（戯れに元《げん》遺山《いざん》の論詩絶句に倣《なら》う）と題され、四十首の七言絶句から成る（『漁洋《ぎょよう》詩集』巻十四、『漁洋集外詩《しゅうがいし》』巻四）。なお「遺山」は、元好問の号である。

今一つ、往々にして多様な解釈を許容する点が、逆に好まれた可能性が想像される。元来が象徴の手法に基づく詩について論じるのに、詩以上に適切な形式はないという考え方も成り立つであろう。杜甫と王士禛は、いずれも表題に「戯」の文字が見える論詩詩を著している。そこには詩歌を論じることへの含羞や謙遜と同時に、言葉を曖昧な段階に止める姿勢が見て取れる。断言を避けたい場合、詩は格好の表現様式となる、いずれにもせよ、杜甫ら第一級の文学者を含む人々の詩歌観を知る手掛かりとして、論詩詩の意義は軽視できない。

第六節　詩話

詩話の登場と題材

「詩話」という言葉を書名に含む文献は、欧陽脩（第三章第二節の「殆ど窮する者にして後工み也」）の『六一《りくいつ》詩話』を嚆矢とする。同書の冒頭には、「居士が引退して（以前に知事を務めた）汝陰《じょいん》（現安徽省阜《ふ》陽《よう》市）に住み閑談に役立つことを集めたものである」という。「居士」は欧陽脩（号は六一居士）の自称で、彼は熙寧《きねい》四年（一〇七一）に官を退いたから、『六一詩話』の成立はそれ以降のことになる。欧陽脩より後輩の学者で宰相の地位に至った司馬光《しばこう》（一〇一九～一〇八六）に、もと『続詩話』と題した著述がある。

元来は単に『詩話』と称されていた『六一詩話』の後を継ぐという意図をもって、司馬光は自著をこう名付けたらしい。『詩話』、『続詩話』といった書名は、詩話というジャンルに北宋後期より前に遡る例がなかった（つまり普通名詞と見紛う簡潔なタイトルで差し支えなかった）ことを示す。また、それらが後に『六一詩話』、『温公《おんこう》続詩話』（司馬光の封爵は温国公）と称されるようになったことは、詩話の数が激増して、他の作品との区別が必要になった事実を示唆する。

欧陽脩は、『六一詩話』には「閑談に役立つことを集めた」と記していた。謙遜は含まれていようが、詩を正面から扱う議論ではなく、詩人・作品にまつわるエピソードが並んでいる『六一詩話』を読み進めれば、同書の内容は彼の言葉のとおりと分かる。もっとも、詩歌を論じる文献に、詩をめぐる逸話が挙げられる例は、古い時代から存在した。『詩品』が自分の詩を人工的だと言われた顔延之が生涯それを気に病んでいたと記すこと（第二章第二節の「『詩品』の批評法」）などは、その典型であろう。ただし、詩話は出来事ばかりに題材を取るというわけではない。南宋の許顗《きょぎ》（十二世紀前半）、字《あざな》は彦周《げんしゅう》という人物の『彦周詩話』にこうある。「詩話というものは、詩句の型を明らかにし、（詩に関わる）古今の事跡を網羅し、（詩の）素晴らしい働きを書きつけ、珍しい事柄を記し、誤りを正すものである。諷刺を含ませ、罪悪をはっきりさせ、誤謬を批判するようなことは、全て（詩話では）取らないものである」。「諷刺」以下の後半に異論はあろうが、詩話の内容が多岐にわたることは確かである。

文学史上の地位を反映してか、杜甫は詩話で取り上げられることが最も多い詩人の一人といえる。いま陳師道《ちんしどう》（一〇五三～一一〇一）の『後山《こうざん》詩話』（陳師道の著作か否かには議論がある）、張戒《ちょうかい》（十二世紀）の

『歳寒堂《さいかんどう》詩話』から、彼に触れた箇所を挙げてみる。陳師道は北宋後期の詩人、張戒は北宋末から南宋初めにかけての詩論家として名高い。なお、文中の「裕陵《ゆうりょう》」は北宋の皇帝で永裕陵《えいゆうりょう》（現河南省鞏義《きょうぎ》市に存在）に葬られた神宗《しんそう》（在位一〇六七～一〇八五）を指し、「子美《しび》」は杜甫をその字《あざな》で呼んだものである。

裕陵は、杜子美は（「江上」という詩で）「勲業頻りに鏡を看、行蔵独り楼に倚る」といったが、とおっしゃり、「甫の（他の）詩は、全てこれに及ばない」とおおせになったことがある。（『後山詩話』）

「戯れに為る　六絶句」　この詩は庾信、王楊盧駱（王勃・楊炯・盧照隣・駱賓王）のために作られたものではなく、子美が自分について述べたのである。子美が在世だった折に、（彼の）名は天下に知れわたっていたが、人はまだその詩についてあれこれ言っていたので、それで「嗤点し」、「哂いて未だ休まず」という句ができた。そもそも子美の詩は古今に冠絶して、唯一の存在だが、それでもその生きている間は、人はまだ彼を笑い、亡くなってから後の者は彼を敬うようになったが、ましてやそれに劣る者ときては（なおさら批判を受ける）。子美はこれに腹を立て、それで「爾が曹身は名と倶に滅び、廃れず　江河万古の流れ」、「龍文虎脊　皆な君が馭、塊を歴て都を過ぐれば爾が曹を見ん」と（詩で）いったのである。しかし子美は腹立ちを和らげて、それ（批判する者）に対して戯れたのだ。彼は「或いは翡翠の蘭苕の上なるを看るも、未だ鯨魚を碧海の中に掣かず」といったが、子美などは誠に大海原で大魚を取り押さえるという（ほどの詩を作る）者だが、自ら誇ることを嫌って、それで全て戯れの句と題したものだ。（『歳寒堂詩話』巻下）

前者では、陳師道にとって同時代人の神宗が称えた杜甫の詩句が紹介される。勲功を立てられないまま老いたことを詠うこの二句に続いて、君恩に報いたい思いが止まないとの内容が見えており、いかにも皇帝の好みそうな詩句である。既に第三節の「摘句の限界」で触れたが、神宗に登用された王安石も同じ二句を引いて、その格付けを求めていた。二つの逸話が事実とすれば、王安石は神宗の恩を思って、当該の詩句を挙げたのかもしれない。

後者においては、第五節で取り上げた杜甫の論詩詩が主題となる。杜甫の詩が持つ声価が定まったのは北宋中頃のことであり、在世中から名前が天下に知られていたというのは、張戒の筆のすべりといえよう。だが自己の詩を理解しない者に向けて、「戯れに為る　六絶句」で詩歌論を述べ、また表題に「戯」の文字を用いて詩歌への自負をあからさまにすることを避けたというのは穿った見方と思われる。これは、詩話で詩への見解を示した例である。

このような批評、ひいては理論につながる事柄が、詩をめぐる事跡と共に詩話における主な題材とされる。自由に筆を走らせることが許され、また作詩法の記述を重要な目的とする詩格（第四節）に比べて高尚な文献と目されたためか、詩話の著述に手を染める知識人は多かった。詩話の語を表題に含まない例を含めて、膨大な数の作品が今日に伝わっている。

詩を散文で論じること

詩歌を詩の形式で詠うのが論詩詩ならば、散文、具体的には随筆の形で論じるのが詩話といえる。この形式が詩話の論調に影響を与えることは、往々にして起こりうる。今その例として唐・張継《ちょうけい》（?〜七七九?）の「楓橋夜泊《ふうきょうやはく》」と題する詩（『文苑英華《ぶんえんえいが》』巻二九二）をめぐる詩話での言説を見るとしよう。この七言絶句の全体は、次のとおりである。「月落烏啼霜満天、江村漁父対愁眠。姑蘇城外寒山寺、半夜鐘声到客船」。これを「夜宿松江」と題して収める文献（『中興間気集《ちゅうこうかんきしゅう》』巻下）では「江村漁父」を「江楓漁火」、「半夜」を「夜半」に作る。異文の存在は、作品が広く知られていた事実を示唆する。

さて欧陽脩は『六一詩話』の中で「詩人が優れた句を貪欲に求めるため、理に合わない点が生じると、それは表現の欠陥である」と述べた上で、その例として先の詩から後半の二句を挙げていう。「評者がいうに、句は秀でているが、三更《さんこう》が鐘を突く時刻であろうか」と。

欧陽脩は「半夜」（夜半）を「三更」と言い換えているが、いずれも真夜中を指す。船旅の途次に停泊した姑蘇《こそ》（現江蘇省蘇州市）の郊外で名刹の寒山寺《かんざんじ》から「半夜《はんや》の鐘声《しょうせい》　客船に到る」という詩句の美しさは認めながら、真夜中に船中で鐘の音を聞くことはありえない、というのである。この批判に対して、宋代の文献、殊に詩話から張継の詩への擁護が相次ぐ。

例えば王直方《おうちょくほう》（一〇六九〜一一〇九）の『王直方詩話』（『苕渓漁隠叢話』前集巻二十三が引用）、陳巌肖《ちんがんしょう》（十二世紀）の『庚渓《こうけい》詩話』巻上では、「半夜」（夜半）に突かれた「鐘」の見える唐詩を挙げて、欧陽脩の見解を否定する。陳巌肖は、自らが姑蘇へ赴いた際、夜中に鐘の音を聞いたとも記す。葉夢得《しょうぼうとく》（一〇七七〜一一四八）もその『石林《せきりん》詩話』巻中で、呉中《ごちゅう》（蘇州）では真夜中でも鐘を鳴らすが、欧陽脩はそれを知らなかったと述べる。また范温《はんおん》（十一世紀後半〜十二世紀前半）は、『潜渓詩眼《せんけいしがん》』（『苕渓漁隠叢話』前集巻二十三に引かれる）で歴史書に見られる、真夜中に鐘が突かれた南朝時代の事例を挙げている。一見したところ、批判と擁護で立場を異にするようだが、事実として真夜中に鐘の音が聞こえるか否かに拘っている点は、欧陽脩と他の詩話の著者共に等しい。事実でないので表現の欠陥、事実だから張継の詩句はやはり優れる、両者の見解はこう概括できる。これについては、明代の学者である胡応麟《こおうりん》（一五五一〜一六〇二）の説に耳を傾けるべきだろう。

また張継の「夜半の鐘声　客船に到る」には、議論が乱れ飛んでいるが、いずれも古人（の詩）に惑わされている。詩の作り手は風景を通して表現するのであり、（大切なのは）声律の調和、寓意と（それを表す）形象の融合だけだ。細々とした事柄に、かかずらっている余裕があろうか。夜中であるかどうかは言うまでもなく、鐘の音が聞こえたかどうかにしても、問題にはならないのである。
（胡応麟『詩藪《しそう》』外編巻四）

古典中国で文学が倫理・道徳に適うことを求められていた事象には、本書でも折に触れて言及してきた。したがって真実を離れた絵空事を扱うまいとする傾向が、詩についてさえも生じることは不思議ではない。「楓橋夜泊」とそれを主題とした宋代の言説は、中国古典詩と事実との関わりを考える上での手掛かりとなるであろう。そのような中で、詩歌での表現が事実であるかに拘る必要はないという胡応麟の言葉は、傾聴に値する（松本肇二〇〇〇を参照）。詩の解釈で事実に偏重することを、詩話という形式に結びつけた議論も見られる。

西崖《せいがい》先生は言われた、「詩話が興って詩は亡んだ」。私は以前にはその説が理解できなかったが、後に『漁隠叢話』を読んで、宋代の人の詩は残ってよいが、宋代の人の詩話は無くなるべきだと嘆いたものだ。……唐代の人の「姑蘇城外　寒山寺、夜半の鐘声　客船に到る」は、詩として優れる。欧公は真夜中に鐘の音はしないと（この詩を）批判した。（欧陽脩の後に）詩話を著した者は、また真夜中の鐘（の例）を列挙して、事実としてこれを証明しようとした。このように詩を論じたのでは、人の心を抑えつけ、精神の働きを塞ぎ閉ざして、「詩話が興って詩が亡んだ」ということになるのではないか。ある者が杜甫の詩の優れることを褒めると、一人の書生が言った、「どぶろくよ　誰がお前を作ったのか、一たび酌めば数多の憂いが散りゆく」。酒は杜康《とこう》が作ったものなのに、杜甫はそれを知らないのだから、どうして彼を（立派な）詩人といえるだろうか」。分からない者に（詩を）説いても、勢いとして必ずこうなってしまう。（『随園詩話』巻八）

まず湯右曽《とうゆうそう》（一六五六～一七二二）、字《あざな》は西崖の「詩話作《おこ》りて詩亡ぶ」という言葉が引用される。続いて、各種の詩話に記される内容を主題別に分類・集成した『苕渓漁隠叢話』の名が見える。この南宋の文献（前集巻二十三）に、「半夜」（夜半）の「鐘」に関わる詩話での「欧公」こと欧陽脩らの議論が集められている。それに目を通した袁枚の感想は、宋代の詩話など失われた方がよいというものであった。詩歌

図5　袁枚

をあくまでも事実に即して合理的に理解しようとする言説など、彼にとっては「人の心を抑えつけ、精神の働きを塞ぎ閉ざ」す（原文は「天閼性霊、塞断機括」）害悪でしかなかった。詩には真率な思いを詠むべきだとした性霊説は、袁枚を主唱者の一人とする（第三章第五節の「神韻・格調・性霊」参照）。「性霊」（心、魂）を抑えつけるという指摘は、その彼による最も厳しい批判の辞といえる。

最後に引かれるのは、杜甫「落日」（『杜工部集』巻十一）の「濁醪誰造汝、一酌散千憂（濁醪《だくろう》誰《たれ》か汝を造れる、一酌《いっしゃく》千憂《せんゆう》を散ず）」という二句である。飲酒の喜びに堪えかねて、酒は誰が作ったのかと嘆じた詩句を、酒の発明者は杜康（伝説上の人物、「杜氏」の語源）だ、杜甫は物を知らないと評した書生は、詩的な修辞の何たるかを理解していない。真夜中に鐘が突かれるか否かを論じた者たちの見識はこれと同じ程度だと、袁枚は述べたいのだろう。

欧陽脩を筆頭に詩話で「楓橋夜泊」の詩句を論じた人々が、詩情を解さなかったわけではない。また、彼らが自分たちなりの合理主義で当該の句を論じたことが、必ずしも詩話という様式に起因するともいえない。それだけに、「詩話作りて詩亡ぶ」などと一概に決めつけることはできまい。ただ詩話という比較的自由な形式が、詩情を置き去りにした議論を誘発した事実は、決して否定できない。主知的な詩が主流となった宋代（第三章第四節の「古文辞とその波紋」）の産物だけに、詩話で散文の精神が前面に打ち出されることは奇異でもない。そして、そのような現象は、多くの詩話で見られるところだ。

だが、それのみをもって、詩話の様式を否定し難いことも贅言を要すまい。詩で事実に拘るべきではないと胡応麟がその詩話『詩藪』で喝破したことは、既に述べたとおりである。袁枚は「詩話作りて詩亡ぶ」という警句を自身の『随園詩話』に書き記した。詩歌や文学をめぐる実に魅力的な言葉や事跡が、詩話を通して今日に多く伝わる。むしろ詩に対する見識を欠く人物でも近づきうる散文の形式が、多くの人々を詩話の執筆に誘った点は否定できまい。古典中国の文学思潮を多彩にした一因として、詩話のこのような側面には注目される。

第七節　評点

評と点

文章などの中で読者に注目してもらいたい字句に傍点・傍線を付すことは、現代の日本でもごく一般的であるし、本書でも傍点の方は何度か用いてきた。古典中国でも、同様の事象が古くから見られた。もっとも、早い時期には書籍の持ち主が、心覚えに重要と思った箇所を傍点で示し、また人名・地名・書名といった固有名詞の付近に線を引く程度であった。そもそも作製された時点では、写本にせよ、刊本にせよ、前近代中国の書籍は句読点が付されていないことを通例とした（第三章第一節の「古えの道」）。

読者はそれを読み進めつつ句読点を付すわけだが、その過程で往々にして傍点や傍線も加えられた。時には、これらの記号だけではなく、読者による批評の言葉が余白などに記されることもあったようだ。

やがて、それら句読点・傍点・傍線、批評が書き込まれた書物が流通し、学習の用に供されることとなる。自身で句読点を付すことが難しい初学者にとっては、このような書物は読書の助けとなったに違いない。中でも古典や詩文の読解に優れるという評判を持つ者の書き込みがある書物は、特に珍重されたらしい。批評の文言と勘所とされる文字の傍らに付す圏点《けんてん》（傍点）から成るので、これらは評点と総称される。原書の複製を流通させうる印刷術が本格化した宋代に、早くも評点を施した書籍が刊行される。読み巧者の批評を通じて要領よく書物を読める点が好まれたためか、評点は広範に普及した。

文学の領域で評点を付した最初期の書籍としては、南宋の学者で朱熹と関係が深かった呂祖謙《りょそけん》（一一三七～一一八一）の手に成る『古文関鍵《かんけん》』が世に知られる。韓愈、欧陽脩ら唐・北宋の名立たる文学者の文章六十余篇が収められる同書には、呂祖謙による批評が随所に見られる。具体的には表題に続けて作品全体、各段や字句の後にそれらへの評価・コメントが本文より小さい文字（割書）で挿入される形を取る。各葉《かくよう》（頁）上部の余白などにこれらの事柄が印刷される例も多いが、評点を付す刊本では、概ねこういった形式が一般的である。

同じく南宋の学者である真徳秀《しんとくしゅう》（一一七八～一二三五）も、評点を付した『文章正宗《せいそう》』と題する選集を伝える。呂祖謙と同様に、真徳秀も自らが選んだ文学作品に批評を記したのだが、文章のみを収める『古文関鍵』と異なり、『文章正宗』は詩も選録した上でコメントの対象とする。詩歌への評点という事

図6　劉辰翁の評点を収める『唐李長吉歌詩』

象も、これ以降、次第に珍しくなくなる。南宋の末期から元にかけて生きた詩人の劉辰翁《りゅうしんおう》（一二三二～一二九七）は、古典と自ら編んだ文献に加えて、詩歌への評点で著名な批評家でもあった。彼が中唐の詩人として名高い李賀《りが》（七九一～八一七）の詩集に付した評点を取り上げて、その実例を窺いたい。

黒雲圧城城欲摧、甲光向月金鱗開。角声満天秋色裏（有此一語方暢）、塞土燕脂凝夜紫。半巻紅旗臨易水（此等景不可無）、霜重鼓声寒不起。報君黄金台上意、提携玉龍為君死（起語奇、賦雁門著紫土本嫩。後三語無甚生気、設為死敵之意偏欲如此、頗似敗後之作）。

黒雲《こくうん》　城《しろ》を圧《あっ》して城摧《くだ》りんと欲《ほっ》し、甲光《こうこう》　月に向かいて金鱗《きんりん》開く。角声《かくせい》　天に満つ秋色《しゅうしょく》の裏《うち》（この一句があるからこそ［詩が］

伸びやかとなる）、塞土《さいど》　燕脂《えんじ》　夜紫《やし》を凝らす。半ば巻く　紅旗《こうき》　易水《えきすい》に臨み（これらの状景を欠くわけにはいかない）、霜重《しもおも》く　鼓声《こせい》　寒くして起こらず。君の黄金台上《おうごんだいじょう》の意に報いんとし、玉龍を提携して君が為《ため》に死せん（出だしの句は新奇であり、［第四句で］雁門《がんもん》を詠う際に［とりでの］土は元々柔らかい紫色だと示す。末尾の三句には活発な気が感じられず、敵を相手に死のうと一途に望む様子をこう描いているが、負けた後を詠んだ作品のように少し思われる）。（『唐《とう》李《り》長吉《ちょうきつ》歌詩《かし》』巻一「雁門太守行《たいしゅこう》」）

「雁門」は現山西省代《だい》県の地名で、北方の異民族を防ぎ止めるため、同地では万里の長城に雁門関《がんもんかん》というとりでが設けられていた。「太守」は雁門郡の長官で、とりでの責任者でもあり、「雁門太守行」とは「雁門太守の歌」という意味である。詩の中に見える「易水」は現河北省を流れる川で、雁門から距離はあるが、古くから別れの地として名高いので、戦いに直面する辺境を詠う詩に相応しいと思われたのだろう。やはり詩の中に見える「黄金台」は戦国時代の燕《えん》の昭王《しょうおう》（在位前三一一～二七九）が優秀な人材を招くために修築した建物を指し、「玉龍」は名剣をいう。全体として、この作品は「黒い雲が城を圧して城は砕けんばかり、よろいの光は月にきらめき金色のうろこが開いたようだ。角笛の音が天高く秋空の中に響き渡り、とりでの真っ赤な壁土は夜には紫に凝固する。半ば巻かれた赤い旗は易水に垂れ、霜は厚く太鼓の音は寒々として意気上がらない。黄金台に引き上げてくれたあなたのお気持ちに報いるため、玉龍の剣を引っ提げてあなたのために死のう」と訳せるだろう。

先に挙げた原文・書き下しでは、（　）で劉辰翁の評を括ったが、。や、と同じく、その位置は原書のとおりである。読者の注意を喚起する傍点と併せて、この句があるから暢達、この状景描写は欠かせないといった言葉で、劉辰翁は各句に対する自らの批評を示す。最後に、終わりの三句より得た感想として、負け戦の後を詠う詩のようだと述べる。

　他人の詩歌や文章それ自体に付して解釈を示す様式として、まず注釈という手法が考えられる（自身の作品に加える自注は、ここでは考えない）。古典中国の場合、注釈は作品の背景（第一章第二節の「「以意逆志」「知人論世」」）を論じ、字義・語義を説く（訓詁《くんこ》）記述を除けば、典故（第二章第一節の『文心雕龍』後半部の概略」で『文心雕龍』「事類」に触れた箇所、同第二節の「既存の文学作品・文学論からの影響」を参照されたい）の解説に終始する場合が多い。つまり、そこに用いられた故事や表現の典拠・先例を、文献を挙げて示すわけである。評点も他者の詩文に用いる様式だが、先に挙げた劉辰翁の例でも分かるとおり、個人の見解を記すことを主として、通常は特に根拠を示さない。それにも関わらず、南宋において盛んだった散文に続いて、劉辰翁らの活動で詩に関しても、評点の書は世に広く受容され始める。

　思うに、「雁門」などの語義や「黄金台」のような典故を理解したところで、古典文学がそう簡単に理解できない点は、現代の日本人のみならず、前近代中国の知識人にとっても同様だったのではないか。言葉・典故の意味や背景が分かっても、それらが相互にどう関わるかは、明らかにならない場合も多い。凝縮された表現を用いる詩では、その傾向がより強い。

　その意味で、私的な感想ながら、作品の要点・妙所、読解の手掛かりを教えてくれる評点への需要が存在したとしても不思議ではない。劉辰翁のように著名な批評家の言葉に助けられて、詩文を理解できる（かの如き気になる）ことが評点を普及させる一因となった可能性は、充分に考えられる。それが評者の読みに従う文学作品の鑑賞を当然の行為とし、ひいては評点を批評・理論の有力な媒体とさせることにつながったと考えられるのではないか。

評点が普及した要因

時代が明や清にまで下ると、評点を施された文学書は、数量をより増すことになる。実のところ、評点における傍点や傍線などには、統一された規格は存在しなかった。個別の書籍においても、例えば凡例などで、記号の意味を示すことは、そう多くなかった。そのような中で、明の徐師曽《じょしそう》（一五一七～一五八〇）が編んだ『文体明弁《めいべん》』が巻首において、評点で用いられる記号の指すところを例示することは興味深い。同書は古今の文体を一二七類に細分し、各自の定義・源流を解説した上で、多くの例文を挙げており、いわば文学論と選集を兼ねたような内容を持つ。徐師曽自身の批評に加えて、先人の議論も少なからず引かれているが、傍点などの記号は『文体明弁』自体にさほど見えない。それにも関わらず、前項で触れた南宋の真徳秀による「批点法《ひてんほう》」（批点は評点に同じ）を解説した箇所には、こうある。

点
句読小点　•
語絶為句、句心為読。

点
句読を表す小点　•
語の切れ目では句点で、句の中では読点である。

菁華旁点　、
　謂其言之藻麗者、字之新奇者。
字眼圏点　○
　謂以一二字為綱領、……。
抹　———
　主意
　要語
撇　——
　転換
截——
　節段

真髄を表す傍点　、
　その言葉が美しく、文字遣いの美しいもの。
勘所を表す圏点　○
　一・二字で最も重要な箇所を指す、……。
抹《まっ》
［文字の上に引く線］———
　中心となる考え
　重要な語句
撇《へっ》
［語句の間に挟む末端をはらった線］——
［話題・内容の］変わり目
截《せっ》
［語句の間に挟む横線］——
［章段の］変わり目（「宋真徳秀批点法」）

今日では文章に必須の句読点や、改行することが当然とされる段落の冒頭を示す記号に説明が付される。ここでは省略するが、この後に「大明《だいみん》唐順之批点法」と題する同様の解説が見られる。唐順之《とうじゅんし》（一五〇七〜一五六〇）は明代中期の、一般には「唐宋派」（第三章第四節の「古文辞とその波紋」）と目される文章家であり、評点を施した文献数種を伝える。

南宋と明で時代の隔たる真徳秀と唐順之とでは、確かに評点の流儀に差異が認められる。例えば唐順之は「精華」（「宋真徳秀批点法」でいう「菁華《せいか》」）と「字眼《じがん》」、つまり作品の真髄と勘所に、「長圏《ちょうけん》」・「短圏《たんけん》」と称しつつ、いずれも圏点（◦）を付していた（「大明唐順之批点法」）。長短の差で区別できるから同じ圏点を用いる手法は、傍点と圏点を使い分ける真徳秀の評点とは異なる。ただ、詩歌・文章をある程度は読んだ経験を持つ者ならば、どの記号がどういった意味を持つかは類推できないこともなかろう。それにも関わらず、徐師曽が自身の編著で一つずつの記号に定義を下した事実は、まず『文体明弁』が初学者をも対象に想定する書籍だったことを示す。さらにいえば、これは評点を施された文学書が盛行していたこと、記号の意味さえ分かれば、さほど教養を持たない読者にとって、そういった書籍が文学を享受するための手掛かりとして有用と見なされていたことを示すのではないか。

　前節までに扱った選集を除く各種の様式は、作品自体、少なくともその全体とは異なる。摘句は作品の一部だし、詩格・論詩詩や詩話に見られる詩句の出典を確かめて、人々はそれらを読んだというわけではない。これに対して評点は、批評だけが一書にまとめられる場合もあるが、通常は作品と共にあった。この実作から独立しえない点は、批評の様式としての限界とも見なせよう。しかし、読者が興味を抱いて手に取らない限り、彼らの目に触れないであろう詩話などとは違って、選集や個人の詩文集に付される形での流布は、詩や文章を読もうとする者が自覚することなく評点に接する契機となった。

　文学作品の享受者に広く知られる上で、評点が持つこの種の優位性は、他の様式の遠く及ぶところではない。後には複数の批評家が同じ詩文・作品集に記した圏点や批評を集成したり、注釈を併せて収めたりした文学書も出版されるようになる。文学批評に関わる言説が世に普及し、人々に影響を及ぼす過程で評点が有した意義は、より注目されて然るべきだろう。

第八節　技法論との関わり

媒体が持つ方向性

古典中国における文学思潮の伝播に大きく寄与した様式を、六種に分けて見てきた。ただし、これらは截然と区別されるわけではない。選集の中に論詩詩が収められたり、評点が用いられたりすることは、ごくありふれている。摘句は詩格・詩話で常用されるし、重要な句に傍点などを加える評点も、摘句と相通じる。様式が相互に複合され、書籍の形を成すだけではない。王士禛は盛唐の詩を選んだ『唐賢三昧集』を編む一方で、『漁洋《ぎょよう》詩話』（漁洋は王士禛の号）を著している。複数の様式で批評・論著を遺した人物は、少なからず存在する。

もちろん、選集・評点は実作そのもの、もしくはそれと一体化した様式であるし、詩格・詩話についても、体系的な著作はごく少ない。詩の原理、形式、技法、作品・作者、考証を各々扱う「詩弁」・「詩体」・「詩法」・「詩評」・「考証」の五篇から成り、整然とした体裁を備える『滄浪詩話』（第三章第二節の「夫れ詩には別材有り」）などは、その中の例外と考えてよい。摘句と論詩詩も、これらのみではまとまった批評・理論の著述たりえない。

加えて『滄浪詩話』を形作る五篇も、元来は個別の文章だった可能性が相当あるし、それらを集成したのが、著者の厳羽だったとも限らない。六つの様式において、近代に入って早くに学術研究の資料とされたのは、詩話と選集だった。今日では他の様式を扱う研究も相応に見られるが、詩話・選集を扱う考察に比して、なお少ないのが実状である。分量を持つ著作としての形を取るか否かは、研究の対象となる頻度に差を生じる一因であろう。だが、それでも本章第一節で触れた、時に文学論の媒体ともなる個別の詩や文集の序文などに比べれば、もっぱら文学批評・理論を主題とした様式である点は、六種の全てに共通する。『文心雕龍』のように史上に稀な体系性を持つ著作には遠く及ばないが、断片的な詩文よりはまとまった媒体として、これらが文学思潮の伝播、後世への保存に果たした役割は大きい。

詩話・評点が宋代に確立を見た後、これらの様式は、前近代を通じて、盛んに用いられた。詩格が最初に盛行し、論詩詩が本格的に発生した時期は唐代だったので、六つの様式の多くは、唐から宋にかけて出そろったといえる。なぜこの時期だったか、様式に共通する性格と共に、次項でそれを考えたい。

様式が発達した意味

第四節で見たとおり、詩格は詩歌における格式・方式を記した文献だから、詩作の教則本としての性格を持つ。選集・摘句にしても、多くはある価値観に適う作品や字句を選び取る様式なので、創作の手本となしえよう。批評家が優れていると見なして記号を付した表現を含む以上、評点が読者の作詩・作文に有益な情報を提供することは否定できない。論詩詩や詩話はこれらほど直接に役立つわけではないが、前者は杜甫や元好問、後者も欧陽脩のような傑出した文学者の手に成る例が少なからずあって、その言説には一定の権威が認められたことだろう。それだけに作詩の参考に供せられたことは、充分に想像しうる。これに関わって、唐代末期の詩人、鄭谷《ていこく》（八五一頃〜十世紀初め）に興味深い詩句がある。

衰遅自喜添詩学、更把前題改数聯（衰遅《すいち》　自ら喜ぶ　詩学を添《そ》うるを、更に前題《ぜんだい》を把《し》りて数聯を改《あらた》む）。
（『鄭守愚《しゅぐ》文集』巻三「中年」）

「年を取っても「詩学」が進んだことを自ら嬉しく思い、改めて旧作を取り上げて数聯（聯は律詩で一対となる句）の詩句を書き直す」。ここにいう「詩学」は、作者が詩人として到達した境地を主に指す。少なくとも、後世にいう「詩学」、あるいは西洋の poetics と完全には意味を同じくしない。ただし、現存する文献に限れば、「詩学」が詩経学（『詩経』を研究する学問）を意味しない用例は、実はこれが最も早いと思われる（加藤国安二〇〇八）。表題の「中年」が古い意味のとおりならば、鄭谷が三十歳を迎える八八〇年前後の詩というわけだが、その頃には詩をめぐる事柄が、一種の学問として学ばれる対象になっていたと考えられる。鄭谷は散佚した『国風正訣《こくふうせいけつ》』という著作で、恐らくは先人の詩句が暗に示す政治上の事柄を説いたが（『唐才子伝《とうさいしでん》』巻九）、それは詩格に類する文献だったようだ。

文学思潮の媒体となる有力な様式が、多分に創作の手引きとなる形を取って、唐代から宋代までの間に確立した事実は、作詩や作文を学習の対象と捉える意識が知識人に広く共有されたことと大きく関わるだろう。古典中国の知識人にとって教養の一環だった作詩・作文（この間の事情には第五章第三節の

「士」に「文学」が欠かせない理由」で言及）の習得が、社会情勢の変化に伴い従来よりも多くの者に開放（ないし要求）され、また学習者の増加に際して様々な知識が詩格のような形式で整理された時代――それが唐より宋にかけての時期であった。後には詩の本質などと共に形式・種類や作詩の技法に関する知識を指すようになる「詩学」という言葉が、唐の最末期に現れたことは、その一つの象徴といえる。この「社会情勢の変化」は簡単には概括できないが、さして誇るべき家門を持たない者の官界への進出は、特に重要な事象といえる。学問と旧来の家格を兼ね備える、貴族と目される人々に対抗する必要もあって、彼らは詩文に関しても修練を重ねていく。唐代ではなお限定的だった変化の潮流は、宋代には（唐代後半の戦乱で貴族が完全に没落したためもあって）大きく勢いを増し、文学に関わる人間の数も増加する。

新聞や雑誌で文芸批評を目にしても、現代人の大多数は、自ら創作の筆を執ることはない。これと異なって、前近代中国では、作詩・作文は（建前の上で）知識人であることの前提とされてきた。文学をめぐる言説が多く技法論に属する事柄を扱うのは、読む者と書く者が一致するこの状況下では、自然な趨勢だった。言い換えると技法を完全に無視した文学論など、書き手でもある知識人に見向きされようがなかったのである。まして、宋代には文学にまつわる有益な情報を求める、新たな知識人が数を増しつつあった。このような中で、本章で扱った諸種の媒体が形成されていく。

それらが技法論としての側面を多分に持つことは、必然の流れだったといえる。殊に詩格は今日でこそ同時代の文学思潮を探る材料とも見なされているが、本来は作詩の指南書として著されたものだろう。これに次いでは評点が、また他の様式にしても技法に関わる記述を多く含む。もとより六種の様式が、文学理論を現代から見ても明晰に語るとは、到底いえそうもない。ただし、これらを用いた論著が唐や宋より後、絶えず作られ、理論や批評に関して重要な地位を占めてきたことは疑いようもなく、我々はむしろそこに古典中国の文学思潮が持つ特徴を見出すべきなのではないか。すなわち実作に密着して、どう書くかという課題から遂に離れなかった――前近代中国の文学理論が技法論を一本の主柱としてきたことをよく示す点でも、選集以下の様式が発達した事実が持つ意味は極めて大きいといえる。

第五章　文学論の占める位置

第一節　創作と批評・理論

文学批評の前提として、詩歌や文章などの実作が欠かせないことは、言うまでもあるまい。文学理論の方も、批評との関係が密接な古典中国においては、作品から完全に遊離した形では存在し難い。それでは、文学作品に対する批評の位置を、前近代中国の書き手自身はどう考えていたのだろうか。後漢末・三国時代の曹植は楊脩、字《あざな》は徳祖への書簡でこう述べる。

実作の才能と批評・理論

そもそも南威《なんい》（春秋時代の美女）の容姿があって、初めて美麗を論じることができ、龍泉《りゅうせん》（古代の名剣）の鋭利があって、初めて切れ味を説くことができます。劉季緒《りゅうきしょ》は才能が書き手に及びませんが、好んで文章について咎めだて、善し悪しを数えたてています。むかし田巴《でんは》（戦国時代の弁舌家）は稷下《しょっか》（戦国時代の斉で学者が集った土地）で五帝を悪く言い、三王を責め（五帝・三王は古代の聖天子）、五覇（春秋時代の覇者）をそしり、たちまち千人を恐れいらせましたが、魯仲連《ろちゅうれん》（戦国時代の節義の士）が一たび話すと、（田巴は論破され）死ぬまで口を閉ざしました。劉君の弁論は、田氏に敵わないので、

（彼を黙らせる）今の魯仲連は、それを探すことも難しくはなく、（劉季緒に批評を）止めさせられないことがありましょうか。（『文選』巻四十二「与楊徳祖書」）

この「楊徳祖に与《あた》うる書」で、曹植は劉季緒（本名は劉脩《りゅうしゅう》）が「書き手」（原文「作者」）に「才」が及ばないのに、「文章」（原文のまま。文学全般を指す）を批判すると記している。実は、同じ手紙のここに引いた箇所の少し前で、彼は「世の人々の著したもので、欠点がないということはありえません。私は日頃から人が私の書いたものを批判することを喜んでおり、よくない箇所があれば、ただちに改めています」とも述べる（第一章第三節の「文学自覚の時代」参照）。したがって曹植は文学への批評を否定したわけではなく、むしろ歓迎するほどであった。彼が好まないのは、実作の能力がないのに、文学をあれこれ論じることと思しい。なお、この書簡は、後漢の最末期、建安《けんあん》二十一年（二一六）に書かれている。

もとより批評を専門とする人々は、どの分野・文化圏でも、早い時代には存在しなかったと思われる。ある水準以上で詩や文章を作れない者は、文学を批評すべきでないという議論は、今日ではかかる時代に特有の言説とも感じられる。ただ現代の日本でも、新聞・雑誌での短歌・俳句の投稿欄で選者を務めるのは歌人・俳人として相応の名を持つ人々であることが多いし、小説を対象とする文学賞の選考に当たるのもやはり小説家（当該の文学賞を受けた経験を持つ作家を含む）というのが通例である。つまり実作の能力を備えてこそ、初めて本格的に文学を論じることができるという観念は、現代人に対しても相当な力を及ぼしているといえるのではないか。古典中国でも、そういった状況が長く続いた。文学から離

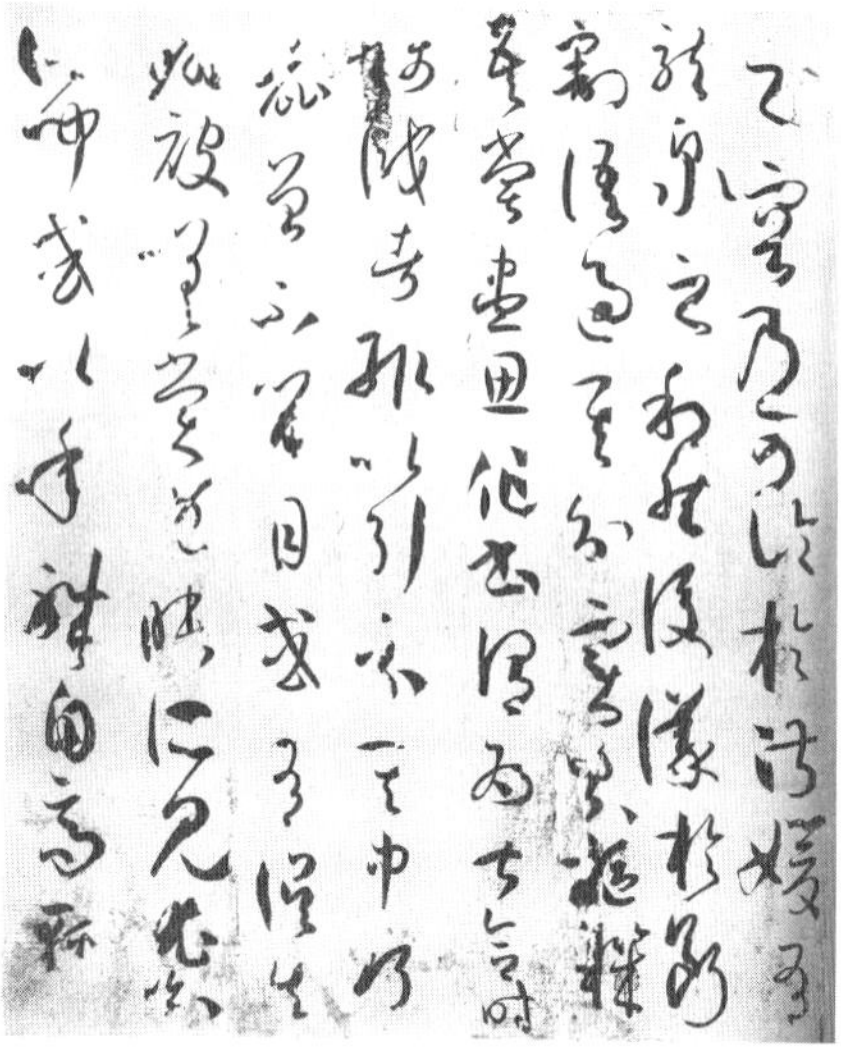
図７　孫過庭直筆の『書譜』

れるが、唐代の書家として知られる孫過庭《そんかてい》（七世紀後半）による文章の一段を引いておく。

聞くところでは、「そもそも家に南威《なんい》のような美女がいて、初めて美麗を論じることができ、龍泉《りゅうせん》のような鋭利な剣があって、初めて切れ味を説くことができます」と。言葉が分に過ぎれば、肝心な点が駄目に（なって恥をかくことに）なる。（孫過庭『書譜《しょふ》』巻下）

孫過論の書論である『書譜』には、作者の直筆と称される七世紀末（六八七年）の写本が伝わる。「言葉が」云々（原文「語過其分、実累枢機」）と訳した箇所がやや分かりにくいので、孫過庭の見解をにわかには把握し難い。ただ、「言葉」（「語」）とは芸術（ここでは書法）に関わる批評・議論の言説を、そして原文のままとした「分」が評者・論者の実力を指すことは間違いないだろう。先に挙げた『文選』に収められる曹植の「楊徳祖に与うる書」と少し異同はあるが、同じ手紙を引いていることから考えても、自身の「才」に見合わない評論を孫過庭が批判していることは疑いえない。

本章の主題は、文学批評や理論が古典中国の知識人にとって、どのような位置を占めたかを考えることにある。この問題を論じるに当たって、実作の「才」を欠く者の批評は当てにならないという考え方が存在し、また力を持っていたことを押さえておきたい。専業の批評家が存在する現代ですら、そのような風潮がある以上、前近代においてそれはなおさらだといえよう。

実作と理論・批評の不均衡

もし実作に秀でた者のみが、批評や理論でも、優れた力を示すならば、事柄は誠に単純である。現に文学批評・理論を主題とし、後世への影響も大きい「典論論文」や「文賦」を著した後漢末の曹丕、西晋の陸機（第一章第三節の「文学自覚の時代」）は、詩文の書き手としても時代に抜きん出ていた。ところが、実作の才を持ち合わせた者だけが批評や理論でも重要な役割を果たすという想念を、現実はいとも簡単に裏切ってしまう。八世紀末、並びに十三世紀・十四世紀の交代期における言説を見ておこう。

また鍾嶸は詩人ではないのだから、（彼の詩評を）無闇に取り沙汰して後人の耳目を塞いだりしてよいものか。（『詩式』巻二「池塘生春草、明月照積雪」）

（既存の詩話に見える記述を主題ごとに摘録した南宋の『詩人玉屑《ぎょくせつ》』に引用される）厳滄浪、姜白石《きょうはくせき》の詩評は明確だが、自身が作る詩はあまりよくない。総て作る詩があまりよくなくて、好んで詩を評する者は、（その批評が）是非相半ばするので、後学の者は（これを）知っておかなければならないのである。（『桐江集《とうこうしゅう》』巻七「詩人玉屑攷《こう》」）

唐の皎然と南宋から元にかけての方回《ほうかい》（一二二七～一三〇七）が遺した言葉を、それぞれ挙げた。前者は僧侶にして詩人と批評家を兼ね、第四章第四節の「詩格の特徴と「死法」への批判」で、その著書『詩式』に言及した。後者も詩歌の実作と批評で、業績を伝える。

鍾嶸は第二章で取り上げた『詩品』の作者だが、皎然によれば「詩人」（原文のまま）ではないのだから、彼の詩歌批評を「無闇に取り沙汰」すべきではないという。詩の作り手として実績を持つ者に特有の自負が、皎然にこのような言葉を発せしめたと思われる。これに対して、方回は厳羽（厳滄浪）と同じく南宋の姜夔《きょうき》（一一五五?～一二二一?）、号は白石道人に言及する。厳羽には『滄浪詩話』、姜夔にはやはり詩話の『白石道人詩説』がある。『滄浪詩話』には、第三章第二節の「夫れ詩には別材有り」で触れたが、『白石道人詩説』などと共に、その議論は早くから注目を集めていた。しかし、方回にいわせれば、「作る詩があまりよくな」い者による批評は、「是非相半ばするので」、読者には注意が求められる。

つまるところ、詩作が凡庸な者の詩歌への批評は手放しでは信頼できないと、皎然及び方回は考えていたといえる。姜夔の場合、実作に限れば、詩よりも詞《ツー》や書法の方が、よく知られる。それはともかく、鍾嶸や厳羽の詩作に対する評価は、必ずしも公平を欠くとはいえない。すなわち厳羽の詩は一五〇首弱が現存するが、彼が生きた十三世紀前半までに千首単位の詩歌を遺す者も少なからず出ているし、内容を考え合わせても、質量共に平凡な実績と目される。また鍾嶸に至っては、『詩品』において漢代から同時代までの詩人を時に筆鋒鋭く批評しながら、今日には自身の詩をただの一首も伝えていないのである。実作が貧弱なためか、その著作に対する批判は、唐代、それも皎然より早い時期に現れている。

近い時代では劉勰の『文心雕龍』、鍾嶸の『詩評』など、（文学に関わる）様々な議論が群がり起こり、声高な言説が止まない。（その有り様は美女の）西隣に住む宋玉《そうぎょく》（戦国時代・楚の辞賦の作り手）に恥じる（ほどの才能の）者が、無駄に（東隣の女性の美しい）カワセミのような眉を論じ、南方に産する金《きん》（のような才子）に及ばない者が、やたらに（宋玉による）蓬髪の巧みな描写を語る（といった具合だ）。十のうち五しか身につけていないのに、それで（立派な者と）肩を並べたといい、一を聞いて（十とはいかず）二を知る程度で、やはり勝手な説をなす。（『文苑英華』巻七百「南陽公集序《なんようこうしゅうじょ》」）

この文章を著した盧照隣は唐代初期（七世紀）の著名な詩人で、杜甫の論詩詩にも取り上げられたことは、既に述べた（第四章第五節）。宋玉ほどの才能もないのに、彼が作品（『文選』巻十九「登徒子《とうとし》好色賦」）で描いた美女などについて評することが、ここでは批判される。そういった「様々な議論」、「声高な言説」（原文では「異議」、「高談」）の例に挙げられたのが、『文心雕龍』と『詩品』（「詩評」は同書の別名）だった。実は鍾嶸と同様、劉勰の詩篇も今に残っていない。文章についても、仏教に関わる論説・碑文計二篇のみが伝わる。古くは文集が流布したが（『梁書《りょうじょ》』巻五十「文学伝」下）、八世紀以降その痕跡は見られず、早々に散佚したらしい。そもそも『文心雕龍』自体が駢文を主とした雄編であって（第二章第三節の「「文学自覚の時代」が行きついた場所」）、当時を代表する美文なのだが、そのことはさほど意識されない。しかも古文（第三章第一節の「古えの道」）が古典中国での散文の主流を占めて以降は、文章としてもそう評価されなかった。

前近代中国に類例の乏しい総合的な文学理論書『文心雕龍』、現存する最も古い詩歌批評の専門書『詩品』、両書より遥かに時代は下るが、詩話には稀な体系性を持つ『滄浪詩話』、これらはいずれも実作での成果が貧しい人物の手に成る。第四章の末尾で述べたが、古典中国において、文学理論や批評の媒体は、技法論の形を取ることが少なくない。本節で見てきた、作詩・作文の技量を有してこそ、文学を論じられるという考え方は、そういった状況の下で自然に生じたものであろう。それにも関わらず、『文心雕龍』と『詩品』のような著作が比較的早い時期、遅くても六世紀の初頭に登場したのである。

『文心雕龍』や『詩品』は相応の読者を得ながら、十全に価値を認められるには、実に二十世紀の到来を待つ必要があった。そこには、作者が実作に成果を遺さないという事情も、やはり関わっていたようだ。それゆえにこそ、盧照隣や皎然もこれらに見える言説の価値に疑義を呈したのだろう。だが、わざわざ批評の俎上に載せた事実は、かえって実作の才を欠く（と彼らは考えた）が理論・批評には優れた者の存在が広く認められていたことを示すのではないか。ただ、この後も古典中国の全期間を通して、創作の能力を欠いては批評など覚束ないという見解が完全に後を絶つことはなかった。こういった通念が一定の力を持った事実は、創作と理論がなお分化しなかった、前近代の実情を反映していよう。

第二節　文学批評・理論と図書分類

独立した分類の登場以前

古典中国において、創作と理論が別個の営為だと見なされることは、遂になかった。ただ実作とは異なる領域が文学の中に存在することは、比較的早い時期から意識されていたらしい。図書分類の高度な発達は、中国の文化を特徴づける事象の一つである（第一章第二節の「発憤著書」）。書物が学術の状況を反映するならば、書籍目録にある分類が設けられることは、その領域の存在が認められたことを示すであろう。本節では書籍目録（書目）での分類を通して、文学理論・批評が前近代中国でどう認識されていたかについて考えたい。

「文学自覚の時代」（第一章第三節）を経て、理論や批評をめぐる言説が盛んに生まれた後、まとまった形で残る最も古い書目が、『隋書《ずいしょ》』「経籍志《けいせきし》」である。なお、これ以前の書目としては、やはり「発憤著書」の項で触れた『漢書』「芸文志《げいもんし》」が、ただ一つだけ伝わる。『隋書』は隋代の歴史を記す史書であり、隋に続く王朝である唐の国家事業として編纂され、正史の一つに位置づけられる。さて正史の中の「志」とは礼楽・制度などの部門史に当たるが、『隋書』の他の部分が貞観《じょうがん》十四年（六四〇）に成ったのより遅れて、顕慶《けんけい》元年（六五六）に完成した。詳しくいえば、「志」の部分には、隋に限らずそれに先立つ南北朝後期などの史実も記される。中でも「経籍志」は隋の朝廷に所蔵され、唐に引き継がれた書籍の記録であり、書目の形を取る。具体的には書名・巻数・作者の情報と若干の注記、各種分類の意義・

沿革を説く文章及び全体の序から成る。所蔵する書籍の目録という性格上、截然と時代が区切れず、「経籍志」には古代から営々と編まれてきた書物二千種以上の情報が記される。

「経籍志」は四巻の紙幅を持ち、『隋書』の巻三十二から巻三十五までを占める。今日、文学書と目される書物の情報は、巻三十五に見える。その部分の全体を、「集部《しゅうぶ》」と称する。

集部の中は、より細かく三つに分かたれ、各々は「楚辞」・「別集」・「総集」と呼ばれる。「楚辞」に『楚辞』（「発憤著書」参照）やそれに関連する書物が分類されることは言うまでもない。「総集」が選集にほぼ等しく、概ね複数名の文学作品を選び取ったアンソロジーであることは、既に述べた（第四章第二節の「選集から知る文学観」）。これらに対して、「別集」には個人の詩集・文集が置かれる。つまり全て実作を対象とする分類で、もっぱら理論や批評の文献を置く場所は存在しない。

しからば、『文心雕龍』や『詩品』は『隋書』「経籍志」のどこに位置するのか。実は両書を初めとして、それ以外はほとんど散佚した南北朝時代以前の文学理論・批評に関する書籍の名は、「総集」の各所に散在して見られる。「総集」の末尾に置かれ、その意義・沿革を説く文章にも「いま（総集を時代の）前後で並べ、解釈・評論を併せて、この篇に一括する」とある。「解釈」と「評論」は原文のとおりだが、前者は選集に付された注釈、後者は『文心雕龍』などの理論書・批評書を指すのであろう。これらは『楚辞』と直接には関わらず、さりとて別集というわけでもない。もちろん選集でもないが、複数名の作品を批評し、また同類の書物も少ないため、独立させず、便宜的に「総集」へ入れられたらしい。

時代は下って、今度は唐代の事跡を記す歴史書が、五代と総称される時代の後晋《こうしん》（九三六～九四六）

という王朝の下で編纂される。開運二年（九四五）に完成した『旧唐書《くとうじょ》』がそれであり、同書の巻四十六・巻四十七にやはり「経籍志」が立てられる。ただし、これは唐の開元九年（七一一）に成った宮中の蔵書目録に基づいて同時代に作られた『古今書録《ここんしょろく》』と題する書目を簡略化したに過ぎず、記される書籍の情報は、八世紀前半までのそれに止まる。いま『旧唐書』巻四十七の「集録」（『隋書』「経籍志」の「集部」に相当）という箇所を見ると、こちらも「楚詞類」（「詞」は「辞」に等しい）・「別集類」・「総集類」に三分される。『文心雕龍』などの理論書は、「総集類」のそこかしこに置かれている（『詩品』は見えない）。

『隋書』「経籍志」は「総集」に文学理論や批評に関わる書籍を分類するが、そこでは詩や文章を共に採録する選集を最初に置き、ある文体に特化したアンソロジーをその後に置く形が取られる。そして『文心雕龍』は複数の文体を扱う選集の後に、『詩品』は詩（特殊な技巧を用いた作品を除く）のみを選んだ文献の後に配列される。このことは、『旧唐書』「経籍志」にも共通し、『文心雕龍』は詩文を併せ収めるアンソロジーの後に見える（原型で散佚した『古今書録』もそうだったのだろう）。したがって、これらの書目を編んだ人々は、『文心雕龍』などを選集の付録として処理したと思われる。このように、文学に含まれるが、実作と異なる営みを何と名づけるかなお定まらない、もしくは定める必要を認められない状況が、書籍分類の世界では続いていた。次項では、そこに変化が起こった様子を見てみる。

「文史」の登場

『旧唐書』「経籍志」の原型となった、八世紀前半の『古今書録』に文学理論や批評に関わる書籍を専門に収める分類が立てられていなかったであろうことは、前項で見たとおりである。ただし、同じ時期にもっぱらそのような書物を収める分類を設けた書目も現れていた。南宋末期と元の前期を生きた歴史家の馬端臨《ばたんりん》（一二五四〜一三二三）が歴代の制度を述べた著書（一三一七年に成立）に、次のような文章を挙げている。これは、『三朝《さんちょう》国史』と題する北宋前期の事跡を記す歴史書（散佚）の「芸文志」と呼ばれる箇所から引用された。

> 晋の李充《りじゅう》が初めて『翰林論《かんりんろん》』を著した。梁の劉勰は『文心雕龍』を著し、文章の様式について述べた。また鍾嶸は『詩評』（『詩品』）を著し、それから後に（文学の）概略を語る者が多くなった。例を挙げて歴史叙述の方法を述べ、体裁・分類を示すことについては、やはりそれぞれ知られた専門家がいる。過去の書籍目録では、（この種の書籍は）雑家《ざっか》や総集（の分類）に散在するが、しかしいずれもなお妥当でない。ただ呉兢《ごきょう》の『西斎《せいさい》書目』には文史《ぶんし》の分類があり、いまその名を用いてこれらを（文史という分類に）配列する（『文献通考《つこう》』巻二四八「経籍考」七十五）

李充（三世紀後半〜四世紀前半）は東晋の人で、その『翰林論』は文学批評・理論を扱う早期の専門書だが、散佚して今は見られない。彼の編んだ選集に付された批評の言葉が、書籍として単行したと考えられる。『翰林論』など文学をめぐって著された、もしくは歴史の叙述法を扱う書籍は、雑家（ここでは随筆など種々雑多な事柄を記す文献を指す）、または総集と目されるのを常としたが、『西斎書目』と題する目録には専門の分類があったという。

『西斎書目』は、唐代前期の著名な歴史家の呉兢（六七〇頃〜七四九）が自身の蔵書について編んだ書目である（既に散佚）。そこに彼は、「文史」という分類を設けた。『古今書録』（『旧唐書』「経籍志」の原型）が文学理論や批評を主題とする書籍を置く分類を持たないのに対して、同時期の『西斎書目』はそれを配する場所を作ったわけであり、『三朝国史』（一〇三〇年に完成）の一部である「芸文志」も、それに倣って文史の分類を設けることになる。文学の中でも実作ではない領域が書籍分類に位置を占める端緒は、ここに開かれた。

もっとも、「文史」という分類は、後の書目に一貫して見られるわけではない。確かに、『三朝国史』より少し遅れる『崇文総目《すうぶんそうもく》』という北宋の宮廷が所蔵した書籍の目録（一〇四一年に成立）には、「文史類」が存在する。しかし、それに対して唐代の事跡を扱う歴史書『新唐書《しんとうじょ》』（一〇六〇年に完成）のうち、唐の政府が有した書籍のリストである「芸文志」（『新唐書』の巻五十七以下の四巻を占める）では巻六十の冒頭で、「集録」（『隋書』「経籍志」の集部に相当）を「楚辞類」・「別集類」・「総集類」に分かつと記し、「文史類」に触れない。『三朝国史』と同じく、『崇文総目』と『新唐書』は共に北宋の朝廷による編纂物であり、欧陽脩（第三章第二節の「殆ど窮する者にして後工み也」などで言及）が双方の編纂に大きな役割を果たしている。こういった共通点にも関わらず、両者の構成には差が生じており、「文史」は十一世紀後半の時点で書目の分類に完全には定着していなかったと分かる。

ただし『新唐書』「芸文志」には、「文史類」への意識も見出せる。「集録」の冒頭では「文史類」の名を出さないのだが、「総集類」に入る書名などを列挙した後に、こうあるからだ。

総て「文史類」四家、四部、十八巻（「劉子玄《りゅうしげん》」以下は［この数に］含まず、二十二家、二十三部、一七九巻）。

李充『翰林論』三巻　劉勰『文心雕龍』十巻　顔竣《がんしゅん》『詩例録』二巻　鍾嶸『詩評』三巻　劉子玄『史通』二十巻　……　李嗣真《りししん》『詩品』一巻　元兢『宋約《そうやく》詩格』一巻　王昌齢『詩格』二巻　昼公《ちゅうこう》『詩式』五巻　『詩評』三巻（僧皎然）　……　元兢『古今詩人秀句』二巻　李洞《りとう》『集賈島句図《しゅうかとうくず》』一巻　張仲素《ちょうちゅうそ》『賦枢《ふすう》』三巻　……　孫郃《そんこう》『文格』二巻

右「総集類」七十五家、九十九部、四二二三巻。……（「文史類」の四家四部と）併せて七十九家、一〇七部。

最後の「右」以下には、「総集類」に属する書籍について作者、点数（各々「家」、「部」という量詞を用いる）、巻数の合計が記される。実際のリストとこの総括との間に「文史類」が挟まれる形を取っており、「李充『翰林論』三巻」から「孫郃『文格』二巻」までがそれに当たる。この「四家、四部」と「総集類」の「七十五家、九十九部」とを併せた結果が、最後の数字ということになる（「一〇七」は「一〇三」の誤りか）。つまり『新唐書』「芸文志」の編者（欧陽脩も執筆に関わっていた可能性が高い）は、独立した形での「文史類」は立てなかったが、「総集類」の一部として、それを設けたわけである。だからこそ、「文史類」と「総集類」の書物を著した者の数、書籍の点数、巻数を合算して示したと考えられる。

さて、その冒頭に置かれた李充の『翰林論』には、本項で先に触れた。顔竣（?～四五九）は顔延之（第二章第二節の「『詩品』の批評法」で名を挙げた）の息子だが、彼の『詩例録』はわずかだが断片を伝える『翰林論』と違って、完全に散佚し、内容を知り難い。同書を含めて、鍾嶸『詩評』（『詩品』）までが東晋・南朝の文献であり、唐以後の書籍とは別に、「四家、四部、十八巻」という数字が示される。

この後に唐の劉知幾《りゅうちき》（六六一～七二一）、字《あざな》は子玄の『史通』のみを挙げて、他は省略したが、歴史叙述法を論じた書籍五点が並ぶ。『史通』は史学批評・理論を扱う最古の専門書であり、他の四点は散佚したが、やはり同じ領域に関係する著作だと推測される。李嗣真（?～六九六）の『詩品』も現存しないが、鍾嶸による同名の著書から考えて、詩人・詩歌を品評した文献だったのだろう。以下、元兢（思敬）、王昌齢、皎然（字を清昼《せいちゅう》というため、昼公とも称される）による詩格及び秀句集が挙げられる。彼らについては、第四章第三節の「摘句と秀句集」、同第四節の「詩格の特徴と「死法」への批判」で言及した。同じく第三節の「摘句の限界」で触れたが、句図は優れた詩句の列挙から成る。李洞（?～八九七）は、晩唐の賈島（七七九～八四三）と他の詩人による秀句各五十聯（一聯は二句）を集めた句図を編んだ（『唐才子伝』巻九）。李嗣真の『詩品』から李洞の『集賈島句図』までは、詩を主題とする。

張仲素（?～八一九）の『賦枢』、孫郃（九世紀～十世紀）の『文格』は、それぞれ辞賦、文章の批評・指南書、所謂「賦格」、「文格」と考えられる。両書を含め、ここに挙がる唐代の文学批評・理論を主題とする書籍は多く散佚し、その実情は窺い難い。しかし詩（賦・文）格、秀句集、句図など、様々な形式がそこで用いられていたことは確かである。また対象とする文体も、詩歌・辞賦・散文の各種にわたる。このように多様な文献が既に存在したことが、「総集類」の一部としてではあれ、『新唐書』「芸文志」が「文史類」という分類を設けた理由の一つであろう。そして、それは唐代に文学への批評が盛んになっていたことを意味すると共に、書目に「文史」が定着することを予想させるものでもあった。

学術の領域としての定着

北宋の後期、『新唐書』「芸文志」にも関わっていたのであろう欧陽脩は官を退いた（一〇七二）後、詩話という形式を創始する。また、南宋では詩文の評点が盛行する。これら第四章第六節や第七節で扱った様式が現れ、文学批評や理論に関する書籍は、さらに数を増し、書目に「文史」と称する分類を置くことも一般的となる。この「文史」の「文」が（文学全体を意味する）文章に由来することは当然だが、「史」の方は何によるのか。「文史」の呼称については、次のような定義がある。

> 文史というのは、文人の良否を評論するものである。『通志《つうし》』の「叙論」（総序）は史書を批評し、『韻語陽秋《いんごようしゅう》』は詩を批評し、『芸苑雌黄《げいえんしこう》』は思想・歴史・文学の諸書の誤りを兼ねてそれらをいずれも批評する。（『文献通考』巻二四八「経籍考」七十五に引く『中興国史』「芸文志」）

前項にも挙げた『文献通考』が引用する、南宋の歴史書『中興国史』（一一五七年に成る）に含まれる「芸文志」の一節を掲げた。文中に見られる『韻語陽秋』、『芸苑雌黄』はいずれも十二世紀の詩話である。その一方で、『通志』は南宋の鄭樵《ていしょう》（第三章第二節の「「載道」説」で言及）が編んだ同時期の文献で、一般には歴史書と目される。それが詩話と共に「文史」として論じられるのは、同書が全体の序に当たる「総序」などで過去の史書を批評し、史論を展開するからである。

　前項で一部を示した『新唐書』「芸文志」の「文史類」に「劉子玄『史通』」とあったことを思い起こされたい。そこでも述べたが劉知幾（子玄）の『史通』は、歴史叙述法を論じた書籍である。歴史学について、中国は長い伝統を持つ。だが、史学批評・理論を主題とする専門書の出現は、唐代の『史通』（七一〇年に成立）を待たねばならない。『文心雕龍』から影響を受けていることもあってか、『史通』はまず文学批評や理論に関わる書物と同じ分類に置かれることになった。文学書に属するが実作ではない『文心雕龍』などと、史学を扱うが歴史書ではない『史通』、人々は最初、得体の知れない書物として、これらの登場に戸惑ったのではないか。その上で詩文は当然として、歴史の叙述も言語表現だと両者に共通性を見出し、「文」と「史」を結合させた概念で両者を一括した――「文史」という分類、そして名称が生まれた過程は、大雑把にはこうだったのではあるまいか。

　文学・史学両分野の批評・理論に関わる書物が一つの分類に同居する、この状況にやがて変化が生じる。そもそも中国の伝統的な図書分類では、文学書を収める「集」の他に儒教の経典など、歴史関係の文献、儒教以外の思想書や技術・趣味に関わる書籍をそれぞれ配する「経」、「史」、「子」と称する場を設けることを常とした。史学批評・理論の専門書を「集」の「文史」に入れる書目があると同時に、「史」

の方に置く目録も存在していた。とりわけ南宋の晁公武《ちょうこうぶ》（十二世紀）という人物の個人蔵書目録『郡斎読書志《ぐんさいどくしょし》』は「史類」の下部に「史評」という分類を設け、そこに『史通』などを置き、「集類」の「文史」とは区別する姿勢を示した。詩文と歴史の双方で批評・理論を主題とする書物が増加したためもあってか、「史評」と「文史」に当たる分類を置く書目が一般的となる。伝統的な分類法による書目の決定版ともいうべき清代の『四庫全書総目提要』（第三章第五節の「義理・考拠・詞章」で言及）は、「史評」を設けると共に、「文史」の名称を「詩文評」（十六世紀末に先例がある）と改めている。

『四庫全書総目提要』（一七八一年に初稿が完成）は書籍を相応しい場所に配するだけではなく、分類ごとに沿革・意義を説く文章を付す。「詩文評類」の場合、同書巻一九五「集部」四十八に見える文章では、そこに属する書物をより細かく五つに区分し、各自の代表として、『文心雕龍』、『詩品』、『詩式』、『本事詩《ほんじし》』、『六一詩話』などを挙げる。このうち『本事詩』は、著名な詩歌（主に唐詩）が作られた際の事情や関連するエピソードを記す文献で、唐代後期（九世紀）の孟棨《もうけい》（孟啓ともいう）という人物の手に成る。要するに、『四庫全書総目提要』は文学批評に関わる書籍を総合的な文学論、（格付けを伴うような）作家論、詩格（などの作詩・作文指南書）、逸話集、詩話（辞賦・散文を対象とした賦話・文話を含む）に区分したといえる。ともかく「総集」の中に散在した時期から、「文史」を経て、「詩文」を「評」するという本質を突いた呼称を得て、古典中国で文学批評・理論が図書分類、ひいては学術の上で確たる位置を占めるまで、実に長い期間が必要であった（本節の記述は多く周勛初二〇〇〇に拠る）。

第三節　「文学」の位置

「士」における「文学」

ここまで本章では、実作の能力を欠く者の文学論が批判される一方、批評や理論が学術上の意義を認められていたことを述べてきた。その際に図書分類という視点を用いたのは、個々の事象と異なって、それが学術の状況を総括する意味を持つからである。ただ「文史」といい、「詩文評」といっても、両者は分類上の用語なのであり、日常的に用いられていた言葉というわけではない。これは現代でも使用される「批評」にしても同様で、白話小説などはともかく、この言葉が詩歌・文章に関して積極的に用いられたことは、古典中国においてそう多くない。「理論」や「評論」についても、事態は等しかった。

文学を論じ、文学者や作品を評価している自覚はあっても、それらを「批評」や「理論」などと概括する意識は、前近代中国の知識人に乏しかったと考えられる。そもそも、我々の考える「文学」と彼らがどこまで重なる概念を持っていたか、これを疑う必要があるだろう。

今日、Literature の訳語とされる「文学」は、徳行・政事（政治）・言語（弁論）と並ぶ徳目の一つであり、学問（古典学）を原義としたことは、第一章第一節の「「文学」以前」で既に述べた。確かに、前近代にも「文学」が現代のそれと似通う意味を表すことはあったが、その場合は「文章」、時に「文」と呼ばれる方が、より普遍的だった。ここで注意すべきは、文学が『論語』では徳行・政事・言語と併称されていた事実だろう。このことはいずれかの分野に力を注げばよいというわけではなく、知識人たる者はこれらの全てにおいて相応に能力を示すべきだという方向で、後世まで一般に捉えられていく。

もとより、これは建前であって、資質や機会の点から各分野で力を発揮することは、現実には容易ではなかった。そこで仮に順位を定めるならば、徳行や政事が優先され、文学は概して後回しとされる。知識人、古代にも存在した言葉でいえば、「士」、「士人《しじん》」、「士大夫《したいふ》」と称される人々が秀でた人格をもって、統治者の役割を担うという理想は、ここに由来する。前漢後期（前一世紀）に儒教が社会の統一原理となって後、この状況は概ね変化しなかった。

例えば、前節の「学術の領域としての定着」で触れた伝統的な図書分類を思い返されたい。経（儒学）・史（史学）・子（儒学以外の思想など）と集（文学）という順序が重要性の度合いを必ずしも反映するわけではなかろうが、経から集に至る序列は、一貫して変わらない。この優先順位における低位置は、元来が学問の一部だったLiteratureとしての文学に人々が没入することを抑える結果をもたらした。

本書ではここまで文学者、詩人、文章家、作家といった言葉を前近代人の肩書として度々使用してきた。実のところ、これは便宜的な処置であって、文学者（現代中国語では「文学家」）という呼称は、一般には近代の産物と考えられる。文学者に比べれば詩人は古典中国の文献でも頻用されてきたし、文章家や作家も頻度は落ちるが、そこに用例を求めることは難しくない。しかし、例えば李白や杜甫を「詩人」の一語で規定することが、厳密にいうと、不適切に思われるのは、詩を含む「文学」が知識人の備えるべき素養の一部に止まるからである。二人もやはり「士」を自任していたはずであり、全人格を「詩人」と表現されることを望んではいなかった。韓愈（第三章第一節の「古えの道」参照）などについても、事柄は等しい。李白・杜甫が遂に得られなかった栄達を韓愈は成し遂げ、特に晩年には朝廷で高位に至る。それにも関わらず、彼が唐の「高官」ではなく、「詩人・文章家」と呼ばれるのは、政治上の実績よりも詩文の方が傑出するためだが、本人が知れば不本意に感じるであろう。

> 辞賦は小さな道で、もともと大義を宣揚し、後世にそれを明らかにするに足るものではありません。むかし揚子雲《ようしうん》は前漢の戟《ほこ》を持つ臣下でしかありませんでしたが、それでも大の男は（賦を）作らないと述べました。私は徳が足りないとはいえ、諸侯の地位にあって、やはり力を国家のために尽くし、民草を裨益して、世に永く伝わる業績、金石に記される手柄を立てたいと願っております。どうして空しく文筆を手柄として、辞賦を君子の務めとしましょうか。（「楊徳祖に与《あた》うる書」）

本章の冒頭にも掲げた曹植の同じ書簡から、末尾に近い箇所を挙げた。恐らくは意見を請うため、曹植はこの手紙と共に自作の賦を楊脩に送ろうとしていた。その文脈で、揚雄（字《あざな》は子雲）の言葉が引用される。第一章第二節の「発憤著書」で触れたが、揚雄は辞賦の作り手として知られながら、後年にはここに引かれた賦の作成を否定する言葉を自著に書き記した（『揚子法言』「吾子」）。曹植はそれを引用した上で、「戟を持つ臣下」（皇帝の側に仕える郎《ろう》という官職を指す）に過ぎない揚雄でさえも辞賦を作らなくなったのだから、諸侯の地位を持つ自分は（政治上の）功業を立てることに努めるつもりだと記す。

文学を語りながら、その価値を軽んじるかのような言葉を加える。文学は「士」に課せられた務めの一つでしかないという通念がこのような言葉を発せしめたことは、想像に難くない。古典中国において、こういった記述はそれこそ枚挙にいとまがない。道徳や政治から独立しえない、今日と異なる「文学」の在り方を、我々はそこに読み取るべきなのであろう。

「士」に「文学」が欠かせない理由

「士」に備わる側面として優先されるべきは、統治者としてのそれだった。早々に諦観、あるいは出家などした少数の例を除いて、本書で名を挙げた文学に関わる人々も、多く官界での立身を目指した経験を共有する。語弊のある言い方となるが、全人格を文学に投入する、また文学を生業にするなどと言揚げしたような者は、古典中国に出ることはなかった。

ただし、文学作品で対価を得る者が存在しなかったというわけではない。例えば韓愈の、恐らく最晩年（八二〇年代前半）に、彼の元から金《きん》数斤（一斤は約六六〇グラム）を持ち去った劉叉《りゅうさ》という人物は、「これは墓の中の人に諛《へつら》って得たものだ」（奪っても構わない）とうそぶいたと伝えられる。唐の詩人李商隠《りしょういん》（八一二頃～八五八）が「斉魯二生《せいろにせい》・劉叉」（『唐文粋《とうぶんすい》』巻一〇〇）と題する文章に記すこの逸話は、「諛墓之文《ゆぼのぶん》」（故人を過剰に褒めたたえる墓誌銘）の執筆で、韓愈が相当な謝礼を得ていたことを示唆する。

また、第一節の「実作と理論・批評の不均衡」に登場した方回にも、以下の話柄が伝わる。

すなわち方回にある「市井の庶民が詩の序文を求めた折の謝礼は五銭だったが、きっと銭を得ようとして懐に入れ、その後で取り留めもなく数語を記した。市井の者はその言葉がいい加減なのを見て、喜ばず、そこで序を返して、銭を求めたが、（方回は返却すまいと）ほとんど拳を揮うほどで」あった（周密《しゅうみつ》『癸辛雑識《きしんざっしき》』別集上「方回」）。わずか五銭（銅銭五枚）でも取りこもうとする方回の貪欲は、やや信じ難いとも思われる。同時代人の周密（一二三二〜一二九八）は、南宋・元の両王朝に仕えた方回の無節操を嫌っていたらしく、ここに挙げた記述には、作為を疑う向きもある。ただ、その真偽は措いて、金銭で文章の執筆を請け負う事態は大いにありえたものと思われる。

しかし、売文に励んで相応な収入を得ることが珍しくなかったにせよ、それが非難めいた筆致で記されることを見逃してはなるまい。統治者（官僚）としての俸禄か、不動産などの財産による収益以外に、生計を営む手段は、（建前の上で）「士」には認められていなかった。

経済の発展で社会に余裕が生じ、また印刷・出版が普及すると、韓愈や方回のような著名人ではなくても、文筆で生計を立てうる者も現れるようになった。とりわけ明代・清代においては、例えば詩文の選集・指南書、評点（第四章第二節、第四節及び第七節を参照されたい）を著して報酬を得る、あるいは作詩・作文の能力を身に付けたい、伸ばしたい人々を指導して謝礼を受ける者も、確かに存在した。しかし「士」の本分は、やはり任用試験などを経て仕官することにあるのであって、文学を含む諸芸術は、公的には収入の手段とはならない。どこの文化圏でも、古くは同様だったろうが、中国の場合はこのような枠組みが二十世紀の初めまで強固な力を発揮し、職業的な文学者は、観念の上で遂に現れなかった。

「士」の素養としての位置づけが高くはなく、公然と収入を得る手段とはならない中で、人々はなぜ作詩や作文に手を染めたのだろうか。心中に留め難い思いを吐露する、自己表現の手段といえば、あるいはそれまでかもしれない。ただし、そこには前近代に特有の事情もあった。九世紀末か十世紀に成立したらしい『芝田録《しでんろく》』という散佚した逸話集から、別の文献が引いたその断片の大意を挙げておく。

唐代後期の盧鈞《ろきん》（七七八〜八六四）という官僚が地方で刺史《しし》（州の長官）を務めていた折、ある士が引き立てや庇護を請うて自作の文十篇を彼に贈った。盧鈞がそれらを見たところ、みな自身の旧作だった。自作と言い張る士に自らの作品だと明かしたところ、士は名前の付されていない文を自分が作ったと称していたことを白状し、立ち去ろうとした。盧鈞は「私が著したものだが、人には見せていないので、君がこのままお持ちになればよい」と言い、引き留めて手厚く遇した。立ち去るに際して、行先を問うと、士は親戚だと言って地方の高官の名を挙げた。盧鈞がその高官は「私の親族だが、君ともし親戚ということだと、私と君は身内であるはず、その言葉もやはりでたらめしい」と答えると、士は恐れおののき、いたたまれないようだった。盧鈞は言った、「そのようになるには及ばない。私の昔の駄文と親族と、併せて君に進呈しよう」。（『類説《るいせつ》』巻十一）

官僚の任用試験、科挙は、時代で変化はあるが、答案として規格に適う文章・詩歌が作れるかが、合否を大きく左右した。この意味で唐代以降の士は、官界での栄達を望む限り、作文・作詩の習練を廃せなかった。さらに科挙そのものを離れても、詩文の作成は不可欠の素養となっていた。

ここに掲げた逸話の中で、「士」は自作と称する「文十篇」（実は盧鈞が著した未公表の作品）を手土産として、盧鈞に近づこうとした。彼は詐称の罪を咎められず、歓待されるが、立ち去る際に今度は有力者を自らの親族と述べて、それが盧鈞の縁者だったため、再び恥をかく。興味深いのは、こういった詩文の呈上が、他の資料からも多く見出され、唐代には常態化していたことである。

つまり上は科挙の受験から、下は詐欺まがいの行為に至るまで、作詩・作文の能力は、自らが「士」であることを示す前提になっていたといえる。詩歌や文章の応酬も盛んに行われていた時代に、それらを作れなければ、「士」としての交際もままならない。いま無作為に古典中国の詩文集をひもといて、社交のために著された詩文が全く見られない例が、そうあろうとは思えない。そのようなわけで、建前としての優先順位は低いが、文字で思いを表すことが「士」に欠かせない営みと認識されたため、意欲の有無を問わず、人々は「文学」に関わらざるをえなかったのである。かくして皆が備えるべき素養とされる以上、観念の上でプロフェッショナルとしての「文学者」は、やはりそこには存在しない。

詩や文章の作成を専業とする者がいないことは、「文学」の在り方を大いに規定する条件だといえよう。ただ本書において、より重要なことは、職業的な「文学者」がいない社会に、「文学」に関する「批評」や「理論」を専門と称する者、これまで用いた言葉でいえば「批評家」や「理論家」は現れるはずもないという事実である。このことは、古典中国の文学思潮を考える上で、極めて重要な意味を有する。

第四節　批評の可能性

批評・理解への疑念

実作の能力に見合わない批評を否定する言説は、第一節で既に見た。これに加えて、専業の「文学者」が存在しない、言い換えると「士」ならば誰しもが「文学者」でなければならないという状況下で、「批評」などにますます専門性は認められなくなる。好んで「批評」を事とする者への不信の表明は、古典中国の文献にしばしば見出せる。第一節の「実作の才能と批評・理論」で引いた『書譜』巻下の一段には、続けてこう記される。

私は考えを凝らして書をものし、極めて意に適うできだと思ったことがあった。折から目利きと呼ばれる者に会う度に、それを出して見せたが、（彼らは）その中のできのよい箇所には全く目を留めず、失敗した箇所がある場合、逆に嘆賞された。（彼らは）見る目を欠いており、結局は耳にした言葉でこうと納得している。ある者は年齢や地位を笠に着て、軽々しく（人の書を）けなしつける。私がそこで作品に色絹で表装を施し、それに古い書だと表題を加えると、お偉方は様子を改め、無知な輩は尻馬に乗り、競って些細な美点を褒め、筆法の誤りを論じる者はいなくなった。

作者自身の意に反して書が褒められたり、けなされたりすることは目利き（原文は「識者」）との見解の相違とも見なせよう。しかし、古人の作品を装った場合は、「批評」の態度が変わるという言葉には、実作者の「目利き」に対するぬぐい去り難い不信感が窺われるようだ。これは書法の事例だが、例えば詩歌についても、同様の見方――結局は作者の知名度のような外的な要素が力を及ぼすなどして、純粋な「批評」は容易になされない――は存在するし、それは近現代においても同様である。

「現代の名家と思われる俳人の作品を一句ずつ選び、それに無名あるいは半無名の人々の句を五つまぜ、いずれも作者名が消してある」十五句を示し、「数人のインテリにこれを示して意見をもとめた」後、「大家の作品だと知らなければ」「誰もこれを理解しようとする忍耐心が出ないのではなかろうか」と称したフランス文学者の桑原武夫（一九〇四～一九八八）による試み（桑原武夫一九八〇）、一級とされる英詩の書き手とそれよりは劣るとされる人物の作品十三篇を作者の名を伏せて分析させると、ケンブリッジ大学で英文学を専攻する学生らが多く名声の落ちる者の詩をより評価したというイギリスの文芸批評家I・A・リチャーズ（一八九三～一九七九）の実験（リチャーズ二〇〇八）などは、その一端を示そう（両者の問題提起は各々一九四六年、一九二九年のことである）。

なるほど、俳句のような短詩形文学ならば、短さゆえに素人の書いた作品と知られる点が露わになりにくいかとも思われる。ただし、批評という行為への疑いは、このように作者の名を勘案して詩歌や文章を評価しているという卑近なレベルにのみ止まるわけではない。そもそも古人の作品を遥か後世の人間はどこまで理解できるのか、そういった深刻な問いも提起されている。次にその言葉を引く二人の人物は、共に清代の末年を活動の時期としており、文学で一定の名声を得た。

私は「無題」詩を作ってある親友に見せ、指し示すものを推し量らせたことがあるが、結局（親友にとってその詩には）捉え所がなかった。そもそも同じ時代の人、至って親しい友であっても、やはり（作り手の）考えのあるところを知ることができないのに、（作り手から）千年の後でも、想像をめぐらせ推断すれば、古人の思いを捉えられるというのは、ごまかしなのではあるまいか。（朱克敬《しゅこくけい》『瞑庵雑識《めいあんざっしき》』巻二）

そもそも同時代の人には、（作品に関わる）事実の跡形はまだ分からなくなったわけではないのに、やはり（作者の）意図するところは推量し難いのだから、ましてや（作者の）千年・百年以上（後）となっては（推し量りようもない）。（謝章鋌《しゃしょうてい》『賭棋山荘詞話《ときさんそうしわ》』続編巻一）

中国の古典詩は、和歌や俳句と異なって、表題を持つことを常とする。時にタイトルが失われた「失題」詩や作者が敢えて命名しなかった「無題」詩も見られるが、それらは例外である。一概にはいえないが、題名が作詩の背景に関わる事情を示す例は数多い。そこで朱克敬（?～一八九〇）が故意に表題を欠く詩を作ったところ、彼の親友は詩の趣旨を理解できなかったという。

実は、引用した箇所の直前で、朱克敬は『詩経』に言及する。したがって、彼が考える「千年の後」だと理解し難い作品とは、深奥な意義を持つ（とされた）『詩経』に収められる詩を、まず指している。つまり、文学作品全般が後世に至って、読解が難しくなると述べているわけではない。次に引いた謝章鋌（一八二〇～一九〇三）の文章も、詞話に見える記述だから、詞《ツー》（第三章第三節の「新しい文体とその理論化」

参照）を主たる対象とする。ただ詩や文章の全体に一般化されているのではないにせよ、文学作品を読むことの困難、古人の意を捉える可能性への相当に悲観的な見方が、これらに示されていることは確かであろう。こういった見解は、前漢の儒者董仲舒《とうちゅうじょ》（前二世紀）が自著『春秋繁露《しゅんじゅうはんろ》』（現存する同書は原型のままではないともいうが、現行本も五・六世紀までに成立）に記したという言葉と軌を一にする。

いわく、聞くところでは『詩』にこれと決まった解釈はなく、『易』にこれと決まった占い（の見立て）はなく、『春秋』にこれと決まった記述法はなく、事情に応じて義に従い、おしなべて人（の道）に基づくのである。（『春秋繁露』「精華」）

ここでの『詩』と『易』は、各々『詩経』、『易経』を指す。次いで董仲舒は、両書と同じく経書に列せられる『春秋』（春秋時代の年代記）に言及する。『春秋』には、孔子が編纂者だという言い伝えがある。そこで、孔子による毀誉褒貶の意が同書の一字一句に託されているという前提の下、漢代の学者は記述法の規則性を見出そうとした。ただ、（前提が牽強付会だから当然だが）そうして見出された記述の法則に適合しない事例は少なくない。これに関して董仲舒は「『春秋』にこれと決まった記述法はな」い（原文「春秋無達辞」）と述べ、それに類似する例として「詩無達詁、易無達占」と述べたわけである。

この「詩に達詁《たっこ》無し」の一句は、時代が下ると、『詩経』のみならず詩歌一般、また言語表現が、場合によってはいかようにも解釈できるという意味で捉えられていく。芸術に多義性は付き物であろうし、言語表現におけるその意義は否定されるべきではない。しかし解釈の無原則な多様化は、文学を鑑賞・享受する段階ではともかく、批評の上では妨げと受け取られても、やむを得まい。古典中国の知識人も文学作品の十全な批評・理解は本当に可能かという疑念を抱いていたわけであり、本項で挙げたような言説はその事実を象徴すると思しい。

「作詩」と「評詩」

だが、「批評」の意義を説く言説も、やはり数多い。三たび、孫過庭の言葉を見てみよう。

そもそも蔡邕《さいよう》が（音楽の）鑑賞を誤らず、孫陽《そんよう》が無闇とウマに目を向けなかったのは、（彼らの）奥深い鑑識が本質を見通し、耳目（のような感覚）に囚われなかったからである。もし（桐の木がはじける）かまどでの妙なる音が、並の耳にもすばらしい響きだと気づかれ、馬屋でうなだれる名馬を、普通の目で群を抜いたウマだと分かるならば、伯喈《はくかい》も称えるに値せず、王良《おうりょう》・伯楽《はくらく》も尊ばれるものではないのである。（『書譜』巻下）

蔡邕（一三二～一九二）、字《あざな》は伯喈、は後漢末期の文化人で、学問・文学・書法の他、音楽にも並外れた能力を示した。孫陽は後に見える王良と共に、ウマの鑑定で名を馳せる古代の伝説的な人物だが、いま人の能力を引き出す名手を「伯楽」と呼ぶのは、彼の別名に因む。ここで孫過庭は、彼らならば凡庸な音楽やウマにも耳目を惑わされないといいたいようだ。蔡邕にはかまどで焼かれた桐のはぜる音を聞いて、それがよい琴の材料になると知ったとの逸話が伝わる（『芸文類聚《げいもんるいじゅう》』巻四十四に引く『捜神記《そうしんき》』）。

もちろん、かかる「奥深い鑑識」（原文「玄鑑」）の力が、容易に得られるはずもない。だが前項で見たように、誰の手に成るかで作品を評価していると「目利き」を批判していた孫過庭が、実は「批評」という行為を否定したわけではないことは、ここから読み取れる。彼が疑念を呈したのは、作者の名によって左右される、あるいは「言葉が」評者の「分に過ぎ」（本章第一節の「実作の才能と批評・理論」での引用を参照）た「批評」であった。むしろ、そのような「批評」を快く思わなかったからこそ、孫過庭は彼のいう「奥深い鑑識」によって実作が正しく評価されること――多分にそれは理想論だろうが――を切望していたのかもしれない。これは書法における事例だが、文学に関しても、類似の言説は少なくない。宋や元に至って、「批評」が持つ独自の困難に目を向け、その価値を唱える記述が現れる。

詩を作ることは確かに難しいが、詩を評することもやはり容易くはない。酸味　塩味で（人ごとに）好みは異なるし、（それは）涇水《けいすい》・渭水《いすい》（という川）は（現陝西省で合流するのに前者は濁り、後者は澄んでおり）流れ（の様子）が違う（のと同じだ）。軽薄な者は媚びた感じを喜び、英邁な者は引き締まった力強さを喜び、物静かな人は、奥深く微妙なことを尊ぶ。果てはあでやかにして派手で骨っぽさがもはやない作品を、時に（批評の）俎上に載せることもあるが、（それは詩に関する）識者の真っ当な議論ではないのである。（陳俊卿《ちんしゅんけい》「碧渓《きょうけい》詩話序」）

そもそも詩を作ることは難しいが詩を読むことはとりわけ難しく、孔子の筆が（詩に）筆削を加え（て『詩経』にまとめ）た以外は、他者が（よいと思う詩を）選んだところで作り手の思いは稀にしか分かっていない。（『詩経』に収める各篇の前書きである）「詩序」（第一章第一節の「「詩言志」説」で言及）でも（作品の趣意を捉えていないという）批判を免れないのだから、それらより下のものときたら（作者の思いを捉えている例はごく少ない）。（劉克荘《りゅうこくそう》『後村《こうそん》先生大全集』巻九十八「虞徳求《ぐとくきゅう》詩序」）

詩を作ることは難しいが、詩を評することはとりわけ難しいものだ。きっと純粋な見識を備えた上でこれを評すれば（評価は）正しく、きっと正大な気を整えた上でこれを評すれば公平になる。（舒岳祥《じょがくしょう》『閬風集《ろうふうしゅう》』巻十「兪宜民《ゆぎみん》詩序」）

詩を作るのは難しいが、詩を選ぶのはとりわけ難しい。（王義山《おうぎざん》『稼村類藁《かそんるいこう》』巻十「乾坤清気詩選跋《けんこんせいきしせんばつ》」）

「詩を作る」、「詩を評する」、「詩を読む」、「詩を選ぶ」と訳した箇所は、それぞれ原文では「作詩」、「評詩」、「観詩」、「選詩」と記される。『䂬渓詩話』は南宋の黄徹《こうてつ》（十二世紀）が著した詩話だが、ここでは陳俊卿（一一一三〜一一八六）という人物が同書に付した序文を挙げた。彼の考えでは、「評詩」の難しさは、評者の嗜好によって基準が異なる点にある。引用に続く箇所をも参照すると、「あでやかにして派手で骨っぽさがもはやない作品」（原文は「嫣然華媚無復体骨者」）が「識者の真っ当な議論」（原文は「君子之政論」）にそぐわないのは、『詩経』の精神に適わないからだと分かる。そのことは措くとして、陳俊卿が「評詩」に「作詩」と同等以上の困難を認めたことは、注目に値しよう。

続いて、南宋後期に詩・文章・詞《ツー》、詩論の各分野で活躍した劉克荘（一一八七～一二六九）の言葉を引用した。彼は詩を読み、ひいては作者の思いを理解することの困難を強調するが、その中で「観詩」が「作詩」より難しいかのような口吻を漏らす。この見解は、次に挙げた舒岳祥（一二一九～一二九八）の言説にも共通する。南宋から元にかけて生き、詩に優れた彼は「作詩」より「評詩」が難しいこと、及び正しい評価を下すための前提に言及する。

最後にその一文を掲げた王義山（一二一四～一二八七）は、舒岳祥の同時代人である。選集を編むために「選詩」することは「作詩」と同等以上に難しいと、彼は述べたいようだ。

文学作品の批評が難しく、その前提となる基準を確立すべきことは、早くは『文心雕龍』「知音」でも説かれていた（第二章第一節の「『文心雕龍』後半部の概略」）。さらに南宋や元まで下ると、「作詩」より難しいと、詩を評し、読み、選ぶことの意義を強調する言説がいくつも現れた背景には、何があったのか。一つには文学思潮の媒体となる様式が宋代には出そろい（第四章、特に第八節を参照されたい）、「文史」という専門の分類が書目で一般化するほどに、それらを用いた書籍の増加したこと（本章第二節で論じた）が考えられる。先に挙げた記述の中でも、陳俊卿と王義山の文章は各々詩話と選集の序であるから、「評詩」や「選詩」の意味を説くことは当然だった。こういった文献の盛行が批評などの、実作ではないが文学に関わる営みの重要性を述べる、いわば「自己主張」を誘発したものであろう。

批評の前提ともなる作品、特に古い詩などを理解することは可能かという問いが提起された事実は、前項で見たとおりである。ただ、そのような疑問が文学を論じる媒体（例えば『賭棋山房詞話』）に見えた点には注意しておきたい。読むことの不可能性が想起されながら、文学を理解することへの希望は決して否定されない。そういった希望の根底には、ある古人の言葉が存在したように考えられる。

孟子は「偏頗なことだ、高叟《こうそう》の詩への捉え方は」と言い、また「自分の考えで（詩の）思いを推し量れば（詩が分かったことになる）」と言い、「彼ら（古人）の詩を吟ずれば、彼らの人となりを知って、彼らの時代を論じることになる」と言いました。この三つの言葉は、遠い昔から詩を選ぶ者の拠り所です。（譚元春《たんげんしゅん》『譚友夏合集《たんゆうかがっしゅう》』巻六「奏記蔡清憲公《そうきさいせいけんこう》」其四）

譚元春（一五八六～一六三七）は古文辞を批判して、明代末期に興った竟陵派（第三章第四節の「真詩」で名を挙げた）の指導者として知られる。その彼が蔡復一《さいふくいつ》（一五七六～一六二五）、諡《おくりな》は清憲から詩集の草稿を受領した際の書簡より、一節を引用した。最初の言葉は、『孟子』「告子《こくし》」下の一段に見える。高子《こうし》なる人物が『詩経』小雅「小弁《しょうはん》」は親を怨む詩だと言っていると聞いた孟子は、怨むかに見えるが実は異なる、高叟（「叟」は年長者を表す）の読み方は固陋だと述べたという。続く二つのフレーズは、第一章第二節の「「以意逆志」「知人論世」」でも取り上げた『孟子』の記述に基づく。

作り手が何者か、またどのような境遇にあったかをわきまえ（「知人論世」）、自分の考えで推し量れば（「以意逆志」）、詩に込められた思いは理解できる。この主張に従って果たして『詩経』の詩や他の言語表現を解釈できるのか、危うく思われることは、「「以意逆志」「知人論世」」の項でも述べた。しかし、古人の作品を読む行為に伴う不安を減らし、そこに意義を見出す上で、『孟子』の「以意逆志」及び「知人論世」という言葉が大きな力を与えてくれることも事実であろう。だからこそ、譚元春はこれらを「遠い昔から」善し悪しを決めて「詩を選ぶ者の拠り所」と述べたのである。

確かに詩文を主とする「文学」は、「士」の本分として、第二義的な位置を占めてきた。だが自己表現の手段にせよ、地位を得る手立てにせよ、社交の道具にせよ（これらから生じた、特に顕著な成果がいま一般に「文学」と見なされるわけだが）、「文学」が「士」の極めて重要な営為だったことにも、やはり疑う余地はない。「文学」の位置づけがこのように複雑である以上、その中心にあった創作に対して周縁に置かれた「批評」や「理論」をめぐる状況も、容易には捉え難い。

ただ、「士」が「文学」に力を注ぎ続けたことと同様に、「文学」を語る人々も時を追って増加した。本書のような小冊の中に、多種多様な文学論が見られることからも、その事実は窺えよう。そのような言説の中に、同時代における実作の質を高めようなどという具体的な意図をもって発せられた例がどれほどあったか、今日からは明らかにし難い。しかし、そういった議論の多くが、詩は、文章は、あるいは「文学」はかくあるべき、という内容を含むことは否定できない。曹植のように自身の詩文を「人が「批判することを喜んで」、「よくない箇所」を「ただちに改め」た人物が、三国時代に現れていた（第一節の「実作の才能と批評・理論」）ことを、我々は忘れてはなるまい。実作に比べて「批評」や「理論」が軽視される傾向は、確かに存在し続けた。だが創作を支える「技法論との関わり」（第四章第八節）を思えば、古典中国の文学に「批評」や「理論」が占めた位置は、極めて大きいと考えるべきだろう。

第六章　言葉による表現の可能性

第一節　言語表現の範囲

言は意を尽くさず

前章では、批評などが古典中国の知識人にとって、いかなる意味を持つかという、文学の枠組みに関わる問題を扱った。本章では、逆に文学作品を構成する最小の単位——言葉——に関わる言説を見てみたい。言葉と内容の関係を扱う際に、ほぼ必ず取り上げられる記述がある。

孔子は言った、「文字では言葉を書き尽くせないし、言葉では考えを言い尽くせない。それでは聖人の考えは、目にすることができないのだろうか」。（『易経』「繋辞上伝《けいじじょうでん》」）

原文で「書不尽言、言不尽意」とある箇所が、「文字では」以下の一文に当たる。ここでは「書」を文字、「言」を言葉と訳したが、各々書記言語（書き言葉）、口頭言語（話し言葉）とも呼べるだろう。前者は、後には文章など書かれたもの、また書物を指す語としても理解される。ともかく、この一節は「意」（考え）、「言」、「書」の順に内包されうる範囲が狭まることを述べる。そして古代の「聖人」が抱いた「意」は、「書」を通してしか後人は知りえないため、それは必然的に限られたものになってしまうのではないかとの懸念が示される。

「言」と「書」は大きく括れば同じ言語であるため、この孔子が言ったとされる二句に関する議論は、概ね「言」と「意」の関わりに集中して展開された。それらは、「言不尽《げんふじん》意《い》」を肯定する、つまり言葉では考えを表現しきれないという言説、そして「言尽意」、すなわち言葉で考えを表しうるという言説に多く集約される。言葉が考えを表現しきれるか否かをめぐる議論で大きな役割を果たした思想家といえば、まず王弼《おうひつ》（二二六〜二四九）に指を屈することになる（次節の「言・象・意」を見られたい）。彼が生きた三国の魏、続く西晋はその議論が盛んになった最初の時期であった。

「言」と「意」をめぐるこの哲学上の議論は、複雑な様相を呈する。だが文学思潮を考える上では、それにそう深入りすることはあるまい。遥か後世の、北宋の言説を、今は挙げておくに止めたい。

文字では言葉を書き尽くせないし、言葉では考えを言い尽くせない。しかし昔の聖賢の考えは、太古のことでも推し量って得られるものだが、（それは）言葉によらずして伝わるのだろうか。聖人の考えが存在する手立てが、文字ではないということがあろうか。文字は言葉の煩雑さを書き尽くせないが、その要所は書き尽くせるし、言葉は考えの隅々までを言い尽くせないが、その筋道は言い尽くせる。（だから）文字では言葉を書き尽くせないし、言葉では考えを言い尽くせないというのは、真理に達した議論ではないのである。（欧陽脩『欧陽文忠公集』巻一三〇「繫辞説」）

欧陽脩が宋代以降、古文が散文の王道を占める際に大きな役割を果たし、また詩話を創始したことは、既に述べたとおりである（第三章第二節の「殆ど窮する者にして後工み也」、第四章第六節の「詩話の登場と題材」）。その彼が、「言」（言葉）や「書」（文字、書物）には限界もあろうが、両者を離れては「昔の聖賢の考え」（原文「自古聖賢之意」）が伝わるはずもないと述べている。聖賢の考えに止まらず、欧陽脩自身の数多い業績を含めて、人類の知的な営みの成果が多く「書」の形で今日に伝わることは言うまでもない。言語表現としての文学も、例外ではありえない。言語の限界性は認めるが、それを措いては何物も表現しようがない――古典中国の文学論における言語観は、このような方向へと収束していく。

意を得て言を忘る

文学を主題として、伝達の媒体（言語）と伝達される内容との関わりを扱う議論は、長く盛んに続けられた。早い段階でのそれらは、いずれをどれだけ重んじるか（重んじないか）を争点とする。先の『易経』と同じく、ここでも常に引き合いに出される古典がある。

荃《せん》というのは魚を捕まえる道具だが、魚を手に入れれば荃のことは忘れてしまう。蹄《てい》というのはウサギを捕まえる道具だが、ウサギを手に入れれば蹄のことは忘れてしまう。言葉というのは考えを捉える道具だが、考えを把握すれば言葉のことは忘れてしまう。私はどうにかこの言葉を忘れた人と出会って、共に語り合いたいものだ。（『荘子』雑篇「外物《がいぶつ》」）

文中の「私」は、『荘子』を著したとされる荘子こと道家の思想家荘周《そうしゅう》（前四〜三世紀）の一人称と考えられる。ただし『荘子』のどこまでが荘周の手に成るかは不分明で、ここに挙げた箇所の成立時期も、よく分からない（遅くても前二世紀か）。この点は前項に引いた『易経』「繋辞伝」も同様で、孔子が編んだという古来の伝承は信じ難い（最終的な成立は前漢のことと考えられる）。

それはさておき、「筌」は「筌」（和語ではうえ、うけ）とも書くが、「蹄」がウサギを捕えるわなであるのに対して、魚を捕る際に用いる。魚やウサギを我が物にできれば、これらの道具を人々は気にかけない。「考えを把握すれば言葉のことは忘れてしまう」（原文「得意而忘言」）のもこれと同じことだと、荘子は言う。要するに、荘子の考える「言」は「意」の伝達手段でしかないと思われる。

「意を得て言を忘《わす》る」という一句、あるいはそれに基づく表現は、後世の文学論に極めて多く見られる。次に挙げる劉禹錫《りゅううしゃく》（七七二〜八四二）が記した言葉も、その流れの中に位置する。彼は韓愈や白居易（第三章第二節の「古えの道」、「諷喩・閑適と中隠」）と共に、中唐を代表する文学者の一人だが、同時代人の文集に付した序文でこう述べている。

詩というのは、文学の中でも奥深いものだ。主意が捉えられれば言葉は失われるもので、だから微細で作るのが難しい。境《きょう》は象外《しょうがい》に生じるもので、だから純粋で調和することは稀なのだ。（劉禹錫『劉賓客文集《りゅうひんかくぶんしゅう》』巻十七「董氏武陵集紀《とうしぶりょうしゅうき》」）

「主意が捉えられれば言葉は失われるもので」と訳した箇所の原文には、「義得而言喪」とある。「得意而忘言」という『荘子』の一句を意識することは、形の類似からも窺われる。注目すべきは、「義得《ぎえ》られて言喪《げんうしな》わ」る事態を「微細で作るのが難しい」(原文「微而難能」)と劉禹錫が形容することだろう。読者が詩の主意を把握できれば、言語は意識されなくなる、そういった在り方こそが作詩の理想だと彼は考えているらしい。これは明らかに、「得意而忘言」をよしとする言説の影響だといえる。

この種の議論は、古典中国では、散文と違って字数・押韻などの制限があり、委曲を尽くして作者の思いを述べ難い詩に関する記述に多く見られる。それというのは、わずかな詩句が複雑な情感を象徴するなど、言葉と内容が単純には対応しない事例が多いからである。ただ、今は劉禹錫の記述でも後半の方に目を向けたい。原文では「境生於象外、故精而寡和」とある箇所の、「境《きょう》」と「象外《しょうがい》」を原文のまとした(第三節の「象外の象」で言及)。言葉と内容を考える上で、「意」、「義」、「言」に加えて、これらも重要な意味を持つ。その分析のために、前項で引いた『易経』に立ち戻らねばならない。

第二節　象徴化と言語

言・象・意

第一節の「言は意を尽くさず」で引用した『易経』「繫辞上伝」には、「それでは聖人の考えは、目にすることができないのだろうか」とあった。ただし、孔子に仮託される「繫辞伝」の著者は、「聖人の考え」は理解できないと断じたわけではない。彼は、続けてこう述べる。

孔子は言った、「聖人は（易の）象を立てて思いを全て表し、卦《か》を作ってあらゆる（物事の）真偽を表し、辞《じ》を付してそれを説明し尽くした。変化に応じて物事をよい方向へ導き、人心を鼓舞して神秘な力を揮い尽くした」。

万物を陰と陽に分かつことは、古来、中国人による思惟の根幹であった。陰は⚋、陽は⚊という爻《こう》と称する図形で表される。爻を三つ重ねた象（図像）は八種類あるので、八卦《はっか》と呼ばれる。例えば全て陽（☰）ならば乾《けん》、陰（☷）ならば坤《こん》と名づけられる。八卦は世界の事物など——乾だと天、父、ウマ、南、坤だと地、母、ウシ、北——を象徴するとされる。ただ八卦だけでは、数多い事象を説明できないので、これらをさらに二つずつ重ねて六十四卦を構成する。六十四卦について卦の全体と爻（六つの爻で一つの卦を形作る）ごとに解説の言葉が付されており、それらを辞と呼ぶ。易（『易経』）は、こうして万象を説くという。

つまり、言葉では十全に示せない「聖人の考え」も象、卦という象徴の形で表現することが可能だと、「繫辞伝」の著者は述べたいわけである。彼の意図は、もちろん易（『易経』）の偉大さを宣揚することにある。『易経』の注釈者として名高い王弼は、象の意義を推し広げた人物でもある。「言は意を尽くさず」の項で述べたとおり、彼は「言」と「意」の関係を論じた思想家だが、次のような記述を伝える。

そもそも象というのは、意から現れるものである。言というのは、象を明らかにするものである。意を表し尽くすのに象ほどのものはなく、象を言い尽くすのに言ほどのものはない。言は象から生じるので、言を探って象を考えることができるし、象は意から生じるので、象を探って意を考えることができる。意は象で表し尽くせるし、象は言で明らかになる。だから言というのは象をはっきりさせる手立てであり、象を把握すれば言のことは忘れてしまうし、象というのは意に形を取らせる手立てであり、意を把握すれば象のことは忘れてしまう。蹄というのはウサギを捕まえる道具だが、ウサギを手に入れれば蹄のことは忘れてしまい、筌というのは魚を捕まえる道具だが、魚を手に入れれば筌のことは忘れてしまうようなものである。つまり言というのは、象の蹄であり、象というのは、意の筌である。そのため、言を（意識に）残していては、象を把握したことにはならないし、象を残していては、意を把握したことにはならないのである。象は意から生じるが、象を残していては、残っているものはその（意の）象などではないのであり、言は象から生じるが、言を残していては、残っているものはその（象の）言などではないのである。つまり象を忘れてこそ、意が把握されるのであり、言を忘れてこそ、象が把握されるのである。意を把握することは象を忘れることの中にあり、象を把握することは言を忘れることの中にある。だから象を立てて思いを全て表せば、象は忘れられなければならず、画《かく》（八卦）を重ねて（六十四卦として）情を全て表せば、画は忘れられなければならないのである。（王弼『周易略例』「明象《めいしょう》」）

「象」、「意」、「言」、「筌」、「蹄」、そして最後に見える「情」は原文のままとした。「言」に表現しきれない「意」が存在する点は、王弼にも異論はない。しかし、彼は最も「意」を表現しうるのは、「言」だと述べる。ただし、そこでは「言」と「意」の間に、「象」が媒介するという条件が必要とされる。「意」が『易経』でいう「卦」のような図式で「象」へと象徴化され、それを「言」で表現する。結果として、「意」のみが残り、「象」や「言」は人の意識から消え去ることになる、むしろ消し去ることが「意」を把握する行為といえる――王弼の考え方はこう理解できるが、ここに見られるのは「象」や「言」を「意」の媒体だと捉える思想である。『周易略例』は彼が『易経』に施した注釈の綱領を示した著述だが、その中で言葉が「筌」や「蹄」に擬えられる。この比喩に加えて、「意」を把握すれば、生き物を捕えた後のわなと同じく、「象」や「言」も忘れられるものだという論理も共通することから見て、王弼の発想は第一節の「意を得て言を忘る」で引いた『荘子』に多くを負うと分かる。

いったい、現行の『老子』第一章が「道可道、非常道。名可名、非常名」という一節で始まり、これを「道《みち》の道《い》う可《べ》きは、常《つね》の道に非《あら》ず。名《な》の名づく可きは、常の名に非ず」（これが道だといえるようなものは、不変の道ではなく、これが名称だと呼べるようなものは、不変の名称ではない）と伝統的に読むなど、言葉で表現できる事柄は恒常的ではないという考え方は、広く古典中国の文献に見られるところである（「道う」、「名づく」ではなく、「道とする」、「名とする」という解釈も有力）。このような傾向に着目してか、ドイツの社会学者M・ウェーバー（一八六四～一九二〇）は『儒教と道教』（一九二〇年）第五章第四節で中国にスコラ哲学が産まれなかった「その理由は中国哲学が、ともにヘレニズム的基盤の上にあった西洋と近東的オリエントとのようには、専門の論理学」「をやらなかったからであった」と述べる（ウェーバー一九七二）。彼の考える「論理学」はあくまでも西洋流のそれであって、（中国への理解の不足は措いても）その論断は一面的に過ぎる。ただし、中国の側にもかかる見解を誘発する要因、すなわち言語の伝達能力への根深い疑い、は確かに存在した。

そのような中で、『易経』の「象」を「意」と「言」の間に介在させた王弼の言説は、大きな意義を持つ。『荘子』を援用しながら、限界を認めても、「意」を表現するに当たって、言葉を超える媒体はないと、それは宣言したからである。言語表現としての文学に、これが及ぼした影響には、実に深いものがあった。項を改めて、南朝までの例を見るとしよう。

弁ぜんと欲して言を忘る

まず、陶淵明の連作に含まれる詩を挙げておく。ここに全体を引く一首は、「雑詩《ざっし》」と題して『文選』（第四章第二節の「選集から知る文学観」参照）の巻三十にも収められている。

結廬在人境、而無車馬喧。問君何能爾、心遠地自偏。採菊東籬下、悠然見南山。山気日夕佳、飛鳥相与還。此中有真意、欲弁已忘言。

廬《ろ》を結びて人境《じんきょう》に在《あ》り、而《しか》も車馬の喧《かまびす》しき無し。君に問う　何ぞ能《よ》く爾《しか》るやと、心遠《こころとお》ければ地《ち》自《おの》ずから偏《へん》なり。菊を採る　東籬《とうり》の下《もと》、悠然として南山《なんざん》を見る。山気《さんき》　日夕《にっせき》に佳《よ》く、飛鳥《ひちょう》　相与《あいとも》に還る。此中《ここ》に真意《しんい》有り、弁《べん》ぜんと欲《ほっ》して已《すで》に言を忘る。（人里にいおりを構えたが、それでも車馬の騒がしさはない。お尋ねするがなぜそうなのか、心を遥かな境地におけば土地も辺鄙になるということだ。東の垣根の辺りで菊を摘み、ゆったりと南山を見る。山の気配は夕暮れこそよく、空を行く鳥が連れ立って巣に帰る。ここにこそ真実の思いがある、語ろうとしながらはや言葉を忘れる）（『陶淵明集』巻三「飲酒」其五）

陶淵明が郷里（現江西省九江市）に退居した後の詩と考える説が正しければ、五世紀初めの作品ということになる。「南山」こと郷里の南にある廬山《ろざん》の姿を目にしつつ、山の気配、空行く鳥の様子に「真意」を感じたが、それを言い表そうとすれば、「言を忘」れてしまうと、この詩は締め括られる。ただ「忘言」という事態は、当然だが言葉で表現されており、「意」の媒体として「言」の意義を認める、一世紀半ほど遡る王弼の影響がここに見出せる。

図8　陶淵明

陶淵明は「言を忘」れる、つまり表現しないことで、「真意」の「真」なる所以を表した。やがて、「言」によってそれを超える「意」を漂わせることを求める文学論が現れる。鍾嶸は、『詩品』巻上の「序」（第二章第二節の「『詩品』の概略」参照）でこう述べる。

だから詩には三義《さんぎ》があり、一つ目は興《きょう》といい、二つ目は比といい、三つ目は賦という。言葉はもう終わったのに詩情は残っているのが、興である。物に事寄せて志を譬えるのが、比である。事柄をありのままに記すのが、賦である。

「三義」の「義」とは、原則を意味する。元来、『詩経』の「大序」（第一章第一節の「「詩言志」説」）には、「六義《りくぎ》」に関する説明が見える。これは『詩経』に収める詩歌の分類法をいうが、そこには二種類の基準による分類が併存する。一つは「風」（民間の歌謡）、「雅」（儀礼の歌）、「頌」（祭祀の歌）という詩の由来・用途に基づく分類で、もう一つがここに見られる「興」、「比」、「賦」という技法による分類である。

この中で「比」と「賦」には、漢代の学者も鍾嶸と同じような定義を下しており、それぞれ現代の用語だと直喩、直叙とも言い表せよう。ところが「興」は外物、具体的には自然の景物に託して詩の主題を展開する技法を指すことが、古くから一般的だった。対象は自然に限られるが、これは直喩（Simile）に対する隠喩（Metaphor）と理解できる。同時代の『文心雕龍』「比興」にも、そういった理解が見える（第二章第一節の「『文心雕龍』後半部の概略」）。その一方で、鍾嶸は「興」を「言葉がもう終わったのに詩情は残っている」（原文「文已尽而意有余」）ことだと述べる。伝統的な「興」への認識とは全く異なる考え方だが、ここでは言葉を意味する「文」が「尽きて」も、「詩情」と訳した「意」が残るというのは、詩の表層に示された内容を超えた余情・余韻がそこになお存在していることを指すのであろう。

なお鍾嶸は先の引用に続けて、「この三義を推し広げて、適切に斟酌しながらこれらを使い、生命力を根幹として、表現の彩りで潤色し、それを味わう者に無限の妙趣を感じさせ、それを聞く者に感動を覚えさせる、これが至高の詩である。もし比・興をひたすら使えば、意が沈み込む差し障りが生じ、意が沈み込めば文辞が立ち往生する。もし賦の形式だけを使えば、意が上滑りする差し障りが生じ、意が上滑りすると言葉は散漫になる。調子に乗って（三義の間を）流されていると、言葉が落ち着きを失い、まとまりがない繁多さという欠陥を表す」と述べる。彼が「生命力」（原文は「風力」）、「表現の彩り」（同じく「丹彩」）と併せて、「興」・「比」・「賦」を適宜取捨して詩を作るべきだと考えた点が見て取れよう。

ただし古来、これら三者は「賦」・「比」・「興」の順に並べることを通例とした。これに対して「興」を最初に挙げる点、またそれに新たな意味を持たせた点から考えて、鍾嶸が三種の技法のいずれを最も重んじたかは、ごく明白であろう。「意」を「言」では表現しきれないという伝統的な言語観をむしろ逆手にとって、詩文には言葉を超える余情・余韻が必要だとする文学観は、古典中国で大きな力を持つことになる。本来、象徴的な技法を用いる詩においてかかる傾向は特に著しく、この項で引いた『詩品』の記述はその先駆けと考えられる。

第三節　言葉を超えた存在

意象

「意」と（『詩品』巻上「序」では「文」と称していたが）「言」との関係を扱う哲学上の言説を文学論に

持ち込んだのは、鍾嶸のみというわけではない。同じ時期の劉勰も、それらに「象」を加えた三つの観念を用いた議論を遺している。『文心雕龍』後半部の最初の篇（第二章第一節の『文心雕龍』後半部の概略」を参照されたい）で、彼はこう述べている。

だから想像力は微妙であって、（人間の）精神は（外界の）事物と交感する。精神は胸中に宿って、意志がその鍵を握り、事物が感覚に触れる際に、文辞がその要の位置を占める。（文辞という）要の位置に滞りがなければ、事物の姿はくまなく現れ、（意志という）鍵が塞がろうとすれば、精神（の作用）はあらぬ方向に行ってしまう。したがって文章を構想するには、静謐さが大切なのだ。五臓をすすぎ、心を清め、学問を積んで（知性という）宝を貯え、理性に照らして才能を豊かにし、経験を尽くして見識を育て、それらに沿って言葉を練る。そうしてこそ自由闊達な書き手が、（相応しい）声律を求めて筆を下し、独創性に富む名匠が、意象《いしょう》を探って腕を揮うことになる。これこそ思うに文を作る方法の基本であり、創作の根本なのだ。（「神思」）

「想像力」と訳した箇所の原語は、「思理」である。「事物」（原文では「物」）を認識して構想をめぐらせるに際して、「意志」（同「志気」）と「文辞」（同「辞令」）が重い役割を果たすと劉勰は述べる。心身を清浄な状態に置き、様々に修養を果たして初めて、優れた創作が可能になるという、この記述に「意象」（原文のまま）という語彙が現れる点は見逃せない。事物や書き手の思いに何らかの形を取らせた象徴を言葉で定着させる営為を、劉勰は創作の要諦と捉えていた。そもそも「言尽意」などと主張しても、対象をそのまま言葉で表現することが可能とも思えないから、これ自体は至極当然ともいえよう。

しかし対象物を象徴化させ、それを把握することが創作の根幹だと、五・六世紀の交代期という早い時点で、明確に論じた事実は、古典中国の文学理論において大きな意味を持つ。表現の対象から生じたイメージを劉勰は「意象」と呼んだが、王弼以来の「意」を「象」で、さらに「言」で表現するという議論の伝統を踏まえたこの語彙は、後世の文学を初めとする各種の芸術論で頻用されることになる。またこれに関わる批評法も、早くから常用される。

第二章第二節の「『詩品』の批評法」に挙げた『詩品』の記述を見られたい。「青々とした松が低木から抜きん出て、白い玉が塵や砂に交じって輝く」（巻上「宋臨川太守謝霊運詩」）、「謝（霊運）の詩はハスの花が水から顔をのぞかせた風情、顔（延之）の詩は絵具を塗って金をちりばめた風情」（巻中「宋光禄大夫顔延之詩」）。前者は鍾嶸自身、後者は南朝・宋において詩作で知られた湯恵休の言葉であり、宋の謝霊運や顔延之の詩風を表現している。

詩風などの抽象性が高い事柄を他の事物・事象を用いたイメージで言い表すこのような手法を、『詩品』の批評法」の項では「意象批評」と呼んでおいた。端的には比喩を用いた批評法ということだが、その背景には本章の第二節から触れてきた意・象と言の関係をめぐる議論があったと考えるべきだろう。創作だけではなく、批評、ひいては文学理論の展開においても、これら三者の関わりやそこに含まれる「意象」という概念への注目は続いていく。

象外の象

前項で見たとおり、『文心雕龍』はあるべき創作の過程を「意象」を用いて説明した。唐代に入ると、第四章で言及した『詩格』（書名）が作詩に関わって同じ語彙を用いる。同書は「詩有三思《さんし》」（詩に三思有り）と題して、「思」（この場合は詩想）についてこういう。


一に「生思《せいし》」。（詩を作ろうとして）長らく細かに考えをめぐらせても、まだ（表現が）意象に適わない。（それで心身の）力が弱り知恵が尽きれば、精神を安らかに解き放つ。（こうすれば）心が鏡に映されたようになり、（詩想が）にわかに現れる。

二に「感思《かんし》」。過去の詩句を求めて味わい、昔の詩歌を吟詠すれば、（それらに）感じて詩想が現れる。

三に「取思《しゅし》」。象を探し求めて、心が境に入り、気持ちが（詩に詠われる）事物に一致すれば、心を通して（詩想を）捉えられる。（『吟窓雑録』巻四）

第四章第四節の「詩格の特徴と「死法」への批判」に記したが、『詩格』は唐の王昌齢が著したとされる詩格の一種で、『吟窓雑録』など後世の文献に引用された断片のみが伝わる。作者については仮託との説もあるが、空海の『文鏡秘府論』（同じ節の「作詩の手引き」を見られたい）にも引かれるので、八世紀の末には存在したと分かる。ここに掲げた文章では、疲労を覚えるほど構想に努めてもなお不充分であれば、かえって緊張を解きほぐした方が詩想を得られるという。同様の発想は、『文心雕龍』「養気」

（第二章第一節の『文心雕龍』後半部の概略」）にも見られる。

この「生思」と既存の詩を鑑賞して詩想を生じさせる「感思」を経て、最後の「取思」に言が及ぶ。「生思」、「取思」の説明にそれぞれ見える「意象」、「象」は原文のままとした。文学作品に著す思いや事物を「象」、あるいは「意象」としてイメージの形を取らせる手続きは、『詩格』が述べる内容も、前項で見た『文心雕龍』「神思」にいうそれと異ならない。なお「取思」の項では、「象」の追求と共に、「心が境に入」る（原文は「心入於境」）ことに触れられる。ここで、第一節の「意を得て言を忘る」に挙げた文章を思い返されたい。

主に九世紀を活動の時期とした劉禹錫は、その文章で、詩は「主意が捉えられれば言葉は失われるもの」と述べた後に、「境は象外に生じる」と続けていた。「境」は、唐代の文学論で新たに脚光を浴びた概念である。「象」が形を取る一方で、詩文に表現される世界が現実の外界の他に一種の境地として作者の意識に立ち現れる、それが一般に「境」と解される。

整理すると、「景」（風景・自然）、「物」（外界の事物）等は創作の契機となるが、人は「心」、「神」、「情」といった心的な作用でそこに起こった「意」を言葉（「言」、「文」）に定着させることになる。伝統的には、その際に「意」と「言」の間に「象」が置かれることになっていた。唐代に至って、劉禹錫もいうとおり、「象」の「外」、つまりそれとは別個に「境」という概念があると見なされ、「心」を「境」に置いてより世界を確実に認識する段階（『詩格』にいう「取思」）が、詩文を著す際に必要なども称される。

ただでさえ捉え難い「意」や「象」に、「境」の概念が加わり、古典中国の文学における言語観、創作論に観念的な言説が数を増すことになる。例えば唐代末期の詩人で、文学理論に関わる著述をも遺した司空図《しくうと》（八三七～九〇八）はその書簡でこう述べる（「司空」が姓）。

戴容州《たいようしゅう》はいった、「詩人の（描き出す）景は、「藍田《らんでん》に日が差して暖かくなると、美玉の（埋まっている）ところには陽炎が立ち上る」というようなもので、眺めやることはできても、すぐ目の前に置くことはできないのである」。象を超えた象、景を超えた景は、どうして簡単に論じることができようか。（『司空表聖《ひょうせい》文集』巻三「与極浦書」）

この「極浦《きょくほ》に与《あた》うる書」という表題に見える「極浦」は、汪極《おうきょく》という人物の字《あざな》と思しいが、確実なことは分からない。文中にいう「戴容州」は、唐中葉の詩人で容州（現広西チワン族自治区容県）の刺史（州の知事）を務めた戴叔倫《たいしゅくりん》（七三二～七八九）を指す。「藍田」は山の名（現陝西省藍田県）で玉の名産地だが、彼は美玉の埋まる場所に立つという陽炎で、詩に表現される景物（「景」は原文のまま）を比喩する。つまり、司空図はこれを引いて詩歌に描かれるべき景物・イメージとは、単純な風景の描写ではなく、容易には捉えられない「景を超えた景」、「象を超えた象」（原文は「景外之景」、「象外之象」）だと述べている。

引用に続けて、司空図はあらかじめテーマを決めて作ったり、事実を記録したりするような詩は例外だといっているが、彼が詩作に「象外之象」、「景外之景」が必要と考えていた点は動かせまい。それにしても「象を超えた象」、「景を超えた景」となると、「無知の知」などと同じく撞着語法にも思われる。

この種の表現を唱える詩論は、宋代により多くなる。

盛唐の詩人の特質は、（詩の味わいとしての）興趣にこそある。（それは）カモシカが（木に）角《つの》をかけると、（姿が隠れて）足跡も見つからない（ようなものだ）。したがってその絶妙な点は、透き通った煌めきで、捉え所もない。（それは）空間の音響、物の姿における色彩、水面の月、鏡に映る像のようなもので、言葉は終わっても詩情は限りなくたゆたう。（厳羽『滄浪詩話』「詩弁」）

第三章第二節の「夫れ詩には別材有り」で見た「詩とは、感情を詠いあげるものである」という一文の続きを挙げた。厳羽は唐詩、殊に盛唐の作品を詩歌の理想と見なす（同第四節の「古文辞とその波紋」）。それが持つ「興趣」（原文のとおり）を姿の見えない獣に譬えた後、幾つもの比喩が並べられる。光の煌めきは捉えられないし、音の響き、事物の彩り、あるいは原文でいう「水中之月」、「鏡中之象」が手に取れるわけもなく、そこには司空図のいう「象外之象」、「景外之景」に相通じるものがある。続く「言葉は終わっても詩情は限りなくたゆたう」と訳した箇所の原文は「言有尽而意無窮」だが、これは『詩品』巻上「序」にいう「文已尽而意有余」、すなわち「言葉はもう終わったのに詩情は残っている」（第二節の「弁ぜんと欲して言を忘る」）を踏まえているのではないか。また同じ南宋とはいえ、『滄浪詩話』よりやや早くに著された姜夔『白石道人詩説』（第五章第一節の「実作と理論・批評の不均衡」で言及）にも、「言葉は含蓄を尊ぶ。東坡《とうば》は言った、「「言有尽而意無窮」は、天下の至言である」」とある。「東坡」は詩文から詞《ツー》に至る文学、書画や学問で中国史上に巨大な足跡を残した文化人で、北宋の高官でもあった蘇軾（一〇三六〜一一〇一）の号である。現存する蘇軾の著述にこのフレーズは見えないが、姜夔や厳羽が生きた十三世紀の前半にはよく知られていたようだ。

したがって、「言葉は終わっても詩情は限りなくたゆたう」ことの重視は、厳羽の独創というわけではない。彼がここで詩に関わる創作論に果たした寄与は、対象物をイメージに化して文学作品に定着させること（前項で挙げた『文心雕龍』「神思」の一節を参照）と言葉を超えた余韻・余情、また含蓄を漂わせること（『詩品』巻上「序」）を結合させて論じた点にある。伝統的な言語観に基づくこの種の創作論は後世、大きな力を及ぼすことになった。

言葉の力

具体的には言い表せない何かがそこにあると感じさせ、また余韻・余情を連綿と漂わせる作品こそが、厳羽の考える盛唐の詩であり、詩人の目指すべき境地であった。作者、そして読者がそれを感得する過程が詩を作り、読むことだと捉える、かかる詩歌観に宗教上の悟りに近いものを感じられる向きもあるだろう。そもそも、厳羽自身が『滄浪詩話』でこう述べる。「だいたい禅の道は妙悟《みょうご》の中にこそあるが、詩の道もやはり妙悟の中にこそある」（「詩弁」）。

原文のままとした「妙悟」は、絶妙・精妙な悟りを指す。禅宗は宋代に隆盛を極めるが、言葉による教えではなく座禅などの修行で道を悟ろうとする点（とそれなのに著名な禅僧が多く語録に加えて、詩集を遺した点）で禅と厳羽の唱える詩歌とは親和性が高いといえる。彼の説を信奉し、朦朧とした詩をよしとする清の王士禛（第三章第五節の「神韻・格調・性霊」で言及）は、その文章で次のように述べる。

虞山《ぐざん》先生は「妙悟」の論を好まれなかったが、公《こう》の生涯での（詩論における）病弊は全くこのためであった。（『蚕尾続文集《さんびぞくぶんしゅう》』巻十九「跋厳滄浪吟巻」二）

「厳滄浪吟巻に跋《ばっ》す」と題して厳羽の詩集に書きつけたこの文章で、王士禛は明末清初の文壇での大家である銭謙益（第三章第四節の「真詩」で名を挙げた）を「虞山先生」（彼は現江蘇省常熟市の出身で、「虞山」は同地の地名）、「公」と呼ぶ。銭謙益は厳羽が主張した、詩には禅宗でいう悟りが必要だとする説を好まなかったといって、王士禛はそれを惜しむ。

確かに、銭謙益は厳羽を批判して「その「妙悟」などとうぬぼれているものは、やはり生噛りの知識でしかない」（『牧斎有学集《ぼくさいうがくしゅう》』巻十七「周元亮頼古堂合刻序《しゅうげんりょうらいこどうがっこくじょ》」）という記述を遺す。文学、とりわけ詩に言葉では表現し難い概念が関わる事実は大方の同意を得ていても、それを安易に悟道と関わらせることには、王士禛と銭謙益に見られるとおり、賛否の別があった。創作・鑑賞の場合もそうだが、文学批評や技法を論じる場合、この点は、往々にして問題となる。早くも、『文心雕龍』にこうある。

思考の埒外にある微細な趣きや、文章では表し尽くせない味わいとなると、言葉の及ぶところでは

> なく、筆も止まらざるをえない。（文章に）精通して初めてその妙趣を明らかにし、（文筆の）変化を知り尽くして初めてその多様さを悟ることができるのだ。伊尹《いいん》も料理の秘訣を説明できなかったし、輪扁《りんぺん》も斧の揮い方（の奥義）を語れなかった。まことに微妙なものだ。（「神思」）

前々項「意象」で引いた同じ篇に見える文章を挙げた。創作よりは、むしろ鑑賞・批評に関わって、文学に関わる言葉では表し難い概念が述べられている。「伊尹」は殷王朝創業期の名宰相だが、後に殷の王となる湯《とう》（前十七世紀頃）に最初は料理人として仕えたという。また「輪扁」は、『荘子』外篇「天道」に登場する車大工の名である。書物を読む王侯に、輪扁は自身の仕事だと、緩すぎずきつすぎずに車輪を削る術は手で知って心で会得するしかないので我が子にも教えられない、そのように言葉で伝えられないものは人と共に滅びるので、書物に記されることなどは古人の糟粕に過ぎない、と述べた。

文学論の領域では、早くに曹丕が「典論論文」で人が生来持つ「気」には差があるから、音楽でいう呼吸、間合いは「父や兄にそれが備わっていても、息子や弟に伝えられない」（文学もこれに等しい）と論じていた（第二章第三節の「既存の文学作品・文学論からの影響」参照）。また陸機（第一章第三節の「文学自覚の時代」で言及）も「文賦」（『文選』巻十七）で創作の機微を「輪扁が説明できなかったことであり、だからやはり飾りたてた言葉では詳しく言えない」と称した。言葉で捉え難い概念を言葉で説明する——文学批評やその蓄積から生じる理論には、創作・鑑賞と異なるこの難点がどこまでも付きまとう。しかし、それで前近代の中国人が文学を語ることを諦めたかといえば、答えは当然ながら、否である。

文学をめぐる多彩な言説が生み出された背景には、その不充分さは認めても、言葉の力への変わらぬ信頼があったと思われる。第一節の「言は意を尽くさず」に引いた「繫辞説」で、欧陽脩は続けてこう述べる。

私は「繫辞伝」は聖人が作ったものではないと考えるけれども、（そう述べた）当初は（周囲に）驚かれたものだが、私がこの論をなしてから今に至って二十五年で、段々と私の言葉がそうだと思われるようになったのである。

「繫辞伝」等がもと『易経』の中に存在しなかったという見解は、欧陽脩の持説であった。そう唱える要因は種々あったが、「言は意を尽くさず」と言葉の力を軽視するような言説が、聖人の編んだ経書に見えるわけがないというのも、一つの論拠だったらしい。言葉の力を信じる彼にとって、それが孔子の考え方だと甚だ不都合なのであり、そこで「繫辞伝」は聖人の手に成ったのではないと論じたようだ。これは経書の権威に逆らえないがゆえであるが、遥か昔より金科玉条と奉じられてきた経書の一部を聖人の編纂物ではないと唱えることは、言葉への信頼が篤ければこその大胆な主張ともいえる。

もちろん、おしなべて古典中国の知識人が、言葉について深く思索をめぐらせたわけではない。言葉で言い表せない何かがあるとしたり顔でいう者に、それはどのようなものかと尋ねたところで、多くは「曰く言い難い」などといった程度の返答しか寄越さなかっただろう。だが各時代に言葉の限界や可能性に注目した者がおり、彼らの分析の結果が文学を含む諸領域の思潮に反映したことも事実である。夙に、孟子（前四～三世紀）が次のように述べる。

（公孫丑《こうそんちゅう》が言った、）「強いてお尋ねしますが、浩然《こうぜん》の気《き》とはどのようなものですか」。（孟子）曰く「言い難いものである。その気というのは、この上なく大きく、この上なく強く、正しい道で（この気を）養い損なうことがなければ、天地の間にいっぱいに満ちる。……」。（『孟子』「公孫丑」上）

孟子が自分は浩然の気を養っていると言ったのに対して、弟子の公孫丑が発した質問とそれへの答えの一部を挙げた。「浩然の気」とは、天と地の間にある公明正大で根源的な力をいうのであろうか。弟子の問いに、孟子は「曰く言い難い」（原文は「曰難言」）と、「気」のような捉え所がないものを表現することの難しさを、まず吐露する。しかし、これに続けて（ここでは半分ほどしか引かなかったが）、彼は言葉を尽くして「浩然の気」を説明しようとする。現代の日本語では明言を避ける際に頻用される、韜晦の語彙と化した「曰く言い難い」の出典が言葉による表現を諦めない一段に見えることは、実に象徴的と思しい。表現への努力は、かく早くに見られる。文学の前提なのだから当然とはいえ、中国の知識人は言葉の力を信じ続けてきたと、本章で見たことを総合しつつ、今はそう考えておきたい。

第七章　伝統の総括をめぐって

第一節　古典文学であることの条件

文言の使用

本書でいう「古典中国」の「古典」が二十世紀前期までを大まかに指すことは、「はじめに」で定義したとおりである。そこでも述べたように、古典中国における書き言葉の規範は、古典中国語（文言《ぶんげん》）とされる。前章までに引用した中国語による資料には、原文を掲げた例も含まれるが、それらは全て文言で記されていた。これに対して二十世紀に至ると、新しい書き言葉、すなわち現代中国語の書記言語が成立する。いま、次の二つの文章を見られたい。

孔子謂老聃曰、「丘治『詩』・『書』・『礼』・『楽』・『易』・『春秋』六経、自以為久矣、孰知其故矣。以奸者七十二君〔、論先王之道、而明周召之迹〕、一君無所鉤用。甚矣夫、人之難説也、道之難明邪」。（『荘子』外篇「天運」）

「我研究『詩』・『書』・『礼』・『楽』・『易』・『春秋』六経、自以為很長久了、够熟透了。去拜見了七十二位主子、誰也不採用。人可真是難得説明白呵。還是「道」的難以説明白呢？」。（魯迅『故事新編』

「出関《しゅっかん》」）

（孔子が老聃《ろうたん》（老子）に言った、「私は『詩』・『書』・『礼』・『楽《がく》』・『易』・『春秋』の六経《りくけい》（『詩経』・『書経』・『礼記』・『易経』・『春秋』の五経に散佚した『楽経』を加えた儒教の経書六種をいう）を修め、自分では年季が入ったものと思いますし、その内容はよく分かっております。それで（各国を治める）七十二人の君主に遊説し［、古えの王者の道を述べて、周公《しゅうこう》・召公《しょうこう》（共に周王朝の創業を支えた王族で、古くから名臣の代表と称される）の事跡を説明し］ましたが、一人の君主にも取り上げられませんでした。大変なものです、人を説得することの難しさ、道を説明することの難しさは］）

前者は『荘子』（遅くても前二世紀には現行本の原型が成立したと思われる）の一節で、経書に基づく「道」がどの諸侯にも受け入れられなかったことを嘆く孔子（「　」内の冒頭に見える「丘《きゅう》」は彼の名で、ここでは一人称）の言葉が記される。その次の「我研究」に始まる後者は、前者を材料とする魯迅の歴史小説「出関」（発表は一九三六年）から引用した。両者に続けて、（　）内に訳文を示してある。『荘子』と日本語訳で［　］に括った箇所が小説では用いられていない、また小説の末尾が「それとも「道」というのは説明するのが難しいのでしょうか？」と疑問形になっているなど、『荘子』と「出関」の間には違いも見られる。ただ、日本語に訳すれば、そこに含まれる情報は、ほぼ等しい。それにも関わらず、両者がかなり異なるように見えるのは、書記言語の相違（文言・現代中国語）を原因とする。

前者の『荘子』は、文言（日本での「漢文」に相当）を用いる。したがって、「孰知其故矣。以奸者七十二君」は「其《そ》の故《ゆえ》を孰知《じゅくち》す。以《もっ》て奸《もと》むる者《もの》七十二君」（「孰」は「熟」に通じ、「奸」は「干」、ひいては「求」と同じ意味を持つ）などと訓読することも可能である。その一方で、「出関」は現代中国語で表記されるので、訓読には馴染まない。また文言の「治」が「研究」に、「年季の入ったもの」と訳した「久矣」が「很長久了」に置き換わるなど、同じ内容を表す際は、現代中国語の方が概して多く字数を要する。この点は日本語の古文と現代語との関係に等しく、その理由が現代語の方が口頭言語（話し言葉）により近い（あるいは口頭言語を文章で表記しようとした）点にあることも、日本語・中国語で異ならない。

もっとも、このような話し言葉に近づいた書き言葉は、二十世紀になって急に現れたわけではない。同じ前近代日本の文章でも平安時代の『源氏物語』と江戸時代の戯作からとでは相当に異なった印象を受けるが、中国でも話し言葉とより語彙・語法を共有する書き言葉が早くから存在した。ただし清代末期に発見された敦煌写本などの資料を除けば、禅僧の語録（師の言葉を弟子が忠実に書き留めるため、自ずと口頭言語を用いたのだろう）くらいしか、唐代以前の話し言葉を交える文献は伝わらない。宋代に入ると、禅宗に倣って儒者の語録（例えば朱熹の言葉をまとめた『朱子語類《ごるい》』）も残るようになる。だが、これら口頭言語に近い書記言語――「白話」と総称される――による文献の盛行は元代を待たねばならない。

それらの文献が戯曲、明代以降の長篇小説を主とすることは、第三章第四節の「真詩」で既に言及した。演劇や講釈など聞いて分かる必要のある芸能に由来する分野なのだから、話し言葉に近い白話を用いることは当然であろう。これ以降、清代をも含めて戯曲や白話小説は、変わらず生産され続ける。ただし、俗語と見なされる白話によって著されたこれらが、（知識人が愛好したにも関わらず）公的な書籍目

図９　老子（中央右）と面会する孔子（中央左）

録に登載されないなど軽い扱いに甘んじた事実は、既に述べたとおりである（第三章第五節の「義理・考拠・詞章」参照）。第四章第二節の「選集から知る文学観」で挙げた、『文選』が収録の対象とした文体を見られたい。建前の上で、古典中国における「文学」の範疇は、そこに含まれるジャンル――詩文を中心として文言で記される――にほぼ限定される。白話の文献が増加した後も、この点は概ね変わらない。

二十世紀に入って、より広い範囲の人々が使用できる、新しい書き言葉が希求されるようになる。ここで話し言葉との近似性から、前近代の白話はその主たる母体となった。先に引いた「出関」にはいま常用されている現代中国語に比べれば、古風な言い回しも散見する。これは前近代の白話より影響を受けながら、魯迅が新しい書き言葉を創始すべく試行錯誤していたことの表れともいえよう。本章では文学における「古典」、「古」の在り方、それらと「今」との関係を見ていきたい。論述に先立って、古典中国の文学で王道を占めた詩文は、時代で変化はあるが、総じて文言で記されていたこと、換言すれば文言で表記されることが当時においては文学の前提だった点を、まず押さえておくとしよう。

「古え」への尊重

文言による表記ほどに明確ではないが、古典中国で「文学」と目される作品は、程度の差こそあれ、他にも相応に共通する特徴を持つ。それは、「古え」や「古典」への尊重である。古代以来の文言（もちろん書き言葉も変容するが、基本となる部分は清代まで継承されていく）を用い続けることもその一例だが、今は前項に挙げた『荘子』の内容とそこでは省略した老子の対応に注目したい。

経書に基づいて「古えの王者の道」（原文は「先王之道」）を説いた孔子は、経書などは古えの王者の足跡に過ぎず、そこに真の道はないと老子にたしなめられた。これはあくまでも儒家と相対する道家の思想書『荘子』における虚構だが、儒教の信奉者らが聖人の現れた（と伝えられる）古えに理想の世界が存在したと考えた点は疑いえない。「古え」の尊重は、「今」、「新」という観念への相対的な軽視につながる。古典中国の文献にかかる言説は頻出するが、ここでは文学に関わる例を挙げておこう。

> 凡人は遠くのものを尊んで身近なものを軽んじ、評判には惹かれるが実質に背を向け、また自身を客観視することに拙く、自らを利口だと思う。（『文選』巻五十二「典論論文」）
>
> また遠くのものを尊んで身近なものを軽んじることは、人情の常であり、耳（で聞いた古い事物）を重んじ目（で見た新しい事物）を侮ることは、世俗の通弊だ。（『江文通《こうぶんつう》文集』巻四「雑体詩序《ざったいしじょ》」）

前者は、度々引用してきた曹丕による文章（第一章第三節の「文学自覚の時代」）の一節である。後者は南朝の宋から梁にかけて生きた著名な詩人の江淹《こうえん》（四四四～五〇五）による序文で、その連作詩に冠せられる。文学論として知られるこれら両者のうち、「遠くのものを尊んで身近なものを軽んじ」と訳した箇所の原文には、共に「貴遠賤近」とある。ここでの「遠」と「近」は、主に時系列での遠近を指す。古人の文学作品をそう深く考えずに高く買う現象は、先に述べた「古え」を重んじる価値観が文学でも幅を利かせていたことを示唆しよう。もっとも曹丕らはこの傾向に批判的だったし、江淹に近い時代には次のような記述もある。

> いったい手押し車は天子の（豪華な）車の祖先だが、天子の車には手押し車の質朴さがあるだろうか。厚い氷は水の集積から成るが、水の集積に氷の冷たさなどない。（これは）どのようなわけか。思うに（それは車造りという）事柄を継いで華麗さを増し、（水の）本性を変えて冷たさを加えたからだ。事物がそうなのだから、文学もそうであるはずだ。（文学は）時代につれて変化し、（その様子は）言葉では尽くし難い。（『文選』巻首「文選序」）

蕭統の名義で伝わる『文選』の序文から、一部を挙げた。「選集から知る文学観」（第四章第二節）で述べたとおり、同書は現存する中国最古の選集である。時代ごとに生じる文学の推移、ひいては各時代の文学が持つ価値を認めようというのが、『文選』の編集に際しての方針だったらしい。そうであればこそ、同書には編者らにごく近い時代に著された詩文も収録される。「質朴さ」（原文は「質」）を「古」に、また「華麗さ」（同「華」）を新しい時代に関連づけ、双方を共に重視する傾向は、魏晋南朝の時期に確かに存在した。

ただし、これが後世から「文学自覚の時代」などと称される、儒教が退潮した時代（第一章第三節の「文学論が多様化した背景」）の事象だった点を忘れてはなるまい。儒家の勢力が衰え、「古え」への尊重が漢代などに比べて弱まったため、近い時期の文学がより重んじられたものと思われる。もっとも儒教の盛衰はさておき、「古え」の重視の方には一つの難点がある。

（『詩経』に収められる四字で一句を成す）四言詩が「離騒」（などの騒体）に変化し、「離騒」が五言詩に変化し、五言詩が七言詩に変化し、七言詩が律詩に変化し、律詩が絶句に変化したが、詩の形式は時代で変化するものである。（『詩経』に収める詩）三百篇は「離騒」へと（程度が）落ち、「離騒」は漢代（の文学）へと落ち、漢代は（三国の）魏へと落ち、魏は六朝《りくちょう》（ここでは晋から南朝をいう）へと落ち、六朝は三唐《さんとう》（唐代を三期に分かつ考え方があったが、ここでは唐代全体を指す）へと落ちたが、詩の風格は時代で落ちていくものである。（『詩藪』内篇巻一）

明の胡応麟が著した詩話（第四章第六節の「詩を散文で論じること」参照）から、冒頭の一段を挙げた。『詩経』、騒体、五言詩・七言詩については、第一章第一節の「「詩言志」説」、第二節の「発憤著書」、第三節の「文学自覚の時代」を見られたい。律詩・絶句など今体詩の興起には、第三章第一節の「伝統の継承と変容」で言及した。このように時代を追って、詩歌（韻文）の「形式」（原文は「体」）は変化すると胡応麟はいう。その一方で詩の「風格」（同じく「格」）は時代が下れば落ちる（「降」）と彼は指摘する。「古え」を尊ぶほど、後世の事象・事物が劣って感じられる傾向が、ここに見出せる。この一種の「下降史観」は、文学を含めて後人が積み重ねていく営為の価値を認めることと相反するのではないか。

両者の対立を、どう解消するか。文学において、この課題に向き合ったのが、「古文」を唱えた者たちだった。儒教の勢力がなお回復の途上にあった唐代、先駆者らの後を承けて九世紀に活躍した韓愈は、「古えの道を学ぶ」ために古人の言葉を学んだと自称する（第三章第一節の「古えの道」参照）。「道」に適えば、現代人の営為も充分な価値を持つ、そのために「古え」に復そうという「復古」の主張は、宋代に儒教が思想の、また古文が散文の主流を占めたため（第三章第二節の「殆ど窮する者にして後工み也」）、後世ごく広く受け入れられていく。現に、後の時代ほど詩の「格」が落ちるという趨勢を認めた胡応麟も、いかなる詩を作るかは結局「人に在る而已《のみ》」（その人次第だ）と先の引用の少し後に記している。

もちろん、「復古」というのは「古えの道」に復そうということであって、漢代の文章、唐代の詩歌を模擬すればよいと唱えた明代の古文辞などは、その本旨には適うまい（第三章第四節の「古文辞とその波紋」）。むしろ宋代、十二世紀初めの詩話に引く黄庭堅（第三章第二節の「夫れ詩には別材有り」で言及）、号は山谷《さんこく》道人の言葉が、ここでは参考になろう。

山谷はいった、「詩の（中に詠われる）内容は数限りないが、人の能力には限りがある。限りある能力で、限りない内容を求めるのでは、（陶）淵明・少陵《しょうりょう》（杜甫の別称）でも（詩に）巧みというわけにはいかないのである。しかしその（詩に詠う）内容は（古人の作品から）改めずにその（新しい）表現を生み出す、これを換骨法といい、その（古人の作品の）内容を手本としてそれを描き出す、これを奪胎法という」（恵洪《えこう》『冷斎夜話《れいさいやわ》』巻一）

恵洪（一〇七一〜？）は北宋後期の仏僧で、詩歌・詩論を今に伝える。黄庭堅自身の著作には「換骨」・「奪胎」の定義は見えないが、「点鉄成金（鉄を点《てん》じて金《きん》と成《な》す）」、すなわち昔の文章に優れた者は、古人の使い古した言葉に手を加えて、霊妙な仙薬で鉄を金に変化させるほどの力を発揮させたという記述は、彼の書簡（『予章《よしょう》黄先生文集』巻十九「答洪駒父書（洪駒父《こうくほ》に答《こた》うる書）」其三）に見出される。「換骨法」、「奪胎法」（両者の差異は明確ではない）と同じく、「点鉄成金」も古典に工夫を加えて、自作に新たな息吹を与える手法と思しい。

この種の創作法が盛んに推奨された以上、古典中国の文学で既成の作品を踏襲することが無批判に尊ばれていたわけではない。だが、「換骨奪胎」が現代の日本で単なる焼き直しを指すと思われがちなように、古人に倣うばかりの詩文が量産されていたことも、また事実であった。書き手の大半が凡庸な能力しか持たないのだから、それはやむをえない仕儀といえる。

古典中国において、「古え」への尊重は文学思潮の基層に存在し続けた。それは伝統的な書記言語（文言）、詩歌・文章を主とする文体の使用を、創作に不可欠の条件に位置づけるものであった。「古えの道」

に相当な意義を認めるこの価値観が、古典文学に安定をもたらす反面で、安易な模倣や旧套に堕した詩文の拠り所となった事実にも注意を要するだろう。

伝統の否定

清が亡びた後の中華民国六年（一九一七）一月、「文学改良芻議《すうぎ》」と題する文章が、雑誌『新青年』に掲載された。当時の新たな文化・思想の媒体として大きな役割を果たしたことで、『新青年』誌はよく知られる。この文章は、当時、アメリカ合衆国に留学していた胡適《こせき》（一八九一～一九六二）の手に成る。帰国間もなく中国に戻った彼は、学者・思想家、後年には外交官として、多方面で活動を展開する。なお『新青年』誌に「文学改良芻議」が公表されるまでに、その要点を示す文章は少なくとも二種作られていた（『胡適留学日記』の一九一六年八月二十一日条に引かれる朱経農《しゅけいのう》宛の書簡、一九一六年十月に刊行された『新青年』第二巻第二号に掲載された陳独秀《ちんどくしゅう》宛の書簡）。

一曰、須言之有物。（内容のあることを述べる）
二曰、不模倣古人。（古人の真似をしない）
三曰、須講求文法。（文法を重視する）
四曰、不作無病之呻吟。（無病の呻吟をしない）
五曰、務去爛調套語。（努めて陳腐旧套な言辞を排する）

六曰、不用典。（典故を使わない）
七曰、不講対仗。（対句に拘らない）
八曰、不避俗字俗語。（俗字俗語を避けない）（『新青年』第二巻第五号）

王朝による統治が終わり、新しい時代に入った中国に相応しい文学の在り方を、胡適は「文学改良芻議」の中で八箇条にまとめた。四の「無病の呻吟」とは病気でもないのに苦しがる、つまり書くべきこともないのに文筆をものすることで、一というところは等しい。また八の「俗字」とは字体のことではなく、詩文であれば用いることがはばかられるような、卑近な意味の文字を指す。なお「俗語」は文言に対していう、口頭言語に近い書き言葉（白話など）を、ここでは意味する。

六、七にいう典故や対句は、過度な使用を否定されることもあったが（第三章第一節の「古えの道」）、古典中国の文学では、一般に欠かすべからざる技法と見なされてきた。それらを用いるなという胡適の意図が、古典文学、とりわけ硬直化した詩文への非難にあることは明らかだろう。ただ、そう思って「文学改良芻議」を見返してみると、興味深い点がある。「俗字俗語」を避けないように謳いつつ、この八箇条を含めて「文学改良芻議」は全て文言で記されている（齋藤希史二〇一二）。

確かに、この翌年（一九一八）の四月に胡適が『新青年』第四巻第四号に載せた「建設的文学革命論」では同じ八箇条を「八不主義」（八つの禁忌）と題し、最初の三箇条を「不做『言之無物』的文字」、「不做『無病呻吟』的文字」、「不做不合文法的文字」と書き改めている。「的」は名詞にかかる連体修飾語を作る助詞で、例えば「言之無物」（中身のない）と「文字」（書き物）の間に置かれて「言之無物的文字」（中身のない書き物）という句を形成するが、文言ではまず用いられない。胡適としては、前年の八箇条に比べて、少しは口語に近づけたつもりなのであろう。ただ「文学改良芻議」、「建設的文学革命論」の一における「言之有物」、「言之無物」は、『易経』「家人《かじん》」に基づく言葉である。既に成語と化しており、出典への意識はなかろうが、厳密には、これとても第六条の「典故」に当たる。

胡適たちが提唱した文学の変革は「文学革命」と称され、後に魯迅ら優れた書き手を得て、新しい文体・文学を中国に根づかせる。したがって、その起点となる「文学改良芻議」が文言や典故を用いるとあげつらうことは妥当ではない。だが、伝統的な詩文を離れようとした胡適にしても、自身の文章から古典の影を消すことは容易ではなかった。むしろ、これは伝統の強固な力を如実に示すもので、そうであればこそ胡適らは、まず古い文学を否定する姿勢の表明から出発せざるをえなかったといえよう。

第二節　「古典」と「近代」の間

小説評論と詞話

胡適がアメリカで「文学改良芻議」の文案を練っていたのは民国五年（一九一六）のことだが、同年の二月に京都から上海に戻った中国人の学者がいる。その名を、王国維《おうこくい》（一八七七～一九二七）という。弱体化した清王朝にとどめの一撃を加えた辛亥革命（一九一一）による混乱を避けて京都に逃れ、同地での日本の学者との交流からも糧を得た彼は、これ以降、中国での研究を再開する。彼の学問は、古典中国の思想・歴史など多岐にわたるが、早い時期には文学の研究にも、熱心に取り組んだ。後に彼の文集『静庵《せいあん》文集』に収められた「紅楼夢評論」は、清の光緒《こうしょ》三十年（一九〇四）に発表された。

伝統的な知識人の一人として、王国維は少年時代から中国の古典を学んだ。加えて二十代で上海、さらには後に亡命することになる日本（ただし、京都ではなく東京）に赴き、学問を深め、西洋の哲学・美学にも触れる機会を持った。「紅楼夢評論」には、ドイツの哲学者ショーペンハウアー Arthur Schopenhauer（一七八八〜一八六〇）らの説が援用される。単なる古典学者ではなく、欧州の思想を中国へ導入した先駆者としても、王国維が著名な要因である。ただ、今はそういった箇所ではなく、小説と史実との関係を論じた一段を挙げたい。

我が（清）王朝で考証学が盛んに行われてから、小説を読む者も、やはり考証の見地でこれを読んでいる。そこで『紅楼夢』を評する者は、紛々としてこの書物の主人公（のモデル）が誰なのかを詮索しているが、これはまたひどく解せないことである。そもそも芸術の描くものは、個人の性質ではなく、人間全体の性質である。ただ芸術の特徴として、具体的なことを尊び抽象的なことを尊ばず、そこで人間全体の性質を挙げて、これを個人の名の下に位置づけるが、譬えるならば副墨《ふくぼく》の子、洛誦《らくしょう》の孫（『荘子』内篇「大宗師《だいそうし》」に見える、それぞれ文献、読誦の反復を擬人化したもの）も、やはり我々の好みに従って名づけただけのことだ。巧みに物を観察する人は個人の事実から、人間全体の性質を見出すことができる。いま人間の全体（に関わる性質）について、（それに適う）個人を生真面目に求めて（その性質で）その者を満たそうとすれば、人の知性を、遥かに超えてしまわないだろうか。だから『紅楼夢』の主人公は、それは賈宝玉《かほうぎょく》（作品の中の最重要人物）だといってもよいし、それは子虚《しきょ》・烏有《うゆう》先生（第一章第二節の「発憤著書」で名を挙げた司馬相如の賦に現れる人名で、後には架空の人物の代名詞となる）だといってもよいし、またそれは納蘭容若《のうらんようじゃく》だといってもよいし、それは曹雪芹だといっても、やはり差し支えないのである。（第五章「余論」）

『紅楼夢』は十八世紀中頃に成立した白話の長篇小説で、上流階級に属する大家族の人間関係を描く。納蘭性徳（一六五五～一六八五）、字《あざな》は容若、は清代前期の貴公子で詞《ツー》の作者として知られる。また曹雪芹も貴族の一員であり、『紅楼夢』を著したと伝えられてきた。

『紅楼夢』に登場する貴族の子弟、賈宝玉のモデルは納蘭性徳だ、いや作者の曹雪芹は小説に自らの人生を投影したなどと、作品の人気を反映して清代の末期には歴史上の背景への関心が高まっていた。しかし王国維は後年、精細な史学の論著を多く遺すだけに考証は自家薬籠中の物ながら、こと文学に関しては、こういった流れに与しない。人間に普遍的な性質を架空の人物に担わせ、物語に配する——彼の考える小説はそのようなものだった。広く文献に証拠を求めて、古典や史料を分析する考証学の盛行（第三章第五節の「義理・考拠・詞章」）が小説にまで詮索の手を伸ばさせていると、王国維は批判する。

もっとも、作品の背景に関わる知識が読解に不可欠だという思潮は、考証学の登場を待つまでもなく、早くに生じていた。この点は、第一章第二節の「「以意逆志」「知人論世」」で述べたとおりである。そういった傾向は根強く、胡適には『紅楼夢考証』（一九二一年）と題する研究書もある。伝統的な詩文を批判する一方で、白話の文学を重視した胡適は、同書で現存する『紅楼夢』のうち、最初の三分の二が曹雪芹の手に成り、残りは他者の続作だと論証した。これは画期的な研究成果だが、『紅楼夢考証』はその名のとおり、多くの紙幅を資料の提示と分析に費やし、『紅楼夢』は曹雪芹の自伝小説だと結論づける。結論の当否はさておき、実証的な研究である以上は考証に力を注ぐのは当然だが、作品の文学性への関心はやや低い。むしろ、『紅楼夢考証』に比べて十七年も早く世に出た「紅楼夢評論」が伝統的な「知人論世」の手法に拘らず、作品自体を分析しようとした先駆性が注目される。

ただし、「紅楼夢評論」には不用意に西洋哲学の理論に依拠した点もあってか、木に竹を接いだような感を受ける箇所も散見する。同じ王国維による文学論でも、『人間詞話《じんかんしわ》』にはそういった箇所はごく少ない。同書の内容は、光緒三十四年（一九〇八）・宣統《せんとう》元年（一九〇九）にその半ばが公刊され、民国十六年（一九二七）、王国維の没後に残余が発表された。ここでは前者を巻上、後者を巻下に収めるテクストに依拠する。表題からも分かるが、同書は詩における詩話と同じく、詞《ツー》を主題とする（傍ら詩に及ぶ）。

　有我の境があり、無我の境がある。「涙眼《るいがん》もて花に問えども花は語らず、乱紅《らんこう》は秋千《しゅうせん》を飛過《ひか》し去る」、「堪《た》う可《べ》けんや　孤館《こかん》の春寒《しゅんかん》に閉ざされ、杜鵑《とけん》の声の裏《うち》　斜陽の暮《く》るるに（耐えることができようか、物寂しい宿は春の薄ら寒さの中に閉ざされ、ホトトギスの鳴き声と共に夕日が沈む。この有り様に）」は、有我の境である。「菊を采る《と》　東籬の下、悠然として南山を見る」、「寒波は澹澹《たんたん》として起こり、白鳥は悠悠として下る（川には冷たげなさざなみがゆらゆらと生じるが、白い鳥はゆったりとそこへ降り立つ）」は、無我の境である。有我の境は、自分の立場から事物を見るので、それで事物にはみな自分の（意識による）色彩が着くことになる。無我の境は、事物の立場から事物を見るので、それで何が自分であって、何が事物であるかが分からなくなる。昔の人が作った詞には、有我の境を描くものが多いが、無我の境を描くことができないわけではもとよりなく、それは傑出した人物ならば自ずと成し遂げうることなのだ。（『人間詞話』巻上）

「有我之境」、「無我之境」という言葉に続いて、詞からの引用が二例見られる。それぞれ北宋の欧陽脩（第三章第二節の「殆ど窮する者にして後工み也」参照）の「蝶恋花《ちょうれんか》」、秦観《しんかん》（一〇四九～一一〇〇）の「踏《とう》莎《さ》行《こう》」より二句を掲げる（前者の作者には異説もある）。秦観も詩と詞で著名な文学者だが、今は時代の早い「蝶恋花」の方を挙げておく。

庭院深深深幾許。楊柳堆煙、簾幕無重数。玉勒雕鞍遊冶処、楼高不見章台路。雨横風狂三月暮。門掩黄昏、無計留春住。涙眼問花花不語、乱紅飛過鞦韆去。

庭院は深深《しんしん》として深《ふか》きこと幾許《いくばく》ぞ。楊柳は煙《もや》を堆《つ》み、簾幕《れんばく》は重数《ちょうすう》無《な》し。玉勒《ぎょくろく》　雕鞍《ちょうあん》　遊冶《ゆうや》の処《ところ》、楼は高けれども見えず　章台《しょうだい》の路《みち》。雨は横《ほしいまま》に風は狂い三月は暮《く》る。門は掩《おお》われて黄昏《たそがれ》、春を留《とど》め住《お》らしむるに計《はかりごと》無《な》し。涙眼もて花に問えども花は語らず、乱紅は鞦韆《しゅうせん》を飛過し去る。（奥庭は外と甚だ隔たるがその隔たる様子はどれほどともしれない。ヤナギの周りにもやが立ち込め、数知れぬほどとばりを重ねる。玉のくつわと模様を彫り成した鞍に放蕩の巷、高い楼閣からでもその色里への道は目に見えない。激しい雨風の中で春三月は過ぎていく。門を閉ざせば黄昏時だが、春を留めておくにもその術はない。目に涙を浮かべて花に問いかけるが花は答えず、乱れ散る赤い花びらがブランコの側を飛び過ぎていく）（『欧陽文忠公集』巻一三二「蝶恋花」其九）

五字句・七字句から成る今体詩（第三章第一節の「伝統の継承と変容」）と異なり、詞では様々な字数（この作品では四字）の句を交える。また韻を踏む箇所（◎で示した）も、偶数句末などとは一定しない。第三章第三節の「新しい文体とその理論化」で述べたが、詞は既存の曲調（その名が「詞牌《しはい》」で、ここでは「蝶恋花」）に合わせて演奏される曲の歌詞である（明代以降、曲は散佚する）。曲調ごとに長短は様々だから、一句の字数や押韻する箇所が定まらないのも、異とするに足りない。

さて、この「蝶恋花」は、奥まった住居に孤独な身を置く女性を詠った詞と解される。愛おしい男は贅沢な馬具を着けたウマで色里へ繰り出したが、残された彼女はそこへの道を目にすることもできない。ブランコ（欧陽脩の詞には「鞦韆」、『人間詞話』には「秋千」とあるが意味は同じ）の傍らを飛んでいく花びらは、彼女を残して空しく過ぎる春を象徴する。

女性の悲しみを題材としたこの詞に対して、秦観の詞では官界の抗争で流罪となった彼自身の嘆きが詠われる。詞牌「踏莎行」の後に「郴州《ちんしゅう》旅舎」（「郴州の宿舎にて」、郴州は現湖南省郴州市）とある添え書きより、それは窺える。「踏莎行」（秦観の詞集『淮海居士長短句《わいかいこじちょうたんく》』巻中に収められる）の全文は挙げずとも、『人間詞話』に引く二句からでもその嘆きは伝わる。

続いて王国維が掲げる句は、詩の一部で、詞よりの引用ではない。「菊を采る　東籬の下、悠然として南山を見る」は、第六章第二節の「弁ぜんと欲して言を忘る」に挙げた陶淵明「飲酒」の詩句である。また後の方は、元好問（第三章第三節の「新しい文体とその理論化」参照）の「潁亭留別《えいていりゅうべつ》」（『遺山先生文集』巻一、「潁亭」は現河南省登封《とうほう》市にあったあずまや、「留別」は送別される者が詩を残すこと）に見られる。

詞と詩から引いた句を、王国維が各々「有我の境」、「無我の境」と称するのは、何ゆえか。思うに、「涙眼」（目に涙を浮かべて）、「孤館」（物寂しい宿）という言葉には、仮構された人物（欧陽脩が詠う、男に棄てられた女性）か作者自身（秦観）の差こそあれ、ある主体が孤独から来る悲しみ、嘆きといった感情を抱いた、その主観が反映される。これらとは対照的に、後の詩句には、そういった主観が見出されない。陶淵明がいう「菊を采る」（この「采」は「採」に同じ）者はふと南山を目にするだけだし、元好問は「寒波」や「白鳥」の様子を淡々と描写するのみである。

第六章第三節の「象外の象」で名を挙げた蘇軾は、陶淵明のこの詩句は「境」と「意」とが「会」う点に妙味がある、「南山を見る」について「見」を「望」とする俗悪なテクストでは詩の精神が台無しだと評した（『東坡先生全集』巻六十七「題淵明飲酒詩後（淵明の飲酒詩の後に題す）」）。やはり「象外の象」で述べたが、「境」は現実の外界とは別に詩文の中で表現される世界を指す。それが書き手の「意」（思い）とぴたりと合う、しかも「望」（意識的に見る）ではなく「見」、すなわち南山がたまたま視界に入ったことを契機とするからこそ、味わい深いというのだろう。要するに王国維は共に詞や詩に描かれた世界でも、主観が前面に表れれば「有我の境」、後景に退いていれば「無我の境」と見なす。

ただ、「傑出した人物」（原文「豪傑之士」）でもないと、「無我の境」を表現し難い詞を、王国維は詩より劣る文体と考えたかといえば、それは正しくない。確かに「物」（客体）と「我」（主体）の差異を意識しない「無我」の境地は、『荘子』内篇「斉物論《せいぶつろん》」の荘周（荘子）が夢で胡蝶と化して目が覚めた後、荘周が胡蝶になったのか、胡蝶が夢で荘周になっているのか分からなかったという寓話を典型に、道家の思想で一種の理想とされ、文学にも影響を及ぼした。しかし王国維は『人間詞話』巻上で秦観の同じ句を繰り返し挙げ、また「無我の境」と「有我の境」に優劣をつけない。さらには「（詞は）詩で述べられないことを述べられるが、詩で述べられることを述べ尽くせるわけではない」（巻下）ともいう。

先に挙げた「蝶恋花」を思い返されたい。愛する男に顧みられず、孤独感に苛まれる女性「棄婦《きふ》」の嘆きは「閨怨《けいえん》」（寝室の怨み）などと称される。「閨怨」を詠う文学作品には詩も数多く含まれるが、詞の中に占めるその位置は詩よりずっと大きい。第五章第三節の「「士」における「文学」」で見た人格に秀でる者が文学に携わるという通念は、あからさまに恋愛を扱う作品を詩文のような古いジャンルの中心に位置させなかった要因であろう（第一章第一節の「「詩言志」説」参照）。詩などでは述べ難いこのような主題を詠う文体として詞は重宝され、「詩で述べられることを述べ尽くせるわけではない」にしても、題材を徐々に広げていく。それにしても「詩余《しよ》（詩の余《あま》り）」とも呼ばれる詞に詩と相並ぶ地位を与えた王国維の言説は、白話小説を内容面から論じた「紅楼夢評論」と共に、詩文より軽く見られがちな分野に表現の可能性を認めた点で、伝統的な文学論とは一線を画するものといえる。

一代には一代の文学有り

『宋元戯曲考』は、民国二年（一九一三）から翌年にかけて発表される。同書の執筆は、王国維が京都に滞在していた時期に進められた。なお最初の表題は、『宋元戯曲史』という。

旧題が示すとおり、同書は宋から元にかけての戯曲史を主題とする（実際にはそこに至る前史も扱われる）。したがって記述は考証を主とし、王国維の文学論はそう鮮明には打ち出されない。しかし、例えば次のような興味深い見解は、同書の端々に見られる。

> およそ一つの時代には一つの時代の文学がある。楚の騒《そう》、漢の賦、六朝（三国から南朝）の駢文、唐の詩、宋の詞、元の曲は、どれも一つの時代の文学であり、後の時代がそのまま引き継ぐことができないものであった。（『宋元戯曲考』「序」）

騒体・辞賦、駢儷文、今体詩、詞・戯曲（第一章第二節の「発憤著書」、第二章第三節の「「文学自覚の時代」が行きついた場所」、第三章第一節の「伝統の継承と変容」、第三節の「新しい文体とその理論化」参照）は、（戦国時代の）楚など一つの時代でのみ用いられた文体というわけではない。しかるに、「漢賦」のような呼称が存在することは、それぞれの文体が時代を象徴する意味を持つと見なされるからである。現代日本で小型の国語辞典でさえ「唐詩」の語を載せるのも、唐代に詩歌の栄えたことが広く認識されるがゆえだろう。このような各時代を特徴づける文体の列挙には、既に先例がある（王水照二〇〇〇を参照）。

世間で唐の詩、宋の詞、大元（元代）の楽府《がふ》（ここでは曲を指す）を（一時代を代表する文体と）そろって称するのは、もっともなことである。（羅宗信《らそうしん》「中原音韻序《ちゅうげんおんいんじょ》」）

（『詩経』に収める詩）三百篇に遅れて楚の騒が現れ、騒に遅れて漢の五言詩が現れ、五言詩に遅れて唐の律詩が現れ、律詩に遅れて宋の詞が現れ、詞に遅れて元の曲が現れた。時代ごとに（それぞれの文体は）頂点に達したが、また時代ごとに（文体の質は）落ちていき、曲に及んでその低落は極まった。（王驥徳《おうきとく》「古雑劇序《こざつげきじょ》」）

そもそも一つの時代には一つの時代の優れたものがあるが、その優れたものを捨てて、その優れていないものを取ったのでは、おしなべて（我が家ではなく）人の家に居候することになってしまう。私は楚の騒から後、明の八股文《はっこぶん》（明代・清代に科挙の答案を記す際に用いられた文体）までを、選んで一つの文集にして、漢ではもっぱらその賦を収め、魏・晋、六朝（南朝）から隋までは、もっぱらその五言詩を収め、唐ではもっぱらその律詩を収め、宋ではもっぱらその詞を収め、元ではもっぱらその曲を収め、明ではもっぱらその八股を収めようとしたことがあった。一つの時代（の文学）はその一つの時代に優れたものに帰するが、しかしながら（時代ごとに異なる文体の作品を収める選集

を編む）時間がまだないのである。（焦循《しょうじゅん》『易余籥録《えきよやくろく》』巻十五）

『中原音韻』は戯曲の創作に用いうる音韻の体系を示した文献、『古雑劇』は戯曲の選集である。それらに元の羅宗信（十三～十四世紀）、明の王驥徳（?～一六二三）が寄せた序文に戯曲の価値を認める記述が見られるのは、特に不思議でもない（王驥徳は『古雑劇』の編者でもある）。とりわけ後者では、『詩経』以来の韻文の系譜に曲が位置づけられる。

また『易余籥録』自体はいわば随筆だが、著者の焦循（一七六三～一八二〇）は戯曲にも造詣の深い学者で、元代のそれを高く評価することも納得できる。王国維は『宋元戯曲考』の第十二章で焦循のこの文章を引いており、その影響は明らかである。だが王国維の「一つの時代には一つの時代の文学がある」（原文「一代有一代之文学」）という、一種の文学史観と先行する類似の言説との間には、差異も存する。例えば王驥徳は、時代を追って文体の質が落ちる（原文「降」）と考える。そうはいっても戯曲にも価値はあるという意味の記述を後に続けるが、ここだけだと第一節の「「古え」への尊重」で挙げた後世ほど「詩の風格」が落ちるという『詩藪』の説に等しく、現に胡応麟はこうも述べる。

> 詩は唐に至って風格が定まり、絶句に至って形式は極まった。だから宋の人は詞へと変化していかざるをえなかったし、元の人は曲へと変化していかざるをえなかった。詞が（栄えて詩に）勝れば詩が亡び、曲が勝れば詞もやはり亡びる。（『詩藪』内編巻一）

枠組みが完成した文体を用い続けても、発展は見られないから、新たな文体を模索せざるをえないというのである。必要に迫られて模索するという論理に、新しい文体が現れることへの積極的な意義づけは見出し難い。また羅宗信と焦循も詞と曲を各時代（宋・元）の文学で最も特徴的なジャンルというが、他の時期を代表する唐詩などと比べて、どこまでそれらに価値を認めたかは明らかではない。この点で、王国維の態度は異なる。

『人間詞話』、『宋元戯曲考』、「紅楼夢評論」以外で、王国維に文学批評や文学史を主題とする著作は見当たらない。三者共に詩文より後発の、後二者は中でも白話を用いたジャンルを扱うことも見やすい事実である。前項の末尾で触れたとおり、彼は『人間詞話』で「詩で述べられないことを述べられる」と詞が持つ表現の可能性に言及した。また「一代には一代の文学有り」へとつながる過去の議論でも、文学の系譜に位置づけられなかった白話小説の本格的な分析は、彼の「紅楼夢評論」を嚆矢とする。かかる文体への重視は、「俗字俗語を避け」ずに文章を書くよう唱えた胡適の「文学改良芻議」とも相通じるかもしれない。

しかし両者の間には、決定的な差も見られる。胡適には新しい文学を生み出すべく、古い文体と決別するかのようなスローガンを挙げる必要があった。これに対して、王国維は古典中国の文学を研究する中で、従来は学問の対象ではなかった文体に着目したのであり、詩文という様式そのものもかけがえのない文化遺産と認めていた。現に彼は文言で著作をものしたし、古典詩の創作にも相応の力を注いだ。「古え」に復することを文学の前提と考えない点は胡適らとも共通するが、王国維は文学の理想をより柔軟に捉えており、「一代には一代の文学有り」とはそういった姿勢をよく象徴する言葉といえる。

「文学」は「死」んだのか

『宋元戯曲考』を発表した頃から、王国維は関心の所在を他に移していく。この後、史学などが、彼の主な研究領域となる。京都・上海での生活を通じて、それは変わらなかった。

民国十二年（一九二三）、王朝としては滅びていたが、現在の故宮になお存在した清朝の宮廷に招かれた王国維は、ラストエンペラー愛新覚羅溥儀《あいしんかくらふぎ》（一九〇六～一九六七）の教師を務めるため、北京に居を移す。翌々年には、清華学校国学研究院（清華大学の大学院の前身）の教授に就任し、主として歴史の研究を続ける。彼が老年を迎えれば文学に再び目を向ける事態もありえたかもしれないが、その可能性は永遠に失われた。民国十六年（一九二七）六月二日、頤和園《いわえん》（現北京市海淀区《かいてん》にある庭園）の昆明湖《こんめいこ》に身を投げて王国維は自ら命を絶つ。享年五十一歳（数え年）、清朝（一九二四年に溥儀は故宮から追放された）や旧中国の文化に殉じた、庇護者との齟齬やそれに伴う生活の不如意など、死を選んだ理由は様々に取り沙汰されるが、今もって定論は見られない。

大正十四年（一九二五）四月、東北帝国大学文科大学助教授の青木正児《まさる》（一八八七～一九六四）は北京に留学し、王国維に面会した。彼は中国文学の専門家で、後には京都帝国大学文学部の教授も務める。王国維とは面識を有した青木は、「元以前の戯曲史」には先生（王国維）の『宋元戯曲考』があるから、「自分は明以後の戯曲史をやつて見たい」と述べた。

先生は『私の著述はつまりません』と謙遜され、『しかし明以後の戯曲は面白く有りません。元曲は活きて居る、明以後の曲は死んで居る。』とぶつきら棒に言ひ放たれた。（青木正児一九二七）

青木の志に対する王国維の返答を、彼の追悼文から引用した。青木はこれに反発を感じつつ、「かの一言は或は」王国維が分析の対象外とした領域の研究に甘んじる「此の私の下鄙た心を戒めて、飽まで精華を採れと勧められた懇切な教であつたかも知れぬ」と述べる。青木が後に明清の戯曲史研究を大著（青木正児一九七二）にまとめたことはさておき、王国維の言葉は（真意の所在はともかく）実に象徴的と思われる。

表題が示すとおり、『宋元戯曲考』は中国の戯曲が形を取り始めた宋・元の時期を論述の中心とする。『人間詞話』が扱う詞の作られた時代は幅広いが、王国維が唐から北宋までの作品を高く買う点は、同書より容易に見て取れる。また「紅楼夢評論」は『紅楼夢』を主題とした「紅学《こうがく》」と呼ばれる分野に属する著述だが、このような独自の学術まで興った白話小説は『紅楼夢』以降、遂に現れなかった。つまり王国維は各種のジャンルが生成し、極致に至る段階のみを、批評・研究の対象に選んだといえる。

四言詩が衰えて『楚辞』が現れ、『楚辞』が衰えて五言詩が現れ、五言詩が衰えて七言詩が現れ、古体詩が衰えて律詩・絶句が現れ、律詩・絶句が衰えて詞が現れた。およそ文体が長らく通行すると、用いられる頻度が高くなり、自ずと型にはまることになる。傑出した人物でもやはりその中に自ら新味を出すことは難しく、だから敬遠して他の文体を始め、そうして解決を図る。あらゆる文体が最初は盛んで最後には衰えるのは、全てこのためだ。（『人間詞話』巻上）

実際には、例えば詞が登場した後も、詩歌は文学の王道に位置し続けるが、時間を経てある文体が衰え、次の文体が現れるという前項で触れた胡応麟らの見解は、ここに示したとおり、王国維も認めるところだった。そこで彼は、先行する詩や文章にはない新たな活力を詞や戯曲、白話小説に見出し、研究・批評の対象とした。だが、「あらゆる文体が最初は盛んで最後には衰える」のならば、戯曲などもやがて輝きを失うことになる。このような見方が、「明以後の曲は死んで居る」という発言につながったとしても不思議ではない（以上、本節の記述は、井波陵一二〇〇八、同二〇一四より大きく示唆を受けた）。

王国維が文学を離れて史学の研究に没頭した頃、胡適は「国故整理《こっこせいり》」と称する古典中国の歴史・思想・文学を研究する活動に従事しながら、教授として在職した北京大学、後には欧米や上海をも拠点に言論界の旗手であり続けた。伝統とは古典を継承することだが、安易にそこに寄りかかり、また胡坐をかいた時点で活力は失われる――この点で、王国維と胡適の見解にそう差異はない。しかし文学革命の時代に盛んに提唱された新しい文学が果たしていつまで新しいものであり続けられるのか、古典と同じ運命をたどるのではないかと疑う視点は、その創成を唱える立場上、当然だが胡適らには希薄に思われる。

「境」（本節「小説評論と詞話」）のように、王国維の文学論には、古典中国の文学思潮に学んだ概念が、多く見られる。「一代には一代の文学有り」（前項）に類する前近代の議論に想を得つつ、そこには独自の展開が示される。胡適らの直截的な否定に比べると不明確ながら、古典が持つ活力の持続性に対するよほど深刻な懐疑は、その典型だろう。あるいは、次のような疑問が提起されるかもしれない。彼の考え方を突き詰めれば、全ての「文学」は最後には「死」を迎えることにはならないのか。これに対しては、先の引用に続く次の一節が参考になる。

　だから文学は後になると前のものに敵わないといわれることを、私は信じようとは思わないが、ただ個別の文体についていうならば、この説は確かに動かしようがないのである。（『人間詞話』巻上）

　後の一文で王国維は、同じ「文体」（原文は「体」）では、活力を備えた古い時期の作品がより優れることは否めないと述べる。この一段の結論として、論述の重点はここに置かれる。ただ我々は彼が文体に限ってそう論じること、そして前の一文で「文学」全体ならば「後になると前のものに敵わない」という説を信じないと言明することを見落としてはなるまい。それは、どの時代にも活力に富む「文学」が生まれうるという考え方の表明に他ならない。

　王国維が最初、『人間詞話』を三十代前半の時期（一九〇八～一九〇九）に公刊したことは、「小説評論と詞話」の項で述べた。したがって彼がここに挙げた見解をどの時点まで抱いていたかは、定かではない。しかし本節で述べてきたことを考え合わせると、清代末期の彼が機械的な「古え」への尊重を脱していたことと同時に、「文学」そのものは「死」を迎えず、必ずや次のジャンル・文体が登場することを信じていた点は認めてよいのではないか。

本書で取り上げえた内容は、古典中国における文学思潮の全体からいえば、実に限られた範囲に止まる。ただ、そうではあってもその多様性の若干は示せたろうし、時代につれて変容し、また変容しなかった文学観は、特に第一部から少しく読み取ってもらえよう。多様性の一方で、この小冊において見てきた言説に通底する点があるならば、それはどういった事柄だろうか。多分に建前ながら倫理や道徳に対する文学の従属、そして典故の使用などに顕著な学問を基盤にした創作は、いつの時代でも完全に否定されることは、ごく稀であった。

詩文を作るための技法を重んじる、言い換えれば総合的ではない文学論が多く編まれたことも、特に唐・宋以降の中国を特徴づける現象だと考えられる。批評という行為や言葉による表現に対する懐疑も、広く各時代を通して存在したところである。第二部の前章までに見たこれらの事柄に加えて、本章で取り上げた「古え」への尊重も根強かった。ただ批評の意義、言葉の力を疑うこと、そして時代が下れば文学の風格も劣るという下降史観に対する反発が決して珍しくなかったことも、やはり事実であろう。こういった複数の潮流が往々にして対立することも、より多様な文学思潮が生み出される背景にあったと思われる。

今一つ付け加えれば、大半の文学観に共通する点として、「文学」への信頼が上げられる。時に「文学」に対して悲観的な言葉を示す例は見られたし、様々な文学思潮がそこには存在した。だが、あまりにも当然なことながら、深浅の差こそあっても、「文学」を語る人々は、その力を信じる思いを共有した。こういった力を自明のものとして、「文学」を語る系譜が古典中国でほぼ一貫して続いた事実は、期間の長さを思えば、改めて注目するに値しよう。

王国維は、古典中国が終わる時代を生きた。ある時期に彼が「文学」を語り、その力を信じる者の一員だった点は、本章で見たとおりである。伝統を受け止め、自らの学問を形作った彼もそのような人々の系譜に位置づけられる事実を確認しながら、筆を擱くことにしたい。

参考文献一覧

本文中に略号で示した文献

青木正児一九二七「王静安先生の弁髪」『芸文』第拾八年第八号。

青木正児一九二八「支那文芸思潮」『岩波講座　世界思潮　第三冊』岩波書店。

青木正児一九三五・一九三六「支那思想　文学思想（上）（下）」『岩波講座　東洋思潮（東洋思潮の展開）』岩波書店。

青木正児一九七二『青木正児全集　第三巻』岩波書店、初出は『支那近世戯曲史』弘文堂書房（一九三〇年）。

荒井健一九七二「解題」荒井健・興膳宏『文学論集』（関連する論著・訳注に掲出）。

荒井健一九八二「詩のよろこび――『詩品』と『滄浪詩話』」『秋風鬼雨　詩に呪われた詩人たち』筑摩書房、初出は荒井健・興膳宏『文学論集』（関連する論著・訳注に掲出）「解説」。

井波陵一二〇〇八「断片であるということ――王国維の『人間詞話』について」『紅楼夢と王国維――二つの星をめぐって』朋友書店、初出は『東方学報　京都』第七十九冊（二〇〇六年）。

井波陵一二〇一四「王国維――過去に希望の火花をかきたてる」京都大学人文科学研究所附属東アジア人文情報学研究センター編『清華の三巨頭』研文出版（京大人文研漢籍セミナー三）。

入矢義高二〇〇七「擬古主義の陰翳――李夢陽と何景明の場合」入矢義高著、井上進補注『増補　明代詩文』平凡社（東洋文庫七六四）、初出は入矢義高『明代詩文』（筑摩書房、中国詩文選二十三、一九七八年）。

ウェーバー一九七一 Max Weber 著、木全徳雄訳『儒教と道教』創文社（名著翻訳叢書）。

大木康二〇〇三『馮夢龍『山歌』の研究　中国明代の通俗歌謡』勁草書房。

大木康二〇〇四『明末江南の出版文化』研文出版（研文選書九十二）。

加藤国安二〇〇八「鄭谷「聊か子美の愁に同じ」論」『名古屋大学中国語学文学論集』第二十輯。

桑原武夫一九八〇「第二芸術――現代俳句について」

『桑原武夫集　二』岩波書店、初出は『世界』昭和二十一年十一月号（一九四六年）。

齋藤希史二〇一二「文学史」岡本隆司・吉澤誠一郎編『近代中国研究入門』東京大学出版会。

鈴木修次一九八六「「文学」の訳語の誕生と日・中文学」古田敬一編『中国文学の比較文学的研究』汲古書院。

鈴木虎雄一九二五『支那詩論史』弘文堂書房（支那学叢書第一編）、初出は「魏晋南北朝時代の文学論（第一回）」『芸文』第拾年第拾号（一九一九年）。

竹友藻風一九八二「詩学と修辞学　第八章　修辞」藤井治彦編『竹友藻風選集　第二巻』南雲堂、初出は『文学総論　第一分冊』梓書房（一九三〇年）。

松下忠一九六九『江戸時代の詩風詩論――明・清の詩論とその摂取』明治書院。

松本肇二〇〇〇「半夜鐘」『唐宋の文学』創文社（中国学芸叢書十）。

山口剛一九二八「支那文芸思潮」『大思想エンサイクロペヂア　十』春秋社。

リチャーズ二〇〇八 Ivor Armstrong Richards 著、坂本公延編訳『実践批評　英語教育と文学的判断力の研究』みすず書房。

王水照一九九八「陳繹曽：不応冷落的元代詩文批評大家」『半肖居筆記』東方出版中心。

王水照二〇〇〇「文体丕変与宋代文学新貌」『王水照自選集』上海教育出版社、初出は『中国文学研究』一九九六年第四期（一九九六年）。

周勛初二〇〇〇「目録学家対文学批評的認識与著録」『周勛初文集　七　無為集』江蘇古籍出版社、初出は南京大学中文系編『文学研究　第一輯』（南京大学出版社、一九九二年）。

張伯偉二〇〇二『中国古代文学批評方法研究』中華書局。

程千帆二〇〇〇「古典詩歌描写与結構中的一与多」『程千帆全集　第八巻　古詩考索』河北教育出版社、初出は古代文学理論研究編委会編『古代文学理論研究叢刊・第六輯』上海古籍出版社（一九八四年）。

羅宗強一九九九「張毅《宋代文学思想史》序」張毅編『羅宗強古代文学思想論集』汕頭大学出版社、初出は張毅『宋代文学思想史』（中華書局、中国文学思想通史、一九九五年）「序」。

魯迅二〇〇五ａ「魏晋風度及文章与薬及酒之関系――九月間在広州夏期学術演講会講」『魯迅全集　三』人民文学出版社「而已集」、初出は『広州民国日報』副刊『現代青年』第一七四期（一九二七年八月十二日）。

魯迅二〇〇五ｂ「門外文談」『魯迅全集　六』人民文学出版社「且介亭雑文」、初出は『申報』（一九三四年九月一日）「自由談」。

関連する論著・訳注

青山宏「北宋の詞論」『唐宋詞研究』（汲古書院、一九九一年）。

浅見洋二『中国の詩学認識――中世から近世への転換』（創文社、二〇〇八年）。

青木正児『青木正児全集　第一巻』（春秋社、一九六九年）。

荒井健・興膳宏『文学論集』（朝日新聞社、中国文明選第十三巻、一九七二年）。

市野沢寅雄『滄浪詩話』（明徳出版社、中国古典新書、一九七六年）

一海知義・興膳宏訳『陶淵明　文心雕龍』（筑摩書房、世界古典文学全集第二十五巻、一九六八年）。

伊藤虎丸・横山伊勢雄編『中国の文学論』（汲古書院、一九八七年）。

王国維著、井波陵一訳注『宋元戯曲考』（平凡社、東洋文庫六二六、一九九七年）。

太田青丘「中国象徴詩学としての神韻説の発展」『太田青丘著作選集　第三巻』（桜楓社、一九八九年）。

小川環樹編『唐代の詩人――その伝記』（大修館書店、一九七五年）。

門脇廣文『二十四詩品』（明徳出版社、中国古典新書続編、二〇〇〇年）。

門脇廣文『文心雕龍の研究』（創文社、東洋学叢書六十三、二〇〇五年）。

釜谷武志「文学評論　「読むこと」を中心にして」興膳宏編『中国文学を学ぶ人のために』（世界思想社、一九九一年）。

京都大学中国文学研究室編『唐代の文論』（研文出版、二〇〇八年）。

興膳宏『新版中国の文学理論』（清文堂出版、中国文学理論研究集成一、二〇〇八年）。

興膳宏『中国文学理論の展開』（清文堂出版、中国文学理論研究集成二、二〇〇八年)。

興膳宏『合璧詩品　書品』(研文出版　二〇一一年)。

興膳宏『中国詩文の美学』(創文社、中国学芸叢書十七、二〇一六年)。

興膳宏訳注・解説、弘法大師空海全集編輯委員会編『弘法大師空海全集　第五巻　詩文篇一　文鏡秘府論　文筆眼心抄』(筑摩書房、一九八六年)。

興膳宏編『六朝詩人伝』(大修館書店、二〇〇〇年)。

詞源研究會編著『宋代の詞論——張炎『詞源』』(中国書店、二〇〇四年)。

施蟄存著、宋詞研究会訳注『詞学の用語——『詞学名詞釈義』訳注』(汲古書院、二〇一〇年)。

周勛初著、高津孝訳『中国古典文学批評史』(勉誠出版、二〇〇七年)。

鈴木虎雄著、興膳宏校補『駢文史序説』(研文出版、二〇〇七年)。

高木正一訳注『鍾嶸詩品』(東海大学出版会、東海大学古典叢書、一九七八年)。

張少康著、釜谷武志訳『諸子百家の文芸観』(汲古書院、一九八五年)。

褚斌杰著、福井佳夫訳『中国の文章——ジャンルによる文学史』(汲古書院、汲古選書三十九、二〇〇四年)。

戸田浩暁『文心雕龍(上)(下)』(明治書院、新釈漢文大系第六十四・六十五巻、一九七四・一九七八年)。

戸田浩暁『中国文学論考』(汲古書院、一九八七年)。

豊福健二『蘇東坡文芸評論集　東坡題跋』(木耳社、一九八九年)

豊福健二『蘇東坡詩話集』(朋友書店、一九九三年)。

中田勇次郎「宋元の詞論」『読詞叢考』(創文社、東洋学叢書四十六、一九九八年)。

橋本循『橋本循著作集　第一巻　中国文学思想管見』(一般財団法人橋本循記念会、二〇一六年)。

林田愼之助『中国中世文学評論史』(創文社、東洋学叢書十八、一九七九年)。

福井佳夫『六朝美文学序説』(汲古書院、一九九八年)。

福井佳夫『六朝文体論』(汲古書院、二〇一四年)。

船津富彦『中国詩話の研究』(八雲書房、一九七七年)。

船津富彦『唐宋文学論』(汲古書院、一九八六年)。

船津富彦『明清文学論』(汲古書院、汲古選書八、一九九三年)。

古川末喜『初唐の文学思想と韻律論』（知泉書館、二〇〇三年）。
古田敬一『中国文学における対句と対句論』（風間書房、一九八二年）。
古田敬一・福井佳夫『中国文章論　六朝麗指』（汲古書院、一九九〇年）。
松尾肇子『詞論の成立と発展――張炎を中心として』（東方書店、二〇〇八年）。
松下忠『明・清の三詩説』（明治書院、一九七八年）。
目加田誠『目加田誠著作集　第四巻　中国文学論考』（龍溪書舎、一九八五年）。
目加田誠『目加田誠著作集　第五巻　文心雕竜』（龍溪書舎、一九八六年）。
目加田誠編『文学芸術論集』（平凡社、中国古典文学大系第五十四巻、一九七四年）。
横田輝俊『詩藪』（明徳出版社、中国古典新書、一九七五年）。
横田輝俊『中国近世文学評論史』（渓水社、一九九〇年）。
横山伊勢雄『宋代文人の詩と詩論』（創文社、東洋学叢書六十七、二〇〇九年）。
和久希『六朝言語思想史研究』（汲古書院、二〇一七年）。
和田英信『中国古典文学の思考様式』（研文出版、二〇一二年）。

あとがき

今までまとまった文章を書いて、自分が何も知らない、何も分かっていないと感じずに済んだことは、ただの一度もない。それにしても、本書を著す過程で覚えたこの種の思いは、極めつきといえるものだった。前著『唐代の文学理論――「復古」と「創新」』（京都大学学術出版会、二〇一五年）で「理論」や「批評」といった概念を明確に定義せず、しかもそれに気づいたのは脱稿した後だという反省に立ち、本書の「はじめに」で用語の意味を説こうとして、実は自らの考えがなお定まっていない点に思い至った。情けない話だが、筆者にとって「書くこととは、己の無知の再確認」と改めて痛感した次第である。

筆者の力不足による本書の問題点――研究の軸足を置く唐代や詩文から距離のある時代やジャンルにまで手を伸ばしながら、書法・絵画・音楽など他の諸芸術と文学との比較に及ばなかったことなど――は即座にいくつも思いつく。ただ「書くこと」の意義を「己の無知の再確認」などではない何かに求めて、前近代中国の書き手らがどの時代でも努力し続けた様子を描くという方針は、執筆の過程を通じて全く変わらなかった。中途半端だが通史めいた叙述を先に置き、また可能な限り術語を排して、専門家はもとより中国文化に興味を有する向きには初歩的に過ぎる記述をも辞さなかったのは、一般の読者に昔の中国人は文学をどう捉えていたかという問題を少しでも身近に感じてもらいたかったからである。

「書くこと」の意味を中心に、敢えて単純化しながら前近代の中国人による文学への認識を考えるというテーマと共に、本書を書き進める中で、筆者の頭を離れなかった事柄がある。二十一世紀の日本でそういった内容を、一般書の形で「書くこと」の意味が、それだ。確かに日本文化の源流を探るべく、中国の伝統を考えるという手法は、平凡なようだがその必要性は否定し難い。現に、本書で扱った文学理論や批評の媒体が日本に伝わり、早くに影響を及ぼした事実は、「中国文学理論の日本への影響」と題する拙文（大浦康介《やすすけ》編『日本の文学理論　アンソロジー』水声社、二〇一七年）で述べたことがある。しかし明治一五〇年を既に終えた今日、古典中国の文学理論は現代の日本で何らかの意味を持つのだろうか。

　こう自問する中で、本書の再校を受け取った今年の四月一日、新たな元号が発表された。この本が刊行される頃には、新元号を云々する動きはごく一部を除けば納まっていよう（現時点で喧しい各種メディア上での言葉の応酬ほどに人々がこれに関心を持っているとも思えないが）。また典拠とされる、大伴旅人（六六五～七三一）が著したという「梅花歌序」（『万葉集』巻五）の「于時初春令月、気淑風和、梅披鏡前之粉、蘭薫珮後之香（時に初春の令月、気淑《うるわ》しく風和《やわ》らぎ、梅は鏡前《きょうぜん》の粉《こ》に披《ひら》き、蘭は佩後《はいご》の香《かおり》に薫る）」（折しも初春のよき月、天気は麗らかで風は穏やか、ウメは鏡台の前の白粉のような色に花開き、シュンランは腰に下げる匂い袋の香に薫っている）が後漢・張衡《ちょうこう》「帰田賦《きでんふ》」（『文選』巻十五）の「於是仲春令月、時和気清（是《ここ》に於いて仲春の令月、時和らぎ気清し）」という句の趣意を踏まえるか否かに、筆者は特段の興味を覚えない。むしろ張衡より遅れる中国の詩文に見られる次のような表現の存在が、興味深く思われる。

伏以節応佳辰、時登令月、和風払迴、淑気浮空、走野馬於桃源、飛少女於李径。

拝察するに時候は佳日に当たり、折しもよき月に至って、穏やかな風は遠くまで覆い、麗らかな空気が中空に広がり、陽炎がモモの里に立ち、西風がスモモの道を吹き渡っています。（『錦帯書《きんたいしょ》十二月啓』「夾鍾《きょうしょう》二月」）

時惟令月、景淑風和、宸襟有豫、百霊胥悦。

折しもよき月で、光は穏やかで風は和らぎ、天子の御心は麗しく、万民はみな楽しんでおります。

（『文苑英華』巻六九四「諫蕃官仗内射生疏」）

『錦帯書十二月啓』は本書にも『文選』と併せて度々現れた蕭統の著述に仮託される書簡の文例集、「蕃官《ばんかん》の仗内《じょうない》に生《せい》を射るを諫《いさ》むる疏《そ》」は唐代前期の高官薛元超《せつげんちょう》（六二三～六八四）が春に天子が主催する遊猟に異民族の族長らを（皇帝の安全を保つため）参加させせないよう求めた文章である（六七六年に奏上）。「梅花歌序」に先立つ「令」・「和」を共に用いた事例として、既にこれらも取り沙汰されているようだが、筆者の関心はそこにもない。興味を感じるのは、辞賦（「帰田賦」）、書簡、上奏文と使用される範囲を広げた「令月」や「風和」などの表現が、日本で和歌の序にまで援用されるに至った点である。

いったい、本書でも説き及ぶとおり、「典故」を踏襲しながら新味を表すことを尊ぶ言説は、古典中国で最も一般的な文学思潮といえる。表現の模倣といったレベルではなく、より根本的な、文学とはかくあるべしという中国の観念を、早くも奈良時代の知識人が受け入れていた旨を示そう点で、「梅花歌序」は一つの手掛かりといえる。この種の文学観は、日本でも長く相当な力を持つことになる。

それは前近代のことであろう、現代の日本で古典中国の文学思潮を論じる意義づけにはなるまいという反論が提起されるかもしれない。今日の社会でも往来される、時候の挨拶状を思い浮かべられたい。「梅の香りが爽やかに漂う春暖の候、益々ご清祥のこととお慶び申し上げます」。所謂「文学」ではないかもしれないが、使い古された表現を用いつつ心情を醸し出す、このような書信は今なお量産され続けている。古典中国の流れを汲む文学観は、実は現今の日本にも強固な根を張っているようである。いささか後づけめくが、本書が今日的な意味を含むとすれば、それはこういった点に存するのであろう。何にせよ筆者の意図が少しなりとも実現しているかは、読者の判断に委ねざるをえない。

論著をものするに際しては毎度のことだが、先行研究に加えて、今回も多くの方からお力添えを賜った。本書を執筆する機会・便宜を与えてくれたことについて、勤務先である京都大学人文科学研究所（人文研）の諸氏に謝意を表したい。別に、感謝の思いを捧げるべき人々として、「日本の文学理論・芸術理論」研究班の各位がおられる。人文研の教授（フランス文学専攻）だった大浦康介さん（現京都大学名誉教授）が平成二十三年（二〇一一）四月より四年間組織された、この共同研究班は西洋と日本の文学・芸術・思想を専門とする人文研内外の研究者を主要な成員とした。筆者は場違いで、また模範的とは言い難い班員だったが、同研究班での活動から様々な示教を受けることができた。前掲の拙文（「中国文学理論の日本への影響」）も、同じ班の研究報告書に掲載された。中国以外の文学思潮への意識がわずかでも本書に見られるならば、それは当該の研究班から得た知的刺激による。ただ、叙述の中で安易に西洋などの文学に関わる観念に言及することは慎んだ。生兵法による大怪我を恐れたためである。

もうお一方、臨川書店編集部の工藤健太氏に感謝の意を表したい。本書がどうにか形を成すまでにこぎつけたのは、拙稿に敢えて寛大な「批評」を下しつつ筆者を鼓舞された、同氏のお力によるものである。その過程で工藤さんが筆者に示された懇切丁寧な指針は、凡百の「理論」の及ぶところではない旨を申し述べて、「あとがき」を終えることにする。

改元まで半月を残すのみとなった平成三十一年四月十五日

永田　知之

索　　引

あ行

か行

さ行

た行

な、は行

ま、や行

ら、わ行

図版出典一覧

はじめに【図 1】敦煌文献 S.5478（大英図書館所蔵）©British Library（http://idp.bl.uk/database/oo_scroll_h.a4d?uid=61488377417;recnum=10432;index=1）

はじめに【図 2】敦煌文献 P.4900b（フランス国立図書館所蔵）©Bibliothèque nationale de France（http://idp.bl.uk/database/oo_scroll_h.a4d?uid=61491363711;recnum=62230;index=3）

第三章【図 3】『李卓吾先生批評三国志』（17 世紀に刊行された『三国志演義』）

第四章【図 4】明代末期に朱純臣（？～1644）が刊行した『文選』

第四章【図 5】葉恭綽編『清代学者象伝第一集』（商務印書館、1930 年）

第四章【図 6】『昌平叢書』（京都帝国大学、1909 年、版木の作製は 1818 年）所収

第五章【図 7】『孫過庭書譜』（延光室、1924 年）

第六章【図 8】天保 11 年（1840）に松崎慊堂《こうどう》（1771～1844）が刊行した『陶淵明文集』

第七章【図 9】後漢・武氏祠（山東省嘉祥県）の「孔子見老子」画像石拓本

【図 1】、【図 2】の出典以外は全て京都大学人文科学研究所所蔵

永田知之（ナガタ　トモユキ）

1975年奈良県生まれ。京都大学文学部中国語学中国文学専攻卒業。京都大学博士（文学）。京都大学人文科学研究所准教授。専攻は中国古典文学。著書に『唐代の文学理論―「復古」と「創新」』（京都大学学術出版会、2015）、共著に『目録学に親しむ　漢籍を知る手引き』（研文出版、2017）などがある。

理論と批評
古典中国の文学思潮

京大人文研東方学叢書 7

令和元年六月三十日　初版発行

著　者　永田知之
発行者　片岡　敦
印刷 製本　尼崎印刷株式会社

606-8204 京都市左京区田中下柳町八番地
発行所　株式会社 臨川書店
電話（〇七五）七二一-七一一一
郵便振替　〇一〇七〇-二-八〇〇

落丁本・乱丁本はお取替えいたします
定価はカバーに表示してあります

ISBN 978-4-653-04377-5　C0322

［ISBN 978-4-653-04370-6　セット］

京大人文研東方学叢書　刊行にあたって

京都大学人文科学研究所、通称「人文研」は、現在東方学研究部と人文学研究部の二部から成り立っている。前者の東方学研究部は、一九二九年、外務省のもとで中国文化研究の機関として発足した東方文化学院として始まり、東方文化研究所と改名した後、一九四九年に京都大学の附属研究所としての人文科学研究所東方部になり今日に至っている。

第二次世界大戦をはさんでの九十年間、北白川のスパニッシュロマネスクの建物を拠点として東方部は、たゆまず着実に東方学の研究をすすめてきた。いうところの東方学とは、中国学（シノロジー）、つまり前近代中国の思想、文学、歴史、芸術、考古などであり、人文研を中心としたこの学問は、「京都の中国学」、「京都学派」と呼ばれてきたのである。今日では、中国のみならず、西アジア、朝鮮、インドなども研究対象として、総勢三十人の研究者を擁し、東方学の共同利用・共同研究拠点としての役割を果たしている。

東方学研究部には、国の内外から多くの研究者が集まり共同研究と個人研究をすすめ、これまで数多くの研究成果を発表してきた。ＺＩＮＢＵＮの名は、世界のシノロジストの知るところであり、本場中国・台湾の研究者が東方部にきて研究をおこなうということは、まさに人文研東方部が世界のトップクラスに位置することを物語っているのだ、と我々は自負している。

夜郎自大という四字熟語がある。弱小の者が自己の客観的立場を知らず、尊大に威張っている意味だが、以上のべたことは、夜郎自大そのものではないかとの誹りを受けるかもしれない。そうではないことを証明するには、我々がどういった研究をおこない、その研究のレベルがいかほどのものかをひろく一般の方に知っていただき、納得してもらう必要がある。

別に曲学阿世という熟語もある。この語の真の意味は、いい加減な小手先の学問で、世に迎合するということで、その逆は、きちんとした学問を身につけて自己の考えを述べることであるが、人文研の所員は毫も曲学阿世の徒にあらずして、正学をもって対処してきたこと、正学がいかに説得力をもっているのかも、我々は世にうったえて行かねばならない。

かかる使命を果たすために、ここに「京大人文研東方学叢書」を刊行し、今日の京都学派の成果を一般に向けて公開することにしたい。

第一期世話人　冨谷　至

（平成二十八年十一月）